Sommergolf

Buchinhalt

Eine Frau in der Mitte des Lebens, die die Liebe aus den Augen verloren hat.

Die erfolgreiche Strafverteidigerin Tine lebt nur für ihren Beruf. Nach ihrem fünfzigsten Geburtstag erhält sie von ihrer Ärztin einen Warnschuss. Sportliche Betätigung ist angesagt. Tine entscheidet sich für das Golfspiel. Gleichzeitig übernimmt sie die Verteidigung einer jungen Frau, die ihren Ehemann erschossen hat. Zwei Dinge, die scheinbar nichts miteinander zu tun haben, wäre nicht der ermittelnde Staatsanwalt auch ein leidenschaftlicher Golfspieler …
Kann Tine ihre Vorurteile über Bord werfen und einen neuen Weg beschreiten?

Ein lebensbejahender und spannender Frauenroman, der Mut zur Veränderung macht.

Die Autorin

Katharina Mosel ist in Hamburg geboren und aufgewachsen in einem kleinen Dorf in Schleswig-Holstein. Der Liebe wegen ist sie nach dem Studium ins Rheinland gezogen. Heute lebt sie mit ihrem Ehemann in Köln. Hauptberuflich arbeitet sie als Anwältin im Bereich des Familienrechts und des Erbrechts in einer eigenen Kanzlei.
2016 schrieb sie zusammen mit ihrer Cousine Janine Achilles das Buch „Paragrafen und Prosecco – Justitia und das wahre Leben“. Das Schreiben brachte viel Freude und die Erkenntnis, dass sie weiterschreiben wollte.
2017 erschien ihr Frauenroman „Vier Mal Frau“, eine heitere Geschichte über Veränderung.
Nach „Paragrafen und Prosecco – Justitia und andere Katastrophen“, „Konfetti im Winter“ und „Prosecco auf dem Gerichtsflur“ ist „Sommergolf“ ihr sechstes Buch.
Weitere Informationen unter: katharina-mosel.de

Katharina Mosel

Sommergolf

Roman

Bibliografische Information der Deutschen Nationalbibliothek:
Die Deutsche Nationalbibliothek verzeichnet diese Publikation in der Deutschen Nationalbibliografie; detaillierte bibliografische Daten sind im Internet über dnb.dnb.de abrufbar.

1. Auflage 2020

Katharina Mosel, Zülpicher Straße 274, D-50937 Köln

© Cover- und Umschlaggestaltung: Laura Newman – design.lauranewman.de
© Entenlogo: Laura Newman – design.lauranewman.de
Lektorat: Eva Maria Nielsen, www.lektoratderrotefaden.de
Korrektorat und Buch-Innengestaltung: buchseitendesign by ira wundram, www.buchseiten-design.de
Druck: CUSTOM PRINTING,
Wał Miedzeszyński 217, PL-04-987 Warszawa, Polen
Bestellung und Vertrieb: Nova MD GmbH,
Raiffeisenstraße 4, D-83339 Vachendorf, Deutschland

ISBN: 978-3-96698-394-5

In Erinnerung an meine Mutter,
die Strafverteidigerin

1

Tine fixierte den Ball vor ihren Füßen und holte langsam aus. Sie ließ mit aller Kraft den Schläger zu Boden fallen. Der Ball zeigte sich unbeeindruckt und hoppelte nur wenige Zentimeter weiter. Ein heftiger Schmerz schoss in ihre Handgelenke. Sie lockerte den Griff. Golfspielen lernen, was für eine blödsinnige Idee.

„Das tat bestimmt weh." Ian trat auf sie zu, umfasste ihre Hände und drehte sie leicht nach links. „Stell dir vor, du hältst den Schläger wie ein rohes Ei."

Tine verzog das Gesicht und schob mit dem Fuß den Golfball in die Mitte.

„Gewöhn dir das nicht an. Positioniere dich zum Ball und nicht umgekehrt." Mit einer auffordernden Handbewegung baute sich ihr Golflehrer wieder in sicherer Entfernung vor ihr auf. „Versuche es noch mal. Bleib locker."

Tine sah auf die weiße Kugel und schluckte. So schwierig konnte es doch gar nicht sein. Schließlich spielten Millionen Menschen Golf. Die waren nicht alle supersportlich zur Welt gekommen. Tine konzentrierte sich und stellte sich Seilspringen vor, ein Tipp ihres Lehrers. Du bist zu angespannt, lass los. Loslassen gehörte nicht zu ihren besonderen Fähigkeiten. Zu viel Stress. Termine von morgens bis abends. Bilder von ihrer derzeitigen Mandantin schossen durch ihr Gehirn ... Stopp, unterbrach sie sich selbst. Schwing das Seil und schalte ab. Sie schlug und dieses Mal erhob sich der Ball einige Meter, bevor er über den Rasen der Driving Range kullerte.

„Schon besser", sagte Ian, „schlag die restlichen Bälle und immer schön locker flockig. Danach geht es zum Putten." Er ging mit forschen Schritten an ihr vorbei und sie hörte, wie er mit Julia sprach.

Schweißtropfen liefen über ihre Wangen. Einige Strähnen hatten sich aus dem Pferdeschwanz gelöst und klebten im Gesicht. Ihre erste Golfstunde hatte sie sich einfacher vorgestellt. Aufgeben war aber keine Option. Sie drehte sich um und beobachtete die anderen Teilnehmerinnen: Julia und Cecilia. Zwei Frauen in ihrem Alter, mit denen sie in den nächsten sieben Wochen freitags eine Doppelstunde Golf bestreiten würde. Das war zumindest der Plan. Ziel war die sogenannte Platzreife. Dazu musste sie einen theoretischen und einen praktischen Test absolvieren. Bestand man, durfte man auf den meisten Golfplätzen spielen. Als Anwältin hatte Tine genügend Prüfungen durchlitten, für ein Leben ausreichend. Warum tat sie sich das an?

Frau Lindner war schuld. Ihre Sekretärin. Die hatte sie zu einem Check-up beim Arzt überredet. *Sie sehen abgespannt aus, zu blass. Ich vereinbare einen Termin bei meiner Hausärztin. Keine Widerrede.* Frau Lindner konnte sich erlauben, so mit ihr zu sprechen. Sie kannten sich seit über zwanzig Jahren. Im Grunde war Frau Lindner Mädchen für alles, ohne sie wäre Tine verloren. Tine hatte sich zunächst gesträubt und gehofft, dass sich das Thema durch Schweigen erledigen würde. Wie so oft hatte sie die Hartnäckigkeit ihrer Assistentin unterschätzt. Es dauerte nicht einmal vierundzwanzig Stunden und die Visitenkarte von Frau Dr. Ackermann lag auf ihrem Schreibtisch. Tine ignorierte diesen Hinweis, woraufhin Frau Lindner ohne ihr Zutun eine Untersuchung vereinbarte. Sie wusste schließlich am besten, wann Tine zeitlich verfügbar war.

Die Ärztin stellte zu hohen Blutdruck fest und verordnete neben einem Medikament ein Bewegungsprogramm. *Ich verschreibe Ihnen auf Dauer keine blutdrucksenkenden Mittel. Fangen Sie an, Sport zu treiben.*

Tine war ein Bewegungsmuffel. Sie liebte ihren Porsche Targa und den federnden Bürostuhl. Zu Hause erwartete sie ein weiches Sofa. Wozu sollte sie sich quälen?

Jetzt stand sie bei frühlingshaften Temperaturen auf der Driving Range des vornehmen Golfclubs Alsterleben und schlug nach einem kleinen weißen Ball, der sich nicht in die Lüfte erheben wollte.

„Kommen Sie, meine Damen“, rief Ian und klatschte in die Hände, „wir nutzen die verbleibende Zeit zum Putten.“

„Fabelhafte Idee“, sagte Julia und bückte sich, um die Golfschläger vom Boden aufzuheben.

„Na, wie läuft es bei dir?“ Julia grinste und klopfte Tine mit der Hand leicht auf die Schulter. „Fliegt der Ball schon oder kugelt er noch?“

„Frag besser nicht.“

Beide sahen zu Cecilia hin, die den Bogen heraus hatte: Jeder einzelne Ball flog hoch in den Himmel und setzte erst hinter der fünfzig Meter Marke auf.

„Bravo“, schrie Julia.

Ein Herr, bekleidet mit einer blau-grün karierten Golfhose und einem Pullover mit Krokodil, richtete sich langsam aus seiner gebückten Haltung auf und zog eine Augenbraue hoch. „Pst, Sie sind hier nicht allein.“

„Sorry, dass ich Sie übersehen habe“, sagte Julia und winkte Cecilia zu, die den leeren Balleimer aufgehoben hatte. „Beeil dich, Ian wartet schon auf uns.“

Tine räusperte sich, um ein Lachen zu unterdrücken. Das war so typisch Julia. Immer einen frechen Spruch auf den Lippen. Sie warteten, bis Cecilia mit den Schlägern und dem Eimer bei ihnen angekommen war. Ihr Gesicht war feuerrot und ihre braunen Augen blitzten aufgeregt. „Das macht total Spaß, nicht wahr? Vielen Dank, Julia, dass du mich mitgenommen hast.“ Sie ließ die Sachen fallen und fiel ihrer Freundin um den Hals.

„Super, dass es dir gefällt. Du scheinst das nötige Talent zu haben, im Gegensatz zu uns beiden.“ Julia sah Tine verschwörerisch an.

„Bitte die Damen.“ Der Herr mit dem Krokodilpullover hatte die Hände in die Seiten gestützt und sah sie auffordernd an. Auf dem Kopf trug er eine auf das Blau der Oberbekleidung farblich abgestimmte Kappe, auf der ebenfalls ein Krokodil abgebildet war. Der Mann war markentreu. Was für komische Gedanken ihr durch das Gehirn schossen, sie selbst war schließlich keinen Deut besser. No-Name-Produkte hatten bei ihr keine Chance.

„Lasst uns gehen“, sagte Julia und hob den Eimer auf. „Sonst erleidet der Herr gleich einen Herzinfarkt.“

„Was? Wer?“ Cecilia drehte sich um.

„Niemand.“ Julia schritt an dem Golfer vorbei zum

Putting Green, auf dem Ian kleine Hütchen aufgestellt hatte.

Eine halbe Stunde später saßen alle drei einträchtig bei einem Glas Weißweinschorle auf der Terrasse des Clubhauses und genossen die warmen Sonnenstrahlen.

„Ich werde die Platzreife nicht bestehen, so dämlich, wie ich mich anstelle." Tine spielte mit ihrem Weißgoldarmband. „In der Zeit, die ich hier im Club verbringe, hätte ich die eine oder andere Akte erledigt."

„Es gibt ein Leben neben der Arbeit", sagte Julia und zwinkerte Cecilia zu.

„Genau." Cecilia blinzelte zurück.

Tine suchte in ihrer Handtasche nach ihrem Smartphone. Sie hatte seit über neunzig Minuten nicht nachgesehen, ob Anrufe eingegangen waren. Cecilias Hand legte sich über ihre.

„Fühl dich nicht ausgeschlossen, bitte."

„Nein. Wie kommst du darauf?"

„Ich hatte so ein Gefühl." Cecilia sah sie durchdringend an und Tine zwang sich, nicht wegzusehen. „Woher kennt ihr euch?"

„Wir kennen uns aus meinem Studio", beantwortete Julia die Frage. „Tine ist eine der ältesten Kundinnen. Wir waren uns von Anfang an sympathisch."

„Und wie kommt es …" Cecilia stoppte mitten im Satz und fuhr sich mit der Hand über den Mund.

„Wie kommt es, dass Julia zusammen mit mir einen Golfkurs macht?" Tine stopfte das Smartphone zurück in die Handtasche. „Meine Ärztin hat mir Bewegung verschrieben und diesen Sport empfohlen. Vermutlich hat sie auf den ersten Blick erkannt, dass Joggen nicht zur

Diskussion steht." Sie lachte verbittert auf. „Ich habe Julia davon erzählt und sie war sofort Feuer und Flamme."

„Ich wusste bis vor kurzem gar nicht, dass du dich für das Golfspiel interessierst. Ist das eine neue Idee?" Cecilia wandte sich zu Julia um.

„Wie gut, dass ich dich noch überraschen kann, obwohl wir uns seit ewigen Zeiten kennen." Sie drehte den Stiel des Weinglases. „Matthias spielt Golf und da dachte ich ..."

„Ach so, der Liebe wegen. Ich hatte mich schon gewundert." Cecilia kicherte.

„Und warum sind Sie mit dabei?"

„Du, bitte. Ich bin Cecilia." Sie prostete Tine zu.

„Okay. Wieso bist du hier?"

„Julia hat mir von eurem Plan berichtet und ich hatte Lust, mitzumachen. Vor einiger Zeit habe ich ein Buch über den Zusammenhang von Golf und Meditation gelesen. Sehr cool. Du gehst den Golfplatz ab und betrachtest das Spiel als eine Art innere Sammlung. Der Geist spaltet sich vom Körper ab und ..."

„Cecilia unterrichtet Yoga und ist nicht zu stoppen, wenn sie mit diesem Thema anfängt."

„Stimmt." Cecilia lachte ihre Freundin an und Tine zwang sich, nicht in ihrer Handtasche nach dem Smartphone zu wühlen. „Ich spüre momentan nur meine Handgelenke. Von Meditation bin ich weit weg."

„Ich auch", sagte Julia. „Aber wir geben nicht auf. So schwer kann das nicht sein. Ich kenne so viele Kundinnen, die Golf spielen. Die sind nicht sportlicher als wir, eher im Gegenteil."

„Ich bin wirklich nicht sicher, ob das hier das Richtige ist. Beim Sport war ich die größte Niete."

„Erinnere mich bloß nicht an Schulsport. Ich habe jede Möglichkeit genutzt, der muffigen Halle zu entgehen. Ich sage nur: Volleyball. Oder noch furchtbarer: Geräteturnen." Julia schüttelte sich. „Schwimmen soll total gesund sein, aber wer will sich schon in chlorgetränkten Bädern aufhalten? Von den Umkleidekabinen ganz zu schweigen. Hier ist man wenigstens an der frischen Luft und die Lokalität ist in Ordnung."

„Kneifen gilt nicht. Wir stehen das zu dritt durch. Eine für alle und alle für eine. Entweder wir bestehen zusammen oder niemand." Cecilia grinste und hob ihre rechte Hand. Tine benötigte einen Moment, bis sie begriff, dass sie abklatschen sollte.

„Du brauchst dir da keinerlei Sorgen zu machen nach dem, was ich vorhin beobachten durfte." Julia sah ihre Freundin liebevoll an.

Tine beobachtete die Frauen und ein ungewohntes Gefühl von Neid stieg in ihr auf. Sie unterdrückte den Gedanken und hob ihr Glas in Richtung von Cecilia. „Darauf trinke ich."

Während sie den Porsche durch Hamburg lenkte, überlegte Tine, ob sie auf dem Nachhauseweg einen Abstecher ins Büro unternehmen sollte. Die Golfstunde hatte um drei Uhr angefangen, für die nächsten Male hatten sie sich auf einen späteren Beginn verständigt. Sonst schaffte sie es zeitlich nicht. Das Wochenende stand vor der Tür. Sie hatte keine besonderen Pläne und würde sich in Ruhe die Gerichtsakten zu ihrem neuen Mandat durchlesen. Die waren gestern bei ihr eingetroffen. Als Strafverteidigerin war Tine nach über fünfundzwanzig Jahren Berufserfahrung immer noch neugierig auf den

Akteninhalt der meisten Fälle. Es machte ihr nichts aus, ihre Freizeit auf dem Sofa zu verbringen und Schriftstücke zu lesen. Zur Abwechslung inhalierte sie neben den Verhörprotokollen den einen oder anderen blutrünstigen Thriller. Blutige Tatortfotos schreckten sie nicht. Eine Packung Chips und eine leckere Flasche Wein rundeten das Vergnügen ab. Zum Abendessen konnte sie sich Nudeln oder Pizza vom Italiener liefern lassen und ihre Lieblingsserie auf Netflix konsumieren. Ein perfektes Freitagabendprogramm.

Tine trommelte mit den Händen im Takt der fetzigen Rockmusik auf dem Lenkrad und sang lauthals mit. An diesem Apriltag war es in der Hansestadt ungewöhnlich warm. In den Straßencafés saßen die ersten Sonnenanbeter und reckten die Gesichter gen Himmel. Sie ließ die Scheibe hinunter und legte den Arm lässig auf die Tür. So durfte es die kommenden Monate bleiben.

Das Gespräch mit der Ärztin fiel ihr wieder ein und sie schüttelte leicht den Kopf, während sie das Gaspedal durchtrat. *Sie sollten sich mehr um Ihre Gesundheit kümmern. Wenn Sie weiterhin leistungsfähig sein wollen, müssen Sie Sport treiben.*

Das Argument mit dem Arbeitsvermögen war nicht von der Hand zu weisen. Sie würde in diesem Jahr ihren zweiundfünfzigsten Geburtstag feiern. Statt Couch und Akten also am Wochenende auf die Driving Range? Ein heimliches Training, um ihre Mitstreiterinnen nächsten Freitag mit ihren neu erworbenen Fähigkeiten zu überraschen? Träum weiter, Tine. So viele Übungsstunden kannst du gar nicht absolvieren. Sie überholte einen Lieferwagen und grübelte. Wo ist dein Ehrgeiz geblieben? Und wie war das noch gleich: Es gibt ein Leben neben der Arbeit?

2

Tine stellte den Porsche in der Tiefgarage des Geschäftshauses ab und fuhr mit dem Aufzug in die dritte Etage. Hinter der Glastür brannte Licht. Frau Lindner war also noch nicht nach Hause gegangen. Tine warf einen Blick auf ihre Rolex. Kurz vor sechs, Büroschluss war freitags normalerweise um vier Uhr. Tine hielt den Chip vor das Eingangsschloss. Die Tür öffnete sich mit einem leisen Klicken. „Ich bin es, hole nur schnell einige Akten." Mit forschen Schritten durchquerte sie den Empfangsbereich.

„Hallo Frau Lindner. Warum sind Sie immer noch hier?"

„Das Gleiche könnte ich Sie fragen. Ich wähnte Sie auf dem Golfplatz."

Ihre Sekretärin trug, wie fast an jedem Arbeitstag, eine weiße Bluse zusammen mit einer dunklen Hose. Die Lesebrille hatte sie über ihre kurzgeschnittenen grauen Haare geschoben. Im Gegensatz zu Tine war sie hager, aber durchtrainiert. Sie joggte regelmäßig um die Alster. Goldene Kreolen baumelten an ihren Ohrläppchen. Frau Lindner liebte pompöse Ohrringe, die einzige Extravaganz, die Tine je an ihr bemerkt hatte.

„Den Golfplatz habe ich nur von Weitem gesehen", seufzte Tine und ließ sich auf den Besucherstuhl fallen, der vor dem Schreibtisch stand. „Wir haben Abschläge auf der Driving Range geübt, morgen leide ich sicher unter Muskelkater." Sie schwieg und beobachtete, wie Frau Lindner den Mund zusammenpresste.

„Wagen Sie es ja nicht zu kichern."

„Ich werde nicht lachen, aber …"

„Keine Angst, so schnell gebe ich nicht auf. So schwer kann es doch nicht sein."

„Ich habe gelesen, dass der Golfschwung eine komplexe Bewegung ist."

„Na und? Denken Sie, dass ich das nicht hinbekomme?"

„So etwas würde ich nie behaupten. Joggen wäre einfacher. Und günstiger."

„Haha. Themenwechsel: Wieso haben Sie noch nicht Feierabend gemacht?"

„Kurz bevor ich diese heiligen Hallen verlassen wollte, rief ein Journalist in der Sache Meinhart an."

Tine richtete sich auf. „Sie wissen doch, dass ich keine Interviews zu laufenden Fällen gebe."

„Das ist mir bekannt." Frau Lindner verzog ihr Gesicht.

„Sorry", brummte Tine.

„Der Mann, er hieß Lorenz, behauptete, Informationen über Frau Meinhart zu haben, die er mit Ihnen teilen möchte."

„Klar, sagen sie alle. Die verkaufen ihre Mutter, um an Neuigkeiten zu kommen. Hauptsache, die Schlagzeile stimmt."

Frau Lindner nickte. „Richtig. Nur … der Mann kam mir glaubwürdig vor." Sie schob den Haufen mit Akten, der vor ihr aufgestapelt war, zur Seite und sah suchend auf ihre Schreibtischunterlage. „Hier habe ich den Namen und die Telefonnummer. Vielleicht rufen Sie ihn trotzdem an." Mit großen Druckbuchstaben schrieb sie etwas auf einen Notizzettel und drückte ihn Tine in die Hand. „Für Sie. Ich mache mich auf die Socken ins Alsterhaus. Mein Mann braucht dringend ein Paar neue Sommerhosen. Später gehen wir in der ‚Rosi' eine Kleinigkeit essen."

Tine schüttelte den Kopf. Warum konnte sich der Mann nicht selbst die Hosen aussuchen? Norbert Lindner war Naturwissenschaftler und arbeitete in der Forschungsabteilung eines großen Unternehmens. Wenn man seiner Frau Glauben schenken durfte, war er als Wissenschaftler brillant, im wahren Leben aber zu nichts zu gebrauchen. Sie waren seit über dreißig Jahren verheiratet. Tine seufzte tief auf.

„Geht es Ihnen nicht gut?" Frau Lindner erhob sich und schloss ihre Schreibtischschublade ab.

„Doch, doch", beeilte sich Tine zu antworten. „Ich hole mir nur eben die Meinhart-Akten und bin gleich wieder weg."

„Sie arbeiten zu viel. Haben Sie schon einmal überlegt, jemand zu Ihrer Entlastung einzustellen?"

Tine sah sie überrascht an. „Das kommt Ihnen nur so vor. Ich fühle mich nicht überarbeitet. Gerade habe ich mir vorgenommen, am Wochenende zur Golfanlage zu fahren, um dort zu trainieren." Dass der Entschluss bis eben nur eine vage Idee gewesen war, würde sie lieber verschweigen.

„Wirklich?"

„Zweifeln Sie daran?"

„Na ja, wenn ich ehrlich sein soll …" Frau Lindner sah sie verschmitzt an.

„Mein Entschluss steht fest: Abschlag üben und

Gerichtsakten lesen. Der Plan für die nächsten zwei Tage. Vorher muss ich in den Lebensmittelladen, sonst bleibt nur der Lieferservice. Im Kühlschrank ist außer einer Ecke Käse, Mineralwasser und Weißwein nichts."

In der rechten Hand den Griff des Businesstrolleys, in der linken eine schwere Einkaufstüte: Tine steuerte auf den Fahrstuhl zu, der sie zu ihrer Penthousewohnung bringen würde. Erleichtert stellte sie die Sachen auf dem Boden ab. Oben angekommen, der Aufzug führte direkt in ihren Flur, brachte sie alles in die Küche. Sie verstaute Tomaten, diverse Käsesorten, Spinat, Joghurt und Wein im Kühlschrank, goss sich ein Glas Weißburgunder ein und trat auf ihre Terrasse. Zu ihren Füßen lag die Außenalster, auf der Segelboote kreuzten. In der Ferne erkannte sie einen Alsterdampfer. Ihre Schultern senkten sich und sie atmete tief ein und aus. Wochenende. Die Wohnung, die sie nach dem Tod ihrer Mutter gekauft hatte, war ihr Geld wert. Sämtliche Ersparnisse waren neben der kleinen Erbschaft hineingeflossen. Trotzdem lief noch ein Kredit. Egal. Sie war alleinstehend und eine Familie zu unterhalten, wäre auch nicht billig. Tine wusste, dass einige ihrer Kollegen und Bekannten sie beneideten: um die aufregenden Mandate, ihr exquisites Zuhause, den Porsche und ihr Singleleben. Bis auf Letzteres war alles hart erarbeitet. Sie trank erneut und spürte einen Hauch von Unruhe. Seit einiger Zeit grübelte sie oft über ihr Leben nach. Ob das der Beginn der Wechseljahre war? „Unsinn", murmelte sie. Ihre Frauenärztin hatte ihr erst vor wenigen Wochen versichert, dass davon bei ihr noch nicht die Rede war. Sie versuchte, sich zu erinnern, wie lange es her war, dass sie ihre Periode hatte. Trotzig warf sie ihren Kopf zurück. Wechseljahre. Die konnten sie mal gern haben. Sie hatte viel zu viel zu tun, um daran einen Gedanken zu verschwenden. Eine Menge ihrer Bekannten waren geschieden oder hatten sich vom Partner getrennt. Das war teuer und verursachte unendliches Leid. Da war das Singledasein deutlich angenehmer. Arbeitete sie wirklich zu extensiv? Kam ihr persönliches Umfeld zu kurz? Welches Privatleben? Genaugenommen lebte sie nur für ihren Beruf. Sollte das so weitergehen bis zur Rente? Ein Windstoß pustete ihr die Haare ins Gesicht und sie fröstelte. Ende April wurde es trotz Sonne abends frisch.

Das Smartphone läutete und sie beeilte sich, nach drinnen zu gelangen. Unbekannte Nummer. Sie nahm derartige Anrufe nach Feierabend normalerweise nicht entgegen. Heute siegte die Neugier. „Christine Bogen hier."

„Hallo Tine, hier spricht Julia. Hoffe, ich störe dich nicht."

„Nein, kein Problem. Hast du eine neue Telefonnummer?"

„Das ist das Handy von Matthias, mein Akku ist leer. Ich rufe an, weil wir am Wochenende zum Golfclub fahren und trainieren sollten. Damit wir uns nicht vollends blamieren." Am anderen Ende ertönte das Lachen von Julia.

Tine fing an zu kichern. „Zwei Blöde, ein Gedanke. So was Ähnliches hab ich mir auch schon überlegt. Allerdings muss ich die Akten zu meinem Fall lesen ..."

„Du sollst nicht immer an die Arbeit denken", unterbrach Julia sie. „Wärst du echt ohne mich gefahren? Ich dachte, wir wären Freundinnen."

„Tja“, gab Tine zu. „Ich bin sportlich die totale Niete. Wenn ich nicht übe, schaffe ich die Platzreife nie.“

„Glaubst du im Ernst, dass ich mich geschickter anstelle?“

„Es sah so aus.“

„Die Einzige, die es auf Anhieb gerafft hat, ist Cecilia.“

„Stimmt. Kommt die auch mit?“

„Nö, glaube ich nicht. Die ist am Wochenende mit ihrem Freund zusammen, in der Woche hat Michael meistens nicht viel Zeit.“

„Und was ist mit deinem Partner?“ Tine schluckte das Unbehagen hinunter, das auf einmal in ihr aufgestiegen war.

„Matthias ist übers Wochenende bei seiner Tochter in Berlin. Ich habe sozusagen sturmfreie Bude. Wir haben ja getrennte Wohnungen. Wenn er nicht da ist, komme ich dazu, bei mir gründlich aufzuräumen. Wie sieht es am Sonntagnachmittag bei dir aus?“

Tine betrachtete den Rollkoffer, der noch im Flur stand. Die Akten musste sie bis dahin durchgearbeitet haben. „Okay. Soll ich dich abholen?“

„Ja, bitte. Du weißt doch, wie gern ich im Porsche kutschiert werde.“

„Wenn wir erst mal richtige Golfspielerinnen mit Golfgepäck sind, können wir nicht mehr zu zweit fahren. Die Bags passen nicht zusammen in den Wagen.“

„Du denkst positiv, meine Liebe, wie schön. Richtige Golfspielerinnen.“

„Stimmt. Das wäre ein Luxusproblem.“

Nach dem Telefonat war Tine leichter ums Herz. Sie beschloss, sich Nudeln mit Gorgonzolasauce zuzubereiten, bevor sie es sich mit Aktenordner Nummer eins auf dem Sofa bequem machen würde. Das dauerte nicht lange und schmeckte lecker. Über die Kalorien würde sie besser nicht nachdenken. Bei dem Fall Meinhart handelte es sich um eine junge Frau, die ihren Mann getötet hatte. Sie hatte ausgesagt, dass er sie jahrelang gequält und misshandelt hatte. Eines Nachts, ihr Gatte war betrunken und hatte ihr gedroht, feuerte sie drei Kugeln auf ihn mit seiner Pistole ab. Den genauen Verlauf des Abends kannte Tine noch nicht, das würde sich im Idealfall aus der Aussage der Mandantin und den Unterlagen in den Gerichtsakten ergeben. Es hörte sich nach Notwehr an. Wenn die Frau keine Möglichkeit gesehen hatte, um sich von ihrem Peiniger zu befreien. Die Staatsanwaltschaft sah das naturgemäß völlig anders. Die würde alles daran setzen, eine Verurteilung wegen Totschlags zu erreichen. Die Verhandlung begann hoffentlich in wenigen Wochen. Ulrike Meinhart saß seit ein paar Monaten im Untersuchungsgefängnis, wo Tine sie heute Morgen das erste Mal gesehen hatte. Vor ihr war ein männlicher Kollege mit der Sache befasst gewesen, von dem hatte sich die Mandantin getrennt. Offenbar hatte der sich nicht genügend gekümmert. Die Eltern von Frau Meinhart hatten sich hilfesuchend an sie gewandt. Wenn Tine die Akten durchgeackert hatte, würde sie mit der Frau die Verteidigungsstrategie besprechen. Heute hatte Ulrike Meinhart geweint, als das Gespräch auf ihre Tat kam. Ihre kleine Tochter Alina war bei den Großeltern untergebracht und besuchte die Mutter ab und zu. Der Fall stand über Wochen als Aufmacher in der Presse, was die Arbeit nicht erleichterte. Der Ehemann war Leiter einer mittelständischen Firma gewesen. Tine erinnerte sich an

Schlagzeilen wie *„Statt Scheidung Mord“* oder *„Musste er sterben, weil sie einen Geliebten hatte?“* Typischer Boulevardjournalismus. Zu viele Vorurteile waren transportiert worden. Ob sie diesen Lorenz anrufen sollte? Verfügte der tatsächlich über nützliche Informationen oder wollte er sich nur wichtig machen? Tine trank den Wein aus und ging in die Küche. Die Reihenfolge war klar: Essen, Akte lesen und zum Abschluss den neuesten Thriller. Der Abend war gerettet.

3

„Hoffentlich ist Cecilia nicht beleidigt, wenn sie erfährt, dass wir ohne sie gefahren sind."

„Keine Sorge. Ich habe vorhin kurz mit ihr telefoniert, sie wünscht uns jede Menge Spaß." Julia lachte herzhaft und drehte in der Hand einen Golfball. „Den hat mir Matthias geschenkt. Zusammen mit einem Ballmarker, einer Pitchgabel und einigen Tees. Bin stolz, dass ich mir die Worte gemerkt habe. Wofür man die Dinge braucht, weiß ich allerdings nicht."

Tine bewunderte insgeheim, dass Julia so offen ihre Ahnungslosigkeit zugab. „Damit bist du optimal ausgerüstet. Den Ballmarker benötigst du auf dem Grün, um deinen Ball zu markieren, wenn du ihn hochnehmen willst. Die Pitchgabel, um Aufprallspuren zu beseitigen, und auf das Tee kannst du den Ball beim Abschlag legen." Tine beschleunigte den Porsche. Sie hatten den Horner Kreisel hinter sich gelassen und waren auf der Autobahn.

„Du bist ja richtig im Bilde. Hast du das Buch, das Ian uns empfohlen hat, schon auswendig gelernt?"

„Aber klar! Da ich mit der Praxis des Golfsports Probleme habe, will ich wenigstens in der Theorie glänzen."

„Ich bin beeindruckt. Gibst du mir Nachhilfe?"

„Du nimmst mich wohl nicht ernst." Tine genoss das

Geplänkel. Sie war die Gesellschaft von Frauen nicht gewöhnt. Privat umgab sie sich lieber mit Männern. Als sie die Abfahrt zum Golfclub Alsterleben erreicht hatte, drosselte Tine das Tempo. „Hoffentlich ist niemand auf der Driving Range."

„Es ist Sonntag! Und es regnet nicht. Da toben sich unzählige Golfer auf dem Platz aus." Julia setzte ihre Sonnenbrille ab und drehte sich zu Tine um. „Es ist dir doch nicht etwa peinlich? Jeder hat mal angefangen."

Ertappt. Tine hätte am liebsten unter Ausschluss der Öffentlichkeit trainiert und wäre erst wieder hervorgekommen, wenn sie das Golfspiel perfekt beherrschte. Wie dämlich. Reichte es nicht, dass sie im Beruf das Perfektheitsgen kultivierte? Privat sollte sie wirklich lockerer handeln. Wie war das noch: loslassen. „So ungefähr. Aber …"

„Für dich ist es Neuland, etwas nicht zu beherrschen. Stimmt es oder habe ich recht?"

„Beides." Tine nickte in Julias Richtung, während sie den Porsche durch eine Ortschaft lenkte. „Offenbar kennst du mich gut."

„Das ist nicht so schwer. Ich war früher genauso."

„Wie hast du es geschafft, dich zu ändern?"

„Ich bin Matthias begegnet und mit ihm durch Südamerika gereist. Das hat genügt, um meine Sichtweise zu verändern."

„Bei mir ist kein Mann in Sicht und verreisen kann ich auch nicht. Es wird schwierig." Wo kam der bittere Ton in ihrer Stimme plötzlich her?

„Vor zwei Jahren war ich in derselben Situation wie du. Die Arbeit kam an erster Stelle. Männer habe ich in Onlineportalen kennengelernt."

„Wirklich?" Gegen ihren Willen war Tine fasziniert.

„Ja. Und es hat mir sogar eine Zeit lang Spaß gemacht. Du weißt schon: Unverbindlicher Sex und männliche Begleitung, wenn man das Gefühl hat, welche zu brauchen."

„Das klingt nicht sehr liebevoll."

„Es hat mir gereicht. Bis Matthias kam."

„Für mich wäre das nicht das Richtige."

„Was genau meinst du? Onlineportale oder unverbindlichen Sex?"

„Wow, du bist ganz schön direkt."

„Nur unter Freundinnen und das sind wir doch."

Tine zögerte und ging vom Gas runter. „Ein paar One-Night-Stands hatte ich schon, obwohl das mit zunehmendem Alter schwieriger wird."

„Echt? Du bist schließlich eine attraktive Frau und prominent."

„So berühmt bin ich nicht. Ich hatte zwar einige spektakuläre Fälle …" Tine schluckte. „Das nervt mich auch. Ich möchte keinen Typen, der nur mit mir zusammen ist, weil ich eine in Hamburg bekannte Strafverteidigerin bin. Ich will niemanden, der mit mir angeben will."

„Das verstehe ich. Aber lieber Sex ohne Verpflichtungen als gar keinen, oder?"

„Du kannst gut reden." Tine setzte den Blinker und fuhr in die von Platanen gesäumte Straße, die zum Golfclub führte. „Du hast deinen Freund."

„Ich habe mein Leben komplett verändert und bereue es nicht." Julia lachte und spielte mit dem Golfball. „Okay, manchmal wünschte ich mir unterwegs ein Badezimmer."

„Ich mag es so, wie es ist", sagte Tine in einem leicht trotzigen Tonfall, über den sie sich sofort ärgerte.

„Na, dann ist doch alles in bester Ordnung."

Tine parkte den Wagen neben einem SUV ein. Sie stiegen aus und schlenderten in Richtung Clubhaus. Im Anbau, in dem die Golfschule untergebracht war, lagerten die Leihschläger, mit denen sie trainieren wollten. Unauffällig musterte Tine Julia, die modisch gekleidet war. Orangefarbene Hose mit farblich harmonierenden Sneakers. Weißes Poloshirt, einen hellen Strickpullover und eine beige Daunenweste. Passend dazu einen kleinen Rucksack. Tine zog den Reißverschluss ihres dunkelgrauen Sweaters hoch.

„Warst du in einer Golfboutique?"

„Nein. Wie kommst du drauf?"

„Du siehst so professionell aus. Ich musste mir Schuhe kaufen, weil ich nichts Adäquates hatte, und war das erste Mal seit vielen Jahren in der Sportabteilung eines Kaufhauses. Habe mich für welche entschieden, die man nicht nur auf dem Golfplatz tragen kann. Nur für den Fall, dass ..."

Julia blieb stehen und hob den linken Fuß an. „Normale Sneakers, die ich zum Spazierengehen benutze. Ich war in keinem Golfladen."

„Hm." Sie gingen weiter und Tine hing ihren Gedanken nach. Egal, was sie für Klamotten trug, so lässig gestylt wie Julia würde sie nie wirken. Sie seufzte.

„Was ist los?"

„Ach nichts", sagte Tine. „Ich hab nur überlegt, dass ich nie so sportlich aussehe wie du. Damit muss ich mich einfach abfinden. Ich bin eher die Couchpotato."

„Als ob es darauf ankäme. Die Platzreife bestehst du nicht mit der richtigen Kleidung. Im Übrigen bis du sehr chic angezogen. Und an der Fitness arbeiten wir gerade." Auch wieder wahr.

Im Büro der Golfschule trafen sie auf Ian, der hinter dem Schreibtisch am Computer saß. Seine Beine hatte er von sich gestreckt.

„Hallo Ladys. Ein perfekter Tag zum Trainieren." Er gab Tine und Julia die Hand. „Ihr kennt euch ja aus. Nehmt euch das, was ihr braucht." Er wies auf ein überdimensional großes Golfbag, in dem Schläger der unterschiedlichsten Machart gesammelt waren.

Tine und Julia suchten sich Golfschläger mit verschiedenen Längen aus, die sie in kleine Golftaschen verstauten.

„Gutes Gelingen", wünschte Ian, bevor er sich dem Bildschirm zuwandte.

Auf dem Weg zur Driving Range begegneten sie ein paar Golfern, die ihre Golfwagen schoben und sie freundlich grüßten.

„Die Leute sind hier so höflich", sagte Tine, die sich nach einem Kaffee und einem Stück Kuchen sehnte. Ihretwegen hätten sie unmittelbar ins Clublokal abbiegen können.

„Stimmt", antwortete Julia und dirigierte sie an das Ende der Übungsanlage, wo es zwischen den mit weißen Holzstäben markierten Abschlägen noch zwei freie Plätze gab. Sie stellte den Eimer mit den Bällen ab und sah Tine aufmunternd an. „Los geht's. Wollen wir abwechselnd üben? Dann können wir uns gegenseitig korrigieren?"

„Ach nee. Lass mich erst mal probieren. Wenn du zusiehst, gelingt mir vermutlich gar nichts."

„Kaum zu glauben, dass du eine bekannte Strafverteidigerin bist. Wo bleibt dein Selbstvertrauen? Im Gerichtssaal verhältst du dich mit Sicherheit anders."

„Das hier ist unbekanntes Terrain für mich", sagte Tine. „Und hör bitte endlich mit dem Gerede über meine angebliche Prominenz auf. Das ist maßlos übertrieben."

„Haha, guter Witz. Gestern habe ich deinen Namen wieder im Hamburger Abendblatt gelesen. Du hast einen neuen aufregenden Fall."

„So spannend ist der gar nicht."

„Das sagst du jedes Mal. Und es stimmt nicht. Stell doch dein Licht nicht unter den Scheffel." Julia warf die Hälfte der Bälle vor sich auf den Rasen. „Wie war das noch mal mit dem Schwung?"

„Drehen und heben. Und die Handgelenke locker lassen. In der Theorie beherrsche ich das alles." Tine griff nach dem Eimer und setzte ihn neben ihrer Tasche ab. Sie fischte ein Eisen sieben heraus, laut Ian der Schläger, mit dem man am Anfang üben sollte, und stellte sich in Position mit genügend Abstand zu Julia. Probeweise holte sie aus und schwang. Ein Stück vom Rasen löste sich. „Wenn ich jemals auf dem Golfplatz spiele, wächst da hinterher kein Gras mehr."

Julia, die ihr zugesehen hatte, gluckste. „Die Aufforstungsmaßnahmen sind im exorbitanten Jahrespreis mit inbegriffen."

Tine fiel in das Gelächter ein. Ihre Schultern entspannten sich. Vielleicht war das mit dem Golfspiel doch keine so schlechte Idee.

„Ruhe bitte!"

Der Mann, der vor Julia trainierte, drehte sich um und fixierte sie wütend. Er schwenkte einen langen

Golfschläger vor sich hin und her. War das nicht der Typ mit dem Krokodil? Tines Personengedächtnis war nicht das Beste. Sie erinnerte sich an den schlanken, durchtrainierten Körper und die dunkle Stimme. Wunderschöne blaue Augen. Ohne Zweifel ein attraktives Exemplar der Gattung Mann. Wenn er bloß nicht so ungeduldig und unfreundlich wäre.

„Ach, Sie schon wieder. Haben Sie den Hinweis nicht gelesen?“ Er deutete auf ein Holzschild, das in einigen Metern Entfernung auf einem Pfahl in den Boden gerammt war. Julia ließ ihren Schläger fallen und ging betont langsam auf den Herrn zu.

„Nein, habe ich nicht. Wo Sie es erwähnen, sehe ich es mir sofort an.“ Ihre Freundin schritt an dem Golfer vorbei auf das Schild zu, hielt inne und kam zurück. Tine riskierte einen genaueren Blick auf den Mann, der abwartend verharrte. Er war wieder Ton in Ton gekleidet, dieses Mal in blau-roter Kombination. Tine schätzte ihn auf Anfang bis Mitte fünfzig. Am liebsten wäre sie in den Boden versunken. Golfschwüngeüben und Unbeteiligttun funktionierte nicht. Sie würde sich selbst mit dem Schläger verletzen. Besser Stehenbleiben und Schweigen. Der Mann musterte sie sekundenlang und zog die Augenbrauen hoch, bevor er sich abwandte.

„Da steht etwas von Rücksichtnahme. Von Nicht-Reden oder -Lachen lese ich dort nichts. Keine Sorge, wir werden unsere Münder verschlossen halten, um Ihr kostbares Spiel nicht zu gefährden.“ Julia warf Tine einen genervten Blick zu und stellte sich in Position. Wie durch ein Wunder gelang ihr mit dem Eisen ein sauberer Schlag, der Ball flog mindestens sechzig Meter weit. Tine hätte gern applaudiert. Der Typ vor ihr, der sich wortlos umgedreht hatte, holte ebenfalls aus. Er traf nicht optimal: Der Ball erhob sich nur wenige Zentimeter und landete links in einer Hecke. Julia ballte ihre rechte Faust und reckte sie zum Himmel. Tine beugte sich schnell hinunter, um ein lautes Lachen zu unterdrücken. Das Ganze fing an, ihr Spaß zu bereiten.

Nach einer halben Stunde schmerzten Tine die Schultern und jeder einzelne Finger. Wenn sie den morgigen Tag überleben wollte, sollte sie sich heute Abend ein heißes Bad genehmigen. Die Bälle hatte sie verschossen, der Rasen vor ihr war aufgewühlt. Zwei bis dreimal war es ihr gelungen, einen in die Höhe zu befördern. Egal. Sie war an der frischen Luft und hatte sich bewegt. Nur das zählte. Der Herr, der sich mit Julia angelegt hatte, war nicht mehr zu sehen. Er war mit seinem verchromten, teuer aussehenden Golfwagen bestimmt auf dem Golfplatz unterwegs.

„Lass uns zum Putten gehen. Das ist nicht so kompliziert." Tine bückte sich schwerfällig nach dem Eimer, ein leichtes Ziehen in ihrem Rücken ärgerte sie. Wann war sie so steif geworden?

„Gute Idee." Julia legte ihr den Arm über die Schulter, als sie gemächlich an der Driving Range in Richtung Putting-Grün vorbeigingen. „Hast du meinen genialen Schlag gesehen? Der Einzige, der mir richtig gelungen ist. Der Typ mit den karierten Hosen ist doch nicht ganz dicht. So eine Spaßbremse. Ich hoffe, die sind hier nicht alle so. Wahrscheinlich so ein Verwaltungsmensch. Haben Sie den Hinweis nicht gesehen?", äffte sie den Mann nach.

„Na ja. Beim Golfspielen muss man sich konzentrieren

und da stören Geräusche von außen. Vielleicht hat er sich über sein Golfspiel geärgert oder er hat sich auf ein Turnier vorbereitet."

„Das glaube ich nicht. Gibst du dem auch noch recht? Ist das so ein Strafverteidigerinnenreflex?" Sie erreichten das Übungsgrün. Kleine Fahnen für neun Löcher waren gesteckt. Julia ließ die Golftasche am Rand fallen und fischte aus ihrem Rucksack eine Packung mit drei Golfbällen hervor. „Du kannst wohl nicht aus deiner Haut."

„Wie meinst du das?" Gott sei Dank waren keine weiteren Golfspieler in Hörweite.

„Im Job bist du knallhart und privat lässt du dir die Butter vom Brötchen nehmen."

„Stimmt doch gar nicht. Ich versuche nur, mich in die Lage des Mannes hineinzuversetzen." Tine suchte in ihrer Umhängetasche nach Bällen. Sie hatte sich extra welche in einem Golfladen am Jungfernstieg gekauft. Mit den Golfbällen von der Driving Range durfte man nicht putten. Es stand nahezu die Todesstrafe darauf, wenn man mit denen auf dem Platz spielte. Im Golfsport gab es vermutlich mehr Regeln als im Strafgesetzbuch, dachte sie und zuckte mit den Achseln. Wo waren die verdammten Teile?

„Suchst du etwas?"

„Die Schachtel mit den Bällen. Ich schwöre, dass ich sie eingepackt habe."

„Ich gebe dir eine von meinen. Matthias hat diverse davon zu Hause. Er bekommt sie öfters als Werbegeschenk von Firmen."

„Mir hat noch kein Mandant Golfbälle geschenkt." Tine gab das Wühlen in der Tasche auf.

„Bist du eine richtige Golferin, ändert sich das bestimmt. Cecilia würde sagen, dass das Karma ist. Du praktizierst eine Sache und sofort gibt dir das Universum genau das, was du dir wünschst."

„Da fallen mir ganz andere Dinge ein."

„Was zum Beispiel?" Julia stützte sich auf ihren Putter und sah Tine erwartungsvoll an.

Tine zuckte mit den Schultern. „Ach, das Übliche. Gesundheit und genügend zahlende Klienten, damit ich nicht verarme."

„Und was ist aus der großen Liebe geworden, von der wir als Mädchen geträumt haben?"

„Ich weiß nicht, was du dir gewünscht hast. Ich habe mich nach beruflicher Unabhängigkeit und einem eigenständigen Leben gesehnt." Tine dachte kurz an ihre Mutter, die sie allein durchgebracht hatte. Ihren Vater hatte sie nie kennengelernt. Er hatte seine Freundin sang- und klanglos verlassen, nachdem sie schwanger geworden war.

„Dieses Ziel ist erreicht und an der körperlichen Form arbeiten wir." Julia ließ zwei Bälle auf das Grün fallen. Tine war froh, dass sie nicht weiter auf das Männerthema einging. „Komm, wir putten abwechselnd, ich fange an." Julia stellte sich hinter den Ball und fixierte die erste Fahne. Sachte bewegte sie den Schläger von rechts nach links und traf den Ball. Tine traute ihren Augen nicht, als der mit einem Klacken im mehr als einen Meter entfernten Loch verschwand. Julia hüpfte vor Freude und ballte erneut ihre Faust. „Das Spiel fängt an, mir Freude zu bereiten."

„Das glaube ich dir aufs Wort." Tine holte ebenfalls aus, erwischte ihren Ball jedoch zu schwungvoll. Der sauste an der Fahne vorbei. Sie seufzte und wünsche sich an ihren Schreibtisch.

„Du darfst noch einmal."

„Haha, das sehe ich auch."

Der Ball fiel nach dem dritten Versuch ins Loch und in Tine erwachte der Ehrgeiz. So schwierig konnte es gar nicht sein. Sie bückte sich und fischte die Bälle heraus, die sie hinter der Fahne fallen ließ. „Auf ein Neues. Anfängerinnenglück. Wir spielen acht Löcher und die Gewinnerin zahlt das erste Getränk."

Unter großem Gelächter absolvierten sie den Parcours. Julia gewann mit einem Punkt Vorsprung.

„Das hat Spaß gemacht", sagte Tine und hielt Julia die Bälle hin.

„Sag ich doch. Behalte die bitte. Mögen sie dir Glück im Spiel bringen."

Nachdem sie Schläger und Taschen zurückgebracht hatten, spazierten sie zum Clubhaus, einem weiß verklinkerten Haus mit reetgedecktem Dach. Es beherbergte neben einem Sekretariat und einem Golfladen das Restaurant mit Bar und einer Sonnenterrasse. Tine malte sich aus, wie sie nach einer erfolgreich gemeisterten Golfrunde in einem der Korbsessel sitzen würde, vor sich einen prickelnden Drink. Von der Terrasse hatte man einen Blick auf das Grün des letzten Lochs, das hinter einem Teich lag. Ein Gänsepaar watschelte über den Rasen, Enten und Blesshühner schwammen in dem kleinen See. Wie beschaulich. Von Weitem näherten sich vier Golfspieler dem Gewässer. Sie nahm wahr, wie einer von ihnen ausholte. Sekunden später platschte es kurz vor einem Erpel, der empört aufflatterte. Die anderen

Vögel verharrten ungerührt. „Nicht ungefährlich. Stell dir mal vor, du triffst ein Tier."

„Stimmt. Ich würde mich gar nicht trauen zu schlagen, wenn da Gänse im Weg sind." Julia lächelte Tine zu. Sie blieben weiter stehen und beobachteten, wie der Spieler erneut ausholte. Dieses Mal verfehlte er das Grün nicht. Der Ball schlug dicht neben der Fahne auf. Die Gänse setzten unverdrossen ihren Weg fort.

„Wow." Julia klatschte begeistert in die Hände.

„Wie lange man wohl braucht, um das zu können? Ich lerne das nie. Ist ein teures Vergnügen, wenn die Bälle alle im Teich landen."

Julia klopfte Tine leicht auf die Schulter. „Du bist und bleibst eine alte Unke. Hoffentlich agierst du im Umgang mit deinen Klienten optimistischer. Sicher gibt es gebrauchte Bälle zu kaufen. Komm, es ist kalt. Du musst mir ein Getränk ausgeben."

Vor der Holztür zum Restaurant wies ein Schild darauf hin, dass man sich die Schuhe abputzen sollte. Ein entsprechendes Reinigungsgerät, wie man es in Hotels fand, war unübersehbar im Eingang positioniert. Tine hob einen Fuß nach dem anderen an, sie hatte saubere Sohlen.

„Das betrifft die Golfer, die Spikes unter den Tretern haben", bemerkte Julia altklug und öffnete die Tür.

Drinnen empfing sie appetitanregender Kaffeeduft. Vor einer geräumigen Fensterfront, mit Blick auf die Terrasse, standen Holztische unterschiedlicher Größen. Im rückwärtigen Teil des Raumes befand sich eine Bar, an der Wand dahinter waren Flaschen, Gläser und diverse Pokale aufgereiht.

„Lass uns am Fenster einen Platz suchen." Julia

steuerte auf einen der freien Tische zu. Das Lokal war gut besucht: Zur Nachmittagszeit saßen nicht nur Golfer, sondern auch Ausflügler in Sonntagskleidung bei Kaffee und Kuchen zusammen. Einige hatten warme Gerichte vor sich stehen.

„Was willst du trinken?" Julia studierte die in Leder eingebundene Karte, die mit dem Logo des Golfclubs verziert war. „Wollen wir uns einen Aperol Spritz gönnen?"

„Ich muss Auto fahren." Tine ließ sich schwerfällig auf dem Stuhl nieder.

„Ach komm, einer schadet nicht."

„Aber nur, wenn ich dazu eine Kleinigkeit zu mir nehme." Tine griff nach dem Menü.

„Haben die Damen schon gewählt?" Eine junge Frau, mit schwarzer Hose und T-Shirt, stand neben dem Tisch und sah sie auffordernd an.

„Zwei Aperol Spritz bitte", orderte Julia.

„Möchten Sie etwas essen?"

„Wir überlegen noch."

Die Kellnerin verschwand und Julia blinzelte zu Tine hin. „Wie wäre es mit Currywurst und Pommes. Ist zwar schweineteuer hier, schmeckt aber bestimmt großartig. Das habe ich Jahre nicht mehr gegessen."

„Du und Currywurst? Ich dachte, du ernährst dich nur von Salat."

„Das hat sich bei mir auch verändert. Das Leben ist kurz und wir sollten versuchen, es zu genießen. Versprich mir, dass du das nicht Cecilia verrätst. Sonst werde ich mir die nächsten Wochen bei jeder Gelegenheit einen Vortrag darüber anhören müssen, wie verwerflich das ist. Du weißt doch, sie ist Vegetarierin."

„Und sie hat prinzipiell recht."

„Ja klar. Also isst du mit mir die Currywurst oder ..."

Tine konnte nicht anders, sie musste herzhaft lachen. „Du bist vielleicht eine Marke. Eigentlich wollte ich abnehmen."

„Wir haben gerade Kalorien verbraucht. Frauen in unserem Alter wollen immer abnehmen."

„Haha, die Kalorien nehmen wir nun doppelt und dreifach wieder zu uns."

Die Getränke kamen und sie bestellten das Essen. Sie prosteten sich zu. Tine genoss den herben erfrischenden Geschmack. „Das sollten wir öfter machen."

„Was meinst du? Auf die Driving Range gehen und üben, oder zusammen etwas trinken?" Julia feixte.

„Sowohl als auch. Erst die Arbeit und dann das Vergnügen."

„Das Golfspiel soll Spaß bereiten, habe ich zumindest gehört."

„Vielleicht, wenn ich es beherrsche. Kann sich nur noch um Jahre handeln."

„Themenwechsel. Erzähl doch mal von deinem neuen Fall. Hat die Frau wirklich ihren Mann umgebracht?"

„Dir ist bekannt, dass ich unter Schweigepflicht stehe und nichts sagen darf." Tine spielte mit dem Strohhalm. „Sie hat ihren Ehemann getötet. Das ist kein Geheimnis."

„Bereut sie es?" Julia zog ihre Stirn in Falten.

„Woher soll ich das wissen? Ich kann nicht in ihr Gehirn sehen und wir haben darüber nicht gesprochen."

„Nicht?"

„Nein. Wir sind erst am Anfang und ich muss eine Menge Akten lesen."

„In der Zeitung stand, dass sie eine kleine Tochter hat."

„Ja."

„Wie furchtbar für das Kind."

„Hm."

„Okay, ich habe verstanden. Du willst nicht über die Sache sprechen."

„Genau." Tine war erleichtert, dass Julia aufhörte, sie zu löchern. Passenderweise erschien die Kellnerin mit ihrer Bestellung.

„Oh, mein Gott", stöhnte Tine. Vor ihr lag eine riesige Wurst neben einem großen Haufen von Pommes frites in einer rötlich-braunen Sauce, die verführerisch nach Curry duftete. „Heute Abend esse ich nichts mehr."

„Dass Frauen sich selbst so kasteien müssen. Guten Appetit, meine Liebe." Julia spießte ein Stück Pommes auf und schob es sich in den Mund. „Köstlich."

„Das sagt die Richtige. Bei deiner Figur isst du bestimmt überwiegend Gemüse und Salat."

Julia kaute und sah sie vielsagend an.

„Schon gut, schon gut, du hast ja recht." Tine schnitt sich ein Stück von der Wurst ab und tauchte es in die Sauce, bevor sie es probierte. „Lecker."

Es vergingen einige Sekunden, in denen sie stillschweigend aßen.

„Wie lange bleibst du in Hamburg?" Tine legte ihre Gabel zur Seite.

„Mal sehen. Ich denke, dass wir erst im Herbst aufbrechen. Dem grauen Winter und den kurzen düsteren Tagen hier entfliehen. In den nächsten Monaten kümmere ich mich um das Studio: Buchhaltung überprüfen und die Kundinnen bespaßen. Ich habe zwar eine außerordentlich engagierte Geschäftsführerin, aber Kontrolle schadet nie. Abgesehen davon, dass die

Kundschaft ab und zu meine Nase beäugen muss, damit sie nicht abwandert."

„Wo geht es denn hin? Wieder nach Südamerika?"

„Matthias möchte Chile und Argentinien bereisen. Ich könnte mir auch Australien und Neuseeland vorstellen." Julia trank von ihrem Aperol und sah aus dem Fenster. Es hatte angefangen zu nieseln. „Wir entscheiden das in den kommenden Wochen."

„Ich beneide dich und werde dich vermissen." Wieso hatte sie das gesagt? Es stimmte, die lebenslustige Julia würde ihr fehlen.

Julia strahlte sie an. „Wenn ich mir überlege, wie schwer es mir im letzten Jahr gefallen ist, Hamburg und meine Freundinnen zu verlassen. Das wird beim nächsten Mal nicht anders sein. Ich werde mich nach euch allen sehnen. Trotzdem freue ich mich schon auf den bevorstehenden Trip." Sie blinzelte Tine zu. „Ich gestehe, das Heimweh hat nur kurze Zeit angehalten. Es war alles viel zu spannend, um weiter der Heimat nachzutrauern." Julia schüttelte den Kopf, ein paar Locken fielen in ihr Gesicht. „Bis zu meiner Abreise müssen wir die Platzreife haben und auf dem großen Platz spielen können."

„Hör auf, mich unter Druck zu setzten. Das schaffe ich schon selbst." Tine lachte und schob sich mit den Fingern ein Stück Pommes frites in den Mund.

„Den bist du doch vom Job gewöhnt."

„Stimmt. Vielleicht sollte ich auch über eine Auszeit nachdenken?"

Sie tranken noch einen Espresso, bevor sie aufbrachen. Auf dem Weg zur Tür erkannte Tine den Herrn, über den sich Julia auf der Driving Range lustig gemacht hatte. Mit drei Männern stand er an der Bar, jeder vor sich ein Pils. Aus den Wortfetzen, die zu ihr hinüber schallten, schloss sie, dass die absolvierte Golfrunde besprochen wurde. Alle schienen sich zu amüsieren. Während sie Julia die Tür aufhielt, fühlte sie sich beobachtet. Sie drehte den Kopf zur Seite und bemerkte, dass der Mann sie ansah. Sofort wandte sie das Gesicht wieder ab. Hoffentlich traf sie den nicht jedes Mal, wenn sie im Golfclub war.

Tine setzte Julia vor der Haustür ab. Auf der Fahrt nach Hamburg war der Nieselregen in Starkregen übergegangen und die Scheibenwischer hatten Mühe, mit den Wassermassen fertig zu werden. „Ich freue mich auf die Badewanne, mein Buch und ein Glas Wein. Am besten alles gleichzeitig", sagte sie, während Julia den Anschnallgurt löste.

„Das ist genau mein Plan."

„Wann kommt dein Freund zurück?"

„Wir treffen uns morgen Abend."

„Das klingt nach einem Rendezvous."

„Soll es auch. Wir haben jeder unsere Wohnung behalten, das war meine Bedingung." Julia kicherte und sah Tine unvermittelt an. „Ich brauche die Sicherheit. So kann ich immer in mein altes Leben zurück, wenn es schief gehen sollte. Ganz schön feige was? Und teuer."

„Vernünftig."

„Da spricht die Juristin. Weißt du, was Cecilia dazu gesagt hat?"

„Nein, hat sie denn ihre Bleibe aufgegeben?"

„Noch nicht. Erstens, weil wir, Mona und ich, mit Engelszungen auf sie eingeredet haben, und zweitens, weil Michael und sie nicht die passende Unterkunft gefunden haben. Jetzt sind sie fündig geworden und werden im Sommer umziehen.“ Julia hob die Augenbrauen.

„Stört dich das?“

„Ich mag Michael, nicht, dass wir uns falsch verstehen. Aber so ein kleiner Rettungsanker …“

„Sie zieht einfach wieder aus, wenn es nicht klappen sollte. Außerdem …“ Tine sah Julia an. „Hast du mir nicht erzählt, dass sie mit ihm in Nepal war? Da haben sie bestimmt nicht in getrennten Wohnungen gelebt.“

„Jaja, du hast gewonnen. Ich gebe mich geschlagen. Vermutlich muss ich meine Ängste besiegen. Das würde jedenfalls Cecilia sagen.“ Julia küsste Tine leicht auf die Wange. „Bis Freitag. Und denk an Ians Worte: üben, üben, üben. Am besten vor dem Spiegel.“ Sie öffnete die Tür und schwang sich gelenkig aus dem Auto.

Tine sah ihr nach, bis sie im Hausflur verschwunden war. Wenn eines klar war, dann das: Chips würde sie heute Abend nicht mehr essen.

4

Die Woche begann im Untersuchungsgefängnis. Tine wartete im Besucherraum auf ihren Mandanten, Simon, einen jungen Drogensüchtigen, der beim Dealen erwischt worden war. Sie hatte einen Therapieplatz organisiert und hoffte, dass Simon verstand, welche Chance das für ihn war. Das Gericht würde ihn auf dem Weg zur Drogenfreiheit unterstützen, wenn er einsichtig wäre. Seine Eltern, die in einer der Luxusvillen an der Elbchausee lebten, hatten Tine engagiert. Die Mutter rief fast täglich im Büro an. Simon weigerte sich, sie zu sehen. Frau Lindner erklärte der Mutter jedes Mal höflich, dass es nichts Neues gab. Simon hatte Tine verboten, Einzelheiten an seine Erzeuger weiterzugeben. Daran musste sie sich halten. Eine heile Familie sah anders aus.

Simon wurde von einem Justizbeamten hereingeführt. Wie immer trug er Jeans, Sneakers und Hoodie. Die dünnen blonden Haare hingen ihm fettig ins Gesicht. Für den Preis der Klamotten hätte der Beamte sich und seine Angehörigen einen Monat lang ernähren können. Wohlstandsverwahrlosung.

„Guten Morgen, Simon."

„Moin", brummte er zurück und schmiss sich in den Stuhl, die Beine von sich gestreckt.

„Ich fasse mich kurz, da ich nicht viel Zeit habe. Ich

habe dir einen Therapieplatz in einer Einrichtung im Alten Land besorgt. Du machst dort den Entzug, später gehst du zur Schule und holst dein Abitur nach. Außerdem musst du in der Landwirtschaft mithelfen. Ist kein Ponyhof, das weißt du, schließlich bist du nicht auf den Kopf gefallen."

Simon schwieg und musterte seine Markensneakers. „Und wenn ich's nicht mache?"

Tine bemühte sich um einen sachlichen Tonfall. „Dann wirst du zu einer Freiheitsstrafe ohne Bewährung verurteilt und lernst die Strafvollzugsanstalt intensiver kennen. Überleg es dir gründlich und gib mir Bescheid, sobald du dich entschieden hast. Der Therapieplatz wartet bis zum Ende der Woche auf dich. Wenn ich dir noch einen Rat geben darf: Versau dir das Leben nicht, nur um deine Eltern zu ärgern." Tine stand auf und klingelte nach dem Wachtmeister. Der erschien sofort. Sie verabschiedete sich von Simon, der sie entgeistert ansah.

Tine war immer erleichtert, wenn sie dem Untersuchungsgefängnis den Rücken kehren konnte. Sie atmete die kühle Morgenluft bewusst ein und aus. Hoffentlich war der Junge clever genug und ergriff die Chance, die sich ihm bot. Langsam ging sie zu ihrem Wagen, den sie nicht weit weg geparkt hatte. Muskelkater hatte sie zwar keinen, trotzdem fühlte sich ihr Körper steif und ungelenk an. Sport ist eben doch Mord. Sie schmunzelte und stieg schwerfällig in den Porsche ein. Das Bild von Julia, die leichtfüßig aus dem Auto hüpfte, schob sich vor ihre Augen. Tine seufzte und ließ den Motor an.

Wie durch ein Wunder gelang es ihr, einen Parkplatz in

unmittelbarer Nähe des Amtsgerichts Wandsbek zu ergattern. Die Höchstparkdauer betrug zwei Stunden und sie hoffte, dass der Termin bis dahin beendet war. Frau Lindner stöhnte über die Verwarnungsgelder, die regelmäßig in der Post waren, und hatte angeregt, dass sie vom Büro aus öffentliche Verkehrsmittel benutzen könne. Für Tine ein No-Go. Wenn sie sich das nicht mehr leisten konnte, würde sie aufhören zu arbeiten. Dass das nicht unbedingt eine rationale Entscheidung war, wusste sie selbst.

Dreißig Minuten später saß Tine wieder in ihrem Wagen, der Termin war geplatzt. Einer der Schöffen war erkrankt. So etwas passierte ab und zu und bescherte ihr unverhoffte Freizeit, die sie in der Kanzlei verbringen würde.

Sie fuhr mit dem Aufzug in die dritte Etage, den Rollkoffer mit den Akten des Wochenendes hinter sich herziehend. Vor der Tür traf sie auf ihre Referendarin Josefine, die, wie so oft, farbenfroh gekleidet war. Ihr pinkfarbenes Streifenhemd biss sich mit einer Jeans, die selbstgefärbt aussah und orangeblau leuchtete.

„Guten Morgen, Frau Bogen. Ich dachte, Sie wären noch bei Gericht?“

„Guten Morgen. Die Verhandlung ist gerade abgesagt worden. Was machen Sie denn heute hier?“ Tine öffnete die Tür und ließ sie vorbei. „Ist montags nicht Ihr Examensvorbereitungstag?“

„Der Termin ist auch ins Wasser gefallen. Meine Freundin ist krank und allein hatte ich keine Lust.“

„Ich fühle mich geschmeichelt, dass Sie stattdessen hier sind.“ Tine hängte ihren Kaschmirmantel auf und wartete, bis Josefine ihre rötliche Lederjacke ausgezogen hatte.

„Ich mag die Arbeit hier. Ist viel spannender als die Theorie in den Lehrbüchern. Wenn ich das Examen habe, werde ich auch Strafverteidigerin."

„Sie wissen, dass es schwer ist, sich in einer Stadt wie Hamburg zu etablieren und Geld zu verdienen?"

„Sie könnten mich doch einstellen. Arbeit gibt es hier genug." Josefine schob ihre mit Henna gefärbten schulterlangen Haare hinter die Ohren und sah sie selbstbewusst an.

„Auf den Mund gefallen sind Sie jedenfalls nicht. Eine hervorragende Voraussetzung für den Job."

„Jemand einen Kaffee?" Frau Lindner streckte den Kopf durch die Tür des Sekretariats.

„Sie sind ein Engel", sagte Tine. „Genau das, was ich jetzt brauche."

Wenige Minuten später saßen die drei Frauen bei einem Becher Kaffee zusammen.

„Wenn Sie wirklich Strafverteidigerin werden wollen, sollten Sie über Ihre Kleiderwahl nachdenken. Etwas Seriosität hat noch nie geschadet." Frau Lindner sah Josefine an, ihre silbernen waageförmigen Ohrringe schaukelten.

„Ich dachte, es käme auf Fachwissen an."

„Wissen allein reicht nicht", mischte sich Tine ein. „Es sei denn, Sie möchten nur ein bestimmtes Klientel vertreten."

„Das brotlose", sagte Frau Lindner trocken.

Josefine, die sich auf den Schreibtisch gegenüber geschwungen hatte, trank langsam einen Schluck Kaffee.

„Wenn ich mich seriöser kleide, nehmen Sie mich dann mit zu Frau Meinhart?“

„Der Fall interessiert Sie?“

„Natürlich.“

„Apropos Meinhart. Haben Sie mit Herrn Lorenz gesprochen?“

Tine brauchte einen Moment, bis sie sich erinnerte. „Mit dem Journalisten? Nö, bis jetzt nicht. Steht nicht oben auf meiner Prioritätenliste.“ Sie erhob sich und ließ den Kaffeebecher bei Frau Lindner stehen. „Die Meinhart-Akten habe ich am Wochenende gelesen, bitte scannen Sie alles ein.“ Tine drehte sich zu Josefine um. „Helfen Sie doch bitte mit, später können Sie sich den Akteninhalt zu Gemüte führen. Wenn Sie mich zu Frau Meinhart begleiten wollen, wäre das hilfreich. Für nächste Woche ist der Haftprüfungstermin angesetzt. Überlegen Sie sich Argumente für das Gericht und die Staatsanwaltschaft. Die Mandantin sollte lieber so schnell wie möglich eine Therapie beginnen, anstatt im Untersuchungsgefängnis zu sitzen.“

„Alles klar, Chefin. Und danke.“ Josefine sprang vom Schreibtisch und lief zum Rollkoffer, den Tine vor dem Kopierer stehengelassen hatte. „Ich kümmere mich darum.“

Tine zwinkerte Frau Lindner zu und machte sich auf den Weg in ihr Büro. Im Gegensatz zu den Anwaltsserien im Fernsehen hatte sie nicht nur einen Fall. Auf ihrem Tisch türmte sich die unerledigte Post und eine Telefonliste forderte ihre Aufmerksamkeit.

Wie so oft verging die Zeit wie im Flug. Um kurz vor sieben machte Tine Feierabend. Ihre Mitarbeiterinnen hatten das Büro längst verlassen. Ein Blick nach draußen verriet ihr, dass die Sonne schien. Tine liebte die Sommerzeit, weil es nach Arbeitsschluss noch hell war. Sie stand etwas ungelenk von ihrem bequemen Schreibtischstuhl auf und streckte sich. Wenn sie jetzt fuhr, war noch Zeit für einen Absacker in ihrer Lieblingsweinbar. Vielleicht sollte sie Till zu einem Drink nach Feierabend überreden. Till war ein Studienkollege von ihr, der zusammen mit seinem Mann Robert ein kleines Delikatessengeschäft mit außerordentlich guter Weinauswahl in Eppendorf betrieb. Später konnte der Tag vor dem Fernseher zu Ende gehen. Tine sah leidenschaftlich gern Anwaltsserien auf Netflix, das würde sie aber niemandem verraten.

Im Fahrstuhl betrachtete sie sich selbst im Spiegel. Ihre blonden schulterlangen Haare hingen so kraftlos herunter, wie sie sich fühlte. Der graue Haaransatz war deutlich zu sehen, ein Friseurbesuch zum Nachfärben dringend erforderlich. Sie spannte ihren Körper an und ging auf die Zehenspitzen. Keine gute Idee mit Pumps, sie verlor das Gleichgewicht und musste sich an der Haltestange festhalten. Die Mahnung von Frau Dr. Ackermann schoss ihr durch den Kopf. Bewegung statt Couch und Wein. Ihr innerer Schweinehund schüttelte sich. Sie stöhnte laut auf. Vielleicht sollte sie den Wagen zu Hause abstellen und zu Fuß zur Bar gehen? „Dumme Kuh", wisperte sie. „Du willst dein Leben ändern, also fang gefälligst damit an. Heute." Der Aufzug blieb stehen und die Tür öffnete sich zur Tiefgarage. Tine ließ ihre Handtasche zu Boden gleiten und fing an, sich mit dem Oberkörper vor dem Spiegel nach rechts zu drehen. Kein Alkohol. Sie würde einen kurzen Spaziergang an die

Alster unternehmen und zu Hause den Golfschwung üben. Wäre doch gelacht, wenn sie den nicht hinbekäme.

5

Sie musste los, wenn sie pünktlich sein wollte. Tine speicherte ihren Schriftsatz und fuhr den Computer herunter. Ihr wäre es lieber, wenn es nur Papierakten und Briefe gäbe. Langsam erhob sie sich und seufzte. Den Wunsch sollte sie nicht öffentlich verkünden. Sie würde als hoffnungslos altmodisch verspottet werden.

„Sind Sie weg?" Josefine stand im Türeingang, eine Akte in der Hand.

„Ich bin auf dem Sprung und muss mich beeilen. Sonst komme ich zu spät zum Golftraining."

„Sie spielen Golf?"

Täuschte sie sich? Glitt da ein spöttischer Zug über das Gesicht ihrer Referendarin?

„Ich wäre happy, wenn ich golfen könnte. Davon bin ich Lichtjahre weit weg."

„Okay."

„Sagen Sie besser nichts, was Sie hinterher bereuen. In Ihrem Alter habe ich auch nicht an den Golfsport gedacht."

„Sie haben zu viele Vorurteile", sagte Josefine und grinste.

Tine blieb abwartend stehen. „Nun spannen Sie mich nicht auf die Folter. Sagen Sie bloß, Sie sind Golferin?"

„Das hätten Sie nicht gedacht, oder?"

„Ehrlicherweise nein."

„Dann kann ich Sie beruhigen. Derzeit habe ich dafür keine Zeit. Tatsächlich war ich in meiner Jugend oft auf dem Golfplatz." Josefines Blick verlor sich für einen Augenblick in die Ferne, bevor sie Tine herausfordernd ansah. „Meine Familie spielt Golf. Ich hatte nicht den Hauch einer Chance, es nicht zu lernen."

Tine sah auf ihre Uhr und seufzte. „Darüber müssen Sie mir unbedingt mehr erzählen. Aber nicht jetzt. Wenn ich mich nicht beeile, komme ich zu spät zur Prostunde und meine beiden Freundinnen sind beleidigt. Und am Rande bemerkt: Wenn Sie von Ihrer Jugend sprechen, komme ich mir noch älter vor."

„Prostunde. Na, die Fachausdrücke haben Sie sich aber schnell angeeignet."

Tine musste lachen. „In der Theorie war ich immer schon herausragend. Schönes Wochenende. Und vergessen Sie nicht, am Mittwoch ist der Haftprüfungstermin in der Sache Meinhart."

Um Viertel vor vier erreichte sie den Parkplatz des Clubs. Hoffentlich würde sie in der Nähe des Clubhauses eine Lücke finden. Sie fuhr langsam an den parkenden Autos vorbei. Neben einem SUV war tatsächlich ein Parkplatz. Sie steuerte ihren Porsche etwas nach links, um den richtigen Anfahrtswinkel zu haben. Während sie kurbelte, näherte sich von vorn ein knallroter Smart, der vor ihrer Nase einparkte. Das konnte doch nicht wahr sein. Voller Wut tippte sie kurz auf das Gaspedal, der Wagen machte einen Satz auf den Kleinwagen zu. Geistesgegenwärtig trat sie das Bremspedal durch. Ihr Auto blieb wenige Zentimeter vor dem roten Gefährt stehen. Die Fahrertür des Smarts wurde aufgestoßen. Ein Mann quälte sich aus dem Miniauto und kam schnellen Schritts auf sie zu. Sie ließ die Fensterscheibe hinunter. Ach, du lieber Himmel: Das war der Typ, über den sich Julia am Sonntag lustig gemacht hatte.

„Sind Sie wahnsinnig?“

„Sie haben mir meinen Parkplatz weggenommen, außerdem sind Sie verkehrt herum gefahren.“

Der Mann stutzte einen Moment, bevor er weitersprach. „Ach, Sie sind das. Autofahren können sie also auch nicht.“

Tine spürte, wie ihr das Blut ins Gesicht schoss. So eine Unverschämtheit.

„Und übrigens: Es ist nicht Ihr Parkplatz. Ich gehe davon aus, dass Sie ihn weder käuflich erworben noch gemietet haben.“ Er tippte mit den Fingern an seine Stirn, drehte sich um und ging gemächlich zu seinem Auto.

Tine schlug mit der Faust auf das Lenkrad. So ein Idiot. Bemüht, den Mann zu ignorieren, setzte sie zurück und fuhr einmal um den Platz, bevor sie am Ende einparkte. Sie zitterte, als sie ihre Tasche aus dem Kofferraum holte. Mit Ungerechtigkeiten konnte sie nicht umgehen. „Entspann dich“, raunte sie leise und rannte über den Weg zur Golfschule, wo Julia und Cecilia auf sie warteten.

„Wo bleibst du denn?“, rief Julia und deutete mit dem Finger auf ihre Armbanduhr. „Ich dachte schon, du drückst dich.“

„Lass sie bitte erst ankommen, Julia.“ Cecilia, die ihre Haare unter einer ausgeblichenen Kappe verborgen hatte, trat auf sie zu und nahm sie kurz in den Arm. „Außerdem ist Ian noch gar nicht da.“

„Okay, du hast recht. Hallo Tine." Julia küsste sie links und rechts auf die Wangen.

„Ist etwas passiert, Süße? Du wirkst angespannt?" Cecilia musterte sie besorgt.

„Tine ist gestresst, das bringt der Job so mit sich."

„Mein Beruf ist es nicht. Ich hatte gerade eine unerfreuliche Begegnung der dritten Art auf dem Parkplatz. Der Typ von neulich … Du weißt doch, Julia, über den du dich lustig gemacht hast. Der hat mir den Platz weggeschnappt."

„Du hast ihm mit einer Strafanzeige gedroht." Julia kicherte.

„Das ist überhaupt nicht komisch."

„Du musst dir einen Stellplatz wünschen", sagte Cecilia und streckte ihre rechte Handfläche zum Himmel. „Probiere es aus und du wirst sehen, das Universum hilft dir."

Julia öffnete ihren Mund und schloss ihn wieder. Sie schüttelte den Kopf und sah Tine mit zusammengekniffenen Augen an. Tine unterdrückte den aufsteigenden Lachreiz und fühlte sich sofort entspannter. „Du hast recht, meine Liebe. Ich erbitte den freien Platz beim nächsten Mal einfach von der Göttin. Wieso bin ich nicht selbst darauf gekommen? Im Übrigen ist es kein Mann wert, dass ich mich in der Freizeit auf die Palme bringen lasse."

„Hallo Ladys. Wer hat euch geärgert? Ich hoffe, nicht jemand aus unserem Club?" Ian trat mit forschem Schritt auf sie zu und gab allen die Hand.

„Nein, schon gut, nichts passiert. Augenblick, ich muss mir noch die Schläger holen." Tine eilte in den Anbau und kam kurz darauf mit vier Eisen und einem Putter zurück, die sie hastig in eine Golftasche packte.

„Bereit? Heute starten wir mit dem Chippen, bevor wie Abschläge üben." Ian griff nach dem Eimer mit den Golfbällen und stürmte in Richtung Driving Range voran.

Die Frauen stellten sich in einem Halbkreis vor Ian auf, der ihnen mit seinem leichten schottischen Akzent den Ablauf erklärte. „Seht ihr die Fahne dahinten?" Ian deutete auf diejenige im Übungsgrün, die am weitesten weg stand. „Versucht, so dicht wie möglich heranzukommen." Elegant chippte er drei Bälle hintereinander in die unmittelbare Nähe des Lochs.

„Das sieht gar nicht so schwer aus", sagte Julia und holte aus. Sie traf den Ball, der über das Grün hinausschoss und mitten im Gebüsch landete, das zur Begrenzung der Anlage gepflanzt war. Ian lachte. „Erst mal ein paar Trockenübungen, Ladys."

Tine pendelte mit ihrem Schläger über den Boden.

„Ball-Boden, noch einmal", sagte Ian und wiederholte den Chip. Bei ihm sah es so einfach und lässig aus.

Cecilia nahm sich Bälle aus dem Eimer und ließ sie in das Gras fallen. Sie probierte kurze Schwünge. Tine sah ihr gespannt zu. Bei Cecilia wirkte alles selbstverständlich und unverkrampft. Schließlich chippte sie den Ball, der eine niedrige Flughöhe erreichte und neben der Fahne aufsetzte.

Ian klatschte in die Hände. „Genau so habe ich es mir vorgestellt."

Tine schlug ebenfalls. Ihr Ball kullerte einige Meter und blieb vor dem Grün liegen.

„Noch einmal und dieses Mal ziehst du durch und stoppst nicht", feuerte Ian sie an.

Sie versuchte es ohne Ball und merkte, wie sie ein Gefühl für die Bewegung bekam. Nur nicht so verkrampft das Eisen halten, locker lassen. Das galt nicht nur für das Golfspiel, durchfuhr es sie. Im wahren Leben würde ihr die Einstellung auch helfen.

„Und nun mit Ball bitte."

Tine sah auf und bemerkte, dass sie angestarrt wurde. Cecilia und Julia hatten ihre Bälle schon verschossen. „Äh, sorry", murmelte sie.

„Nur die Ruhe", sagte Cecilia. „Ist wirklich nicht schwer."

Julia stützte sich auf ihren Schläger. „Hier spricht unser Naturtalent."

Tine holte wie in Zeitlupe aus, bemüht, nicht zu stoppen. Sie traf den Ball, der sich sanft erhob, die Fahnenstange berührte und im Loch verschwand.

„Oh mein Gott. Ich bin umzingelt von Profis." Julia strahlte sie an, während Cecilia beide Daumen in Siegerpose zum Himmel reckte.

Ian hob die rechte Hand und klatschte sie ab. „Sehr gut, und jetzt die übrigen ins Loch."

Tine gelang es nicht, ihren Erfolg zu wiederholen. Doch wie durch ein Wunder misslang nur ein Versuch komplett. Die anderen Bälle gingen im Umkreis von unter einem Meter an der Fahne nieder.

„Das macht Spaß", rief sie, bevor sie auf das Grün gingen, um alle einzusammeln.

„Wow", sagte Julia und boxte sie leicht in die Rippen. „Das erste Mal, dass ich das von dir höre. Es geht definitiv bergauf."

„Stimmt", antwortete Tine. Sie schob ein paar Bälle mit dem Schläger zusammen und bückte sich, um sie in den Eimer zu befördern. „Ich hätte auch nicht geglaubt, dass ich das so schnell sagen würde."

Nach der Stunde schlenderten die Frauen ins Restaurant. Tine fühlte sich angenehm erschöpft und aufgekratzt zugleich. „Ich gebe einen aus", sagte sie. Sie nahmen an demselben Tisch Platz, an dem sie mit Julia gesessen hatte. Hoffentlich war der Typ vom Parkplatz nicht wieder da. Vorsichtig sah sie sich um.

„Suchst du jemand?" Cecilia hatte die Kappe abgenommen und fuhr sich mit beiden Händen durch die Haare.

„Nein. Ich, äh ..."

„Sie vergewissert sich, dass der Vorzeigegolfer nicht anwesend ist." Julia griff nach der Speisekarte.

„Von wem sprichst du?" Cecilia runzelte die Stirn.

„Quatsch." Tine winkte ungeduldig der Kellnerin, die an der Theke gelehnt in ihre Richtung sah.

„Irgendwas habe ich offensichtlich nicht mitbekommen."

„Was darf es sein?"

„Haben Sie Ingwertee?", fragte Cecilia.

„Du willst doch jetzt keinen Tee trinken, oder? Die erste Runde geht auf mich."

„Ingwertee haben wir nicht, aber einen Kräutertee könnte ich Ihnen bringen."

Julia schüttelte sich offensiv. „Für mich bitte einen Golfer."

„Was ist ein Golfer?", fragte Tine.

„Tonic mit Grapefruitsaft." Die Kellnerin, eine stark geschminkte Schwarzhaarige mit türkisfarbenen künstlichen Fingernägeln, strahlte über das Gesicht. „Sehr lecker."

„Ich probiere den mal. Und du, Cecilia?"
„Für mich den Kräutertee bitte."

„Was unternimmst du am Wochenende? Sollen wir uns am Sonntagnachmittag noch einmal zum Üben treffen?"
„Ihr trainiert ohne mich." Cecilia zog einen Flunsch.
„Wieso? Komm doch einfach mit. Wird eng im Porsche, aber auf die Rückbank passt du."
„Wir könnten zur Abwechslung mein Auto nehmen." Julia stupste Cecilia, die neben ihr saß, leicht mit dem Ellenbogen an. „Solange wir nicht mit deiner Schrottmühle fahren müssen. Dann sind wir hier gleich total unten durch."
„Du bist so ein Snob", sagte Cecilia und stieß Julia in die Seite. „Ich dachte, du wärst im letzten Jahr reifer geworden."
„Ich bin zwar gealtert, aber ..."
„Was fährst du denn für einen Wagen?", unterbrach Tine das Geplänkel.
„Einen uralten klapprigen VW-Bus, der an jeder Ecke stehen bleibt", beantwortete Julia die Frage.
„Dafür hat er eine Seele."
„Aha", sagte Tine.
„Sehr klug, Frau Anwältin. Du weißt, wann es besser ist zu schweigen." Julia ließ nicht locker.
Die Getränke kamen. „Wünschen Sie, etwas zu essen?"
„Ich nicht, Matthias kocht heute Abend."
„Ich auch nicht, wir sind nachher bei Freunden eingeladen."
Tine überlegte kurz, ob sie eine Freitagabendverabredung erfinden sollte, entschied sich dann für die Wahrheit. „Ich habe zwar nur ein Date mit meinen Akten,

möchte trotzdem nichts bestellen. Obwohl Ihre Currywurst wirklich lecker ist."

Die Kellnerin sammelte die Speisekarten ein, bevor sie sich entfernte.

„Du isst Currywurst?" Cecilia starrte sie mit aufgerissenen Augen an.

„Ich hab dich gewarnt." Julia hob die Augenbrauen.

„Bei mir gibt es Salat", schoss es aus Tine hervor. Warum zum Teufel fühlte sie sich schuldbewusst?

Cecilia spielte mit dem Teebeutel. „Es geht mich nichts an, aber …"

„Genau", fiel ihr Julia brutal ins Wort. „Prost, meine Lieben." Sie hob ihr Glas und stieß nacheinander mit Tine und Cecilia an.

Der leicht säuerliche Geschmack des Golfers war erfrischend. „Daran könnte ich mich gewöhnen", sagte Tine, nachdem sie das Glas abgestellt hatte,

„Wo waren wir stehen geblieben?" Julia trommelte mit den Fingern auf der Tischplatte. „Ach ja. Beim Training. Wie sieht es nun am Sonntag aus?"

„Ich muss noch meterweise Akten lesen", bemerkte Tine und sah aus dem Fenster. Auf dem Grün standen drei Männer und gaben sich die Hände. Aus der Ferne wirkten sie zufrieden und fröhlich. Ob sie sich nach einer Golfrunde so fühlen würde? Sie zuckte mit den Schultern. Abwarten.

„Erde an Tine", sagte Cecilia. „Denk nicht an die Arbeit."

„Du hast recht", antwortete sie. „Ich nehme mir am Sonntag die Zeit. Soll ich euch beide abholen?"

„Ich kann nicht, bin mit Michael verabredet. Wir wollen zusammen auf einen Antikmarkt gehen und nach einer Chaiselongue Ausschau halten. Ich hätte gern eine für unser Wohnzimmer. Und eine Weißholzanrichte für die Küche. Ich sehe die Teile förmlich vor meinen Augen, irgendwo warten sie auf mich."

„Ach so", sagte Tine. „Wann ziehst du denn um?"

„Der Mietvertrag läuft ab dem 1. Juli, wir dürfen schon im Juni rein. Wir müssen noch renovieren."

„Das wird ungewohnt sein, oder?", fragte Tine.

„Was meinst du?" Cecilia drehte den Kopf zu ihr hin.

„Nun, du wohnst allein und …"

„Ach so. Nein, das ist wie nach Hause kommen. Wir sind zwei Teile eines Ganzen, verstehst du?"

„Mhm."

„Ich wünsche dir wirklich, dass es so bleibt", schaltete sich Julia ein.

„Natürlich bleibt es so. Michael und ich sind Seelenpartner."

Julia hustete und schwieg. Tine trank hastig einen Schluck von ihrem Getränk.

„Ihr braucht euch keine Sorgen um mich zu machen. Ich bin so happy wie noch nie in meinem Leben."

„Weiß ich", sagte Julia betont langsam. „Und du hast es mehr als verdient. Michael ist ein toller Mann. Aber warum musst du gleich alles aufgeben?"

„Diese Diskussion hatten wir schon. Ich gebe nichts auf, im Gegenteil. Ich bekomme etwas. Du solltest das wirklich verstehen: Du hast Matthias und bist glücklich mit ihm."

„Ja, das bin ich. Aber deshalb muss ich nicht meine Wohnung kündigen."

Cecilia seufzte und sah Tine auffordernd an, die den Schlagabtausch gespannt verfolgte.

„Ich bin die falsche Ansprechpartnerin. Mein Liebesleben pausiert seit vielen Jahren. Statistisch ist es doch so, dass man als Frau um die Fünfzig eher Opfer eines Terroranschlags wird, als einen neuen Partner zu finden."

„Das hat unsere Freundin Mona auch gesagt und heute ist sie mit einem tollen Mann liiert." Cecilia hatte den Blick nicht von ihr abgewandt. Entdeckte sie da etwa einen Hauch von Mitleid in ihren Augen?

„Wie hast du Michael kennengelernt?", fragte sie schnell.

„Guter Ablenkungsversuch, Süße", konterte Cecilia. „Ich habe eine Kontaktanzeige aufgegeben."

„So wie Julia. Wahnsinn. Das würde ich mich nie trauen."

„Och", meinte Julia. „Das ist easy. Man muss die Typen ja nicht gleich heiraten. Du weißt schon, unverbindliches Kennenlernen und unverkrampfter Sex."

„So ist es", sagte Cecilia. „Sex ist wichtig für das eigene Körpergefühl. Wenn der Richtige kommt …"

„Du hast wohl hoffentlich keine Hochzeit geplant", rief Julia und schlug sich sofort mit der Hand auf den Mund.

„Er hat mich noch nicht gefragt."

„Würdest du bitte erst mit Michael zusammenleben, bevor du so eskalierst?"

„Jawohl, Mami, genau das ist der Plan. Gut, dass du mir endlich den Segen gibst. Nicht, dass ich den gebraucht habe." Cecilia gab Julia einen leichten Kuss auf die Wange. „Sollte es so weit kommen, wirst du meine Trauzeugin sein. Vielleicht trittst du in deinem hohen Alter ja auch in den Ehestand."

„Ich bin nicht alt“, stellte Julia mit indignierter Stimme fest. „Man kann doch ohne Trauschein glücklich sein.“

„Kann man“, bestätigte Cecilia. „Ich war aber noch nie verheiratet und …“

„Das ist überhaupt kein Grund. Man muss nicht jeden Blödsinn ausprobieren. Zumindest nicht sofort.“

„Möchten Sie noch etwas trinken?“ Die Kellnerin deutete auf das leere Glas von Tine.

„Äh, nein“, stammelte Tine. „Ich denke, wir fahren jetzt. Bringen Sie mir bitte die Rechnung.“

„Du wirkst ein bisschen schockiert“, bemerkte Julia. „Kein Anlass zur Sorge. Das ist bei uns immer so. Unsere Freundin Mona kann ein Lied davon singen, sie fungiert oft als Puffer.“

„Ich glaube, ich würde Mona gern kennenlernen“, sagte Tine und fischte in ihrer Tasche nach dem Portemonnaie.

„Ach, das wirst du auf jeden Fall. Momentan macht sie mit Tobias Ferien auf Sylt.“

„Sylt, ach, wie schön. Das ist meine Lieblingsinsel.“

„Wann warst du das letzte Mal dort?“, fragte Julia.

„Über Weihnachten.“

„Und wann hattest du zuletzt Urlaub?“

„Äh“, Tine stockte einen Moment, bevor sie antwortete. „Weihnachten.“

„Na super. Noch so ein Arbeitstier.“

„Lass Tine in Ruhe“, mischte sich Cecilia ein. „Nur weil du seit einem Jahr dein Leben verändert hast und auf Reisen gehst, heißt das nicht, dass alle anderen dir folgen müssen.“ Sie stützte mit der Hand ihren Kopf ab und kniff die Augen zusammen. „Zu viel Arbeit ist auf Dauer nicht gut für das innere Gleichgewicht, weißt du … Wenn du Lust hast, komm zu meinem Yogakurs."

„Das glaube ich nicht", kreischte Julia. „Hast du mir nicht vor wenigen Sekunden widersprochen?"

Tine musste sich zwingen, nicht laut loszulachen. Die beiden waren wirklich unfassbar komisch. „Ich bin bereits mit dem Golfspiel überfordert, Yoga wäre definitiv too much. Auch zeitlich betrachtet."

„Sag das nicht", antwortete Cecilia. „Yoga kann man unkompliziert morgens nach dem Aufstehen oder abends vor dem Schlafengehen praktizieren. Auch zwischendurch im Büro. Du brauchst nur eine Matte. Wenn du willst, zeige ich …"

„Cecilia, lass Tine in Ruhe. Wenn sie ihre Meinung ändert, wird sie sich bei dir melden, nicht wahr?" Julia legte ihre Hand auf Tines Arm.

Die Kellnerin erschien und kassierte ab.

„Soll ich dich übermorgen abholen?", fragte Tine.

„Gern, ich liebe deinen Porsche. Wenn ich könnte, wie ich wollte, hätte ich auch einen. Leider hat Matthias seinen verkauft." Julia stoppte, bevor sie weitersprach. „Zugegebenermaßen wäre es auch übertrieben gewesen, den Wagen für mehrere Monate in einer Garage einzumotten."

„Julia ist ein echtes Luxusweibchen. Ich weiß gar nicht, wie sie nur mit Rucksack bewaffnet durch Südamerika reisen konnte." Cecilia warf ihrer Freundin einen liebevollen Blick zu.

„Die Abwechslung ist das Salz in der Suppe."

Tine stand auf. „Schade, dass du am Sonntag nicht mitkommst. Vielleicht können wir uns mal außerhalb des Golfclubs treffen."

„Das machen wir. Und wie gesagt, wenn du Lust hast, Yoga auszuprobieren, melde dich einfach. Ich bin für dich da."

Die Frauen schlenderten zum Ausgang. Tine fröstelte, während sie hinter den Freundinnen herging. Julia hatte vorn geparkt, nur wenige Meter neben dem roten Smart des Mannes, über den Tine sich so geärgert hatte. Sie umarmten sich.

„Bis Sonntag und bis Freitag", sagte Tine und winkte ihnen zu.

„Wenn ihr so viel übt, werde ich gar nicht mehr mit euch mithalten können", rief Cecilia übermütig aus.

Tine drehte sich zu ihr um. „Du kannst da von meiner Seite aus beruhigt sein. Diese Gefahr besteht definitiv nicht."

6

Zwei Justizbeamtinnen führten Frau Meinhart in den Raum. Der zierlichen Frau fielen die gelockten Haare bis auf die Schultern. Tine stand auf, um sie zu begrüßen. Josefine, die Haare zu einem Pferdeschwanz gebunden, sah in ihrer dunklen Jeans mit weißem Hemd und hellroter Strickjacke präsentabel aus. Für Tines Geschmack bissen sich das Rot der Jacke mit dem Hennaton der Frisur, aber das war nicht ihre Baustelle. Sie rief sich zur Ordnung und konzentrierte sich auf die Mandantin.

„Guten Morgen, Frau Meinhart, das Gericht und der Staatsanwalt werden gleich kommen. Versuchen Sie, sich zu entspannen. Denken Sie an das, was wir gestern miteinander besprochen haben. Sie brauchen nur die Wahrheit zu erzählen, nichts weiter."

Frau Meinhart erwiderte Tines Händedruck und begrüßte Josefine. Kleine Schweißperlen zeigten sich auf ihrer Stirn. Sie setzte sich neben Tine und verschränkte die Hände ineinander. Die Tür öffnete sich und ein älterer Mann in einem grauen Anzug, eine rote Akte unter dem Arm, betrat den Raum. Tine kannte den Vorsitzenden Richter der Großen Strafkammer, Herrn Karsten, aus diversen Verfahren. Im Schlepptau folgten ihm die beiden Beisitzer.

„Guten Morgen zusammen, bitte bleiben Sie sitzen",

ertönte seine klangvolle Stimme, während er sich auf den Lehnstuhl am Kopfende platzierte. Seine Kollegen belegten die Stühle rechts und links von ihm. Karsten legte den Aktenordner vor sich auf den Tisch und nickte Tine zu. „Sie sind Frau Meinhart und Sie …?“ Er musterte Josefine, die sich unter dem prüfenden Blick aufrichtete.

„Meine Referendarin, Frau Jost.“

„Gut. Wir könnten starten, wenn jemand von der Staatsanwaltschaft hier wäre.“

Wie auf Kommando öffnete sich die Tür, und der Mann, der Tine vor drei Tagen den Parkplatz am Golfclub weggeschnappt hatte, stürmte ins Zimmer.

„Entschuldigen Sie die Verspätung. Die Haftsache gerade hat länger gedauert als gedacht.“

„Kein Problem, jetzt sind Sie ja da.“

Herr Karsten griff nach seinem Diktiergerät und nahm die Namen der Beteiligten auf, während sich der Staatsanwalt gegenüber von Tine hinsetzte. Dunkler Anzug und weißes Hemd, ohne Krawatte. Tine rutschte auf ihrem Stuhl bis an die Vorderkante und drückte ihre Schultern zurück.

„Guten Morgen, Herr Staatsanwalt.“

Der sah zerstreut in ihre Richtung und erstarrte für einen winzigen Moment, bevor er ihr in die Augen sah. „Guten Morgen, Frau Anwältin.“ Josefine und Frau Meinhart beehrte er mit einem kurzen Nicken.

„Können wir anfangen? Frau Bogen bitte. Sie haben die Haftprüfung beantragt.“

„Ja.“ Tine zwang sich, den Blick von dem Mann abzuwenden und widmete sich der Mandantin, die am ganzen Körper zitterte. Für einen Augenblick legte Tine ihre Hand beruhigend über Frau Meinharts zusammengepresste Finger.

„Den Verfahrensbeteiligten ist bekannt, dass Frau Meinhart ihren Ehemann mit einer Pistole erschossen hat, genau genommen mit seiner eigenen. Sie tat es, um sich selbst und ihr kleines Kind vor den unmittelbar bevorstehenden Gewalttätigkeiten zu schützen, handelte also in einer Notwehrsituation. Frau Meinhart ist nicht vorbestraft und hat sich bis dato nie etwas zu Schulden kommen lassen. Sie agierte aus existenzieller Not heraus. Es besteht kein Grund, sie bis zum Start des Prozesses in Haft zu behalten. Frau Meinhart hat einen festen Wohnsitz hier in der Stadt, die Tochter besucht den Kindergarten. Die Eltern meiner Mandantin leben hier. Sie wird eine Verhaltenstherapie beginnen, wenn sie aus der Untersuchungshaft entlassen wird. Selbstverständlich wird sie sich in regelmäßigen Abständen bei der Polizei melden und ihren Ausweis abgeben." Tine ließ sich in den Stuhl zurückfallen und drückte die Hand ihrer Mandantin, die angefangen hatte zu weinen.

„Herr Wolff bitte."

Der Staatsanwalt sah den Vorsitzenden an und schob den Kugelschreiber zur Seite, mit dem er sich Notizen gemacht hatte. Wolff. Immerhin kannte Tine nun seinen Namen, den sie eben in der Aufregung über sein Erscheinen nicht mitbekommen hatte. Ob er die Ermittlungen im Fall übernommen hatte? In den Akten war er nicht aufgetaucht. Nie zuvor hatte sie mit ihm ein Verfahren geführt.

„Es gibt keinen Grund, die Angeklagte vorzeitig aus der Haft zu entlassen. Sie hat ihren Mann mit drei Kugeln erschossen. Das hat sie selbst gestanden, allerdings erst unter dem Druck der Beweise. Frau Meinhart wollte sich auf diese Art und Weise aus einer Ehe befreien, die ihr nicht mehr zusagte. Anstatt sich von ihrem Ehemann zu trennen und scheiden zu lassen, wie man das normalerweise macht, wenn man nicht weiter mit einem Partner zusammenleben will, hat sie ihn, als er sich in einer hilflosen Situation befand, umgebracht. Sie tat das, um mit ihrem Geliebten ein neues Leben zu beginnen. Es besteht Fluchtgefahr, der Freund der Angeklagten lebt auf Mallorca. Die Anklage lautet auf Totschlag, wie Ihnen bekannt ist, Frau Anwältin." Herr Wolff presste seine Fingerspitzen aufeinander und sah den Richter wachsam an.

Tines Körper verspannte sich. Ein leises Pochen hinter den Schläfen kündigte Kopfschmerzen an. Der Typ schien sich in diesen Fall verbissen zu haben. Das konnte ja heiter werden. Was für ein Freund? Von einem Liebhaber hatte ihre Mandantin nichts erzählt. Sie beugte sich zu Frau Meinhart und flüsterte ihr ins Ohr: „Von welchem Mann spricht der Staatsanwalt?"

Die Frau antwortete nicht, schluchzte nur heftiger.

„Können wir kurz unterbrechen, bitte?"

„Tut mir leid, Frau Anwältin, das können wir nicht. Frau Meinhart, beruhigen Sie sich bitte. Stimmt es, dass Sie einen Lebensgefährten auf Mallorca haben?"

Ihre Mandantin schnäuzte sich mit einem Papiertaschentuch und antwortete mit zittriger Stimme: „Ich habe keinen Liebhaber. Es gibt einen alten Schulfreund von mir, der auf Mallorca lebt. Er hat mir ins Gefängnis geschrieben, als er von der Sache in der Zeitung gelesen hat."

„Meinen Sie mit ‚Sache' den von Ihnen verübten Totschlag an Ihrem Ehemann?"

„Herr Staatsanwalt, das geht wirklich zu weit!“ Tine stützte sich mit den Händen auf dem Tisch ab. „Meine Mandantin hat keinen Liebhaber und sie hat ihren Mann aus Notwehr erschossen.“

„Herrschaften, bitte.“ Herr Karsten sah in die Runde. „Gibt es sonst noch etwas, was wir heute wissen sollten?“

Tine bemühte sich, ihren Ärger über Herrn Wolff zu dämpfen. Sie stellte sich das Gesicht von Julia und Cecilia vor, wenn sie ihnen anvertraute, welchen Beruf der Vorzeigegolfer im wahren Leben ausübte.

„Ich weise erneut darauf hin, dass Frau Meinhart nicht vorbestraft ist und nicht die Absicht hat, Hamburg zu verlassen. Sie ist von ihrem Ehemann in der Ehe schwer misshandelt worden. Das ergibt sich aus den Akten und dürfte auch der Staatsanwaltschaft nicht entgangen sein. Herr Meinhart hatte damit gedroht, sie umzubringen. Es handelt sich um eine klassische Notwehrsituation.“

Für einen kurzen Moment sprach niemand. Herr Karsten erhob sich zeitgleich mit seinen Richterkollegen. „Wir ziehen uns zur Beratung zurück.“

Tine versuchte, dem Blick von Herrn Wolff auszuweichen, der sie unverblümt ansah. Sie wandte sich Frau Meinhart zu, der Tränen über die Wangen liefen.

„Wie stehen meine Chancen?“, brach es aus ihr heraus.

Tine tätschelte ihre Hand und antwortete nicht. Der Staatsanwalt war immerhin so höflich, wegzusehen. Einige Sekunden später fischte er aus der Anzugtasche sein Smartphone hervor und tippte etwas in das Gerät. Die Mandantin hatte ihr Gesicht in die gebeugten Arme auf der Tischplatte gelegt und schluchzte. Josefine sah Tine fragend an, die schüttelte leicht den Kopf. Heute würde sie nicht entlassen werden. Es dauerte nur wenige

Minuten, bis die Kammer erneut den Raum betrat. Herr Karsten räusperte sich und sah Tine an. „Ich vermag Ihrer Argumentation zu folgen, Frau Anwältin. Trotzdem denke ich, dass der Haftgrund der Fluchtgefahr nach wie vor besteht, erst recht aufgrund der Annahme, dass die Angeklagte Kontakt zu einem Freund im Ausland hat. Frau Meinhart bleibt weiterhin in Untersuchungshaft. Wegen der Terminierung der Hauptverhandlung melde ich mich bei Ihnen telefonisch im Büro, das sollten wir abstimmen."

Frau Meinhart, die sich aufrichtete, stieß einen Heulton aus und verbarg ihr Gesicht wieder auf dem Tisch. Tine stöhnte auf und rüttelte an der Schulter der Frau. „Bitte beruhigen Sie sich. Ich werde Sie bald besuchen."

Herr Wolff schob seinen Notizzettel in die Akte und erhob sich. „Tschüss, Frau Anwältin", rief er ihr beim Hinausgehen zu.

„So ein aufgeblasener Idiot", brummte Tine. Josefine stand auf und versuchte erfolglos, ein Kichern zu unterdrücken. Offenbar hatte sie Tines Beschimpfung gehört.

„Auf Wiedersehen, die Damen." Herr Karsten griff nach Akte und Diktiergerät und verließ zusammen mit seinen Richterkollegen den Raum.

Eine der Justizbeamtinnen, die im Zimmer geblieben war, trat auf Frau Meinhart zu. „Kommen Sie bitte, ich bringe Sie zurück."

Frau Meinhart stand sehr langsam auf, ihr Gesicht rot und verheult, die blonden Haare klebten am Kopf. „Denken Sie, ich habe eine Chance?"

„Natürlich", versicherte Tine ihr. „Das hier war nur ein kleines Scharmützel."

„Haben Sie das eben ernst gemeint?“

„Was genau meinen Sie?“ Tine wartete mit Josefine an der Ampel. Sie stellte den Kragen hoch und hielt den Kopf gesengt, die Hände in die Taschen vergraben. Der Nieselregen fuhr ihr in die Knochen. Sie war froh, dass der Haftprüfungstermin vorbei war. Hoffentlich hatte sie sich nicht erkältet. Ob der Golfspieler heute nur vertretungsweise eingesprungen war? Was für ein Pech. Reiß dich zusammen, Frau Anwältin. „Natürlich habe ich es ernst gemeint“, antwortete sie in bewusst optimistischem Tonfall.

Die Ampel sprang auf Grün und sie überquerten die Straße. Tine hatte ihren Wagen auf dem Heiligengeistfeld geparkt, weil alle sonstigen Parkmöglichkeiten besetzt gewesen waren. Vielleicht hätte sie doch mit Josefine die U-Bahn nutzen sollen? Fuhr der Staatsanwalt wirklich einen roten Smart? Das konnte Tine sich nicht so recht vorstellen. Mit dem bekäme er überall einen Parkplatz.

„Die Frau tut mir leid“, sagte Josefine und spannte einen pinkfarbenen Schirm auf. „Kommen Sie, da passen wir beide drunter.“

„Geht schon, solange es nicht stärker wird. Mir tut Frau Meinhart auch leid, aber das hilft uns nicht weiter. Wir müssen das Gericht davon überzeugen, dass sie in der Situation keinen andern Ausweg gesehen hat. Das mit dem Freund auf Mallorca ist ärgerlich. War klar, dass die Staatsanwaltschaft darauf herumreitet. Die Post wird überwacht …“

„Glauben Sie der Mandantin?“

„Ob ich der Mandantin glaube oder nicht, ist völlig gleichgültig“, dozierte Tine, riss sich sofort am Riemen. „Aber ja, ich bin überzeugt, dass sie die Wahrheit sagt.

Wir werden das in der Verhandlung deutlich zum Ausdruck bringen."

„Jetzt haben Sie zum zweiten Male ‚wir' gesagt."

„Und?"

„Sie scheinen anzunehmen, dass ich länger bei Ihnen bleibe. Mein Referendariat endet in zwei Monaten, wenn ich nicht durch das Examen falle."

„Sowieso." Sie hatten das Heiligengeistfeld erreicht. Der Porsche war in Sichtweite.

„Äh, vom bestandenen Examen oder davon, dass ich bleibe."

Tine öffnete das Auto mit ihrem Funkschlüssel und schmiss die Akten in den Kofferraum. Schwerfällig ließ sie sich auf den Fahrersitz fallen. Vielleicht sollte sie doch langsam über einen nicht so tiefergelegten Wagen nachdenken. Josefine nahm schwungvoll Platz. Auf dem Hinweg hatte sie Tine einen Vortrag darüber gehalten, dass man in Zeiten wie diesen keinen Porsche mehr fahren dürfte. Den Smart des Staatsanwalts würde sie cool finden. Lächelnd sah sie Josefine an. „Von beidem natürlich."

Tine startete den Motor und freute sich an dem typischen Porschegeräusch. Vermutlich war sie ein Fossil. Ob der Elektroporsche auch so einen Sound von sich gab?

„Meinen Sie das ernst?"

„Na klar. Über die Einzelheiten werden wir uns sicher einig. Jetzt geht es erst einmal ins Büro. Auf uns wartet eine Menge Arbeit."

Während der kurzen Fahrt zurück in die Kanzlei schwieg Josefine. Tine riskierte einen Seitenblick und genoss die Sprachlosigkeit ihrer zukünftigen Angestellten. Josefine war beileibe nicht auf den Mund gefallen.

Sie schien völlig geplättet. Die Überraschung war ihr gelungen.

Auf dem Weg von der Tiefgarage nach oben, hatte sich ihre Referendarin wieder gefangen und pfiff vergnügt vor sich hin. „Kennen Sie diesen Herrn Wolff?"

Tine zuckte zusammen. „Was? Wie kommen Sie darauf?"

Josefine sah sie aufmerksam an. „Es kam mir so vor. Vermutlich ist Ihnen schon jeder Staatsanwalt aus Hamburg über den Weg gelaufen."

Tine musste gegen ihren Willen lachen. „Sie überschätzen mich kolossal. Es gibt fast zweihundertfünfzig Staatsanwälte in der Stadt."

„Aber die arbeiten nicht alle im Bereich Tötungsdelikte."

„Da haben Sie recht. Trotzdem hatte ich mit Herrn Wolff noch nie dienstlich zu tun." Dass sie mit ihm auf dem Parkplatz des Golfclubs aneinandergeraten war, würde sie Josefine nicht auf die Nase binden.

„Vielleicht ist er neu in der Stadt."

„Mag sein. Wieso interessieren Sie sich für die Person des Staatsanwalts."

„Der wird doch im Verfahren gegen Frau Meinhart sicher die Anklage vertreten."

„Das steht nicht fest. In den Akten taucht er als ermittelnder Staatsanwalt nicht auf."

„Jedenfalls ist es folgerichtig, dass er meine Aufmerksamkeit erweckt. Man muss schließlich seinen Gegner kennen."

Auf Tines Schreibtisch sah es so aus, als wären sämtliche Vorgänge aus dem Schrank gezogen worden, um sie dort aufzutürmen. Das war offensichtlich nicht ihr Tag. Seufzend legte sie ihre Handtasche auf einen der Besucherstühle ab. „Frau Lindner, was soll das? Wo kommen die Akten her?"

„Das sind alles Wiedervorlagen, die ich herausgesucht habe. Sie haben keine weiteren Termine und Muße, sich die Sachen anzusehen. Das meiste kann vermutlich abgelegt werden. Die Fälle, in denen Rechnungen geschrieben werden müssen, sind markiert und bearbeitet." Frau Lindner stand in der Tür und strahlte sie an. „Ich habe die gute Nachricht schon gehört."

„Was ist daran gut? Frau Meinhart bleibt weiterhin in Haft und der Staatsanwalt ist auf dem Kriegspfad."

Frau Lindner schüttelte den Kopf und lachte. Heute trug sie dunkelblaue Ohrringe in Form des Frauenzeichens. „Das meine ich doch gar nicht. Josefine hat mir erzählt, dass Sie sie einstellen wollen. Eine fabelhafte Idee. Dann haben Sie endlich mehr Zeit für sich selbst."

„Und weniger Geld." Tine merkte, dass sie sich aufführte wie ein trotziges Kind. Das Meinhart-Mandat ging ihr offenbar mehr ans Herz, als es für sie gut war. Oder war es das arrogante Auftreten des Staatsanwalts? Wolff. Den Namen würde sie so schnell nicht wieder vergessen. Attraktiv war er, das machte die Sache nicht besser. Sollte sie sich einen anderen Golfclub suchen? Sie seufzte.

„Alles in Ordnung? Darf ich Ihnen eine Tasse Kaffee bringen?"

Tine zwang sich zu einem Lächeln. „Das wäre prima, danke." Sie ließ sich in ihren Schreibtischstuhl fallen und streifte ihre Pumps ab, bevor sie beide Beine auf die Holzplatte beförderte. Ein paar Akten fielen auf den Boden und legten einen Notizzettel frei. *Der Journalist Lorenz bittet dringend um Rückruf.* Darunter war eine Handynummer notiert.

„Hier kommt der Kaffee." Frau Lindner stellte eine Kaffeetasse vor sie hin, auf der Untertasse lag ein Schokoladenkeks.

Tine widerstand ihrem Impuls, die Beine herunterzunehmen. „Sie sind ein Engel."

„Weiß ich doch. Der Meinhart-Fall macht Ihnen zu schaffen. Verstehe ich gut. Die arme Frau. Mit so einer Bestie von Mann verheiratet zu sein, den hätte ich auch umgebracht."

„Lassen Sie das nicht den Staatsanwalt hören." Tine nippte an dem heißen Kaffee. Der bittere Geschmack belebte sie. „Sie haben die Gerichtsakte gelesen?"

„Das konnte ich mir nicht entgehen lassen. Was mich am meisten aufregt, ist die Vorverurteilung in der Regenbogenpresse. So von wegen Top-Unternehmer von blonder Bestie erschossen."

„Das Übliche halt. Nur so funktioniert eine bestimmte Art von Journalismus."

„Das ist kein Journalismus. Das ist eine frauenverachtende Form von Medienhetze. Wenn es umgekehrt wäre, würde sich niemand von dieser Zeitung auf die Seite der Frau stellen." Josefine stürmte in den Raum, ihre vorhin noch zusammengebundenen Haare hatten sich gelöst und hingen ihr im Gesicht. Mit einer unwirschen Geste schob sie sie hinter die Ohren. „Das ist so offensichtlich frauenfeindlich."

„Sie haben recht", antwortete Tine mit bewusst ruhiger Stimme. „Deshalb werden wir für Frau Meinhart sprechen."

„Rufen Sie diesen Herrn Lorenz an. Ich habe das Gefühl, dass er etwas weiß, was uns weiterhilft."

„Ich kann das übernehmen", sagte Josefine und tänzelte unruhig auf der Stelle.

„Das kommt gar nicht infrage. Sie müssen sich erst durch die normalen Niederungen der Strafverteidigung durcharbeiten." Tine lachte, um ihren Worten die Schärfe zu nehmen. „Gewöhnen Sie sich besser sofort daran, wenn Sie hier arbeiten wollen."

„Was soll ich stattdessen tun?"

„Fangen Sie mit dem Aktenstapel an." Tine deutete auf den höheren der Haufen. „Entscheiden Sie, was abgelegt wird, und sehen Sie sich die Rechnungen an, die Frau Lindner geschrieben hat. Zukünftig werden Sie Ihre eigenen Fälle selbst abrechnen. Nicht unwichtig, schließlich soll ich Sie doch ab August bezahlen. Sollte etwas unklar sein, wenden Sie sich an Frau Lindner. Und jetzt raus hier, ich muss nachdenken."

7

Im „Rosi“ war um diese Zeit nichts los. Die Nachmittagsgäste hatten sich verzogen, die allabendlichen Besucher waren noch nicht eingetroffen. Tine steuerte zielstrebig einen Tisch in der Ecke an. Sie schälte sich aus ihrem Kaschmirmantel, den sie nachlässig über die Lehne warf. Ihren Schirm verstaute sie unter dem Stuhl. Hoffentlich war der Journalist pünktlich. Der Kellner, der hinter der Bar Gläser polierte, beeilte sich, zu ihr zu gelangen, und sie bestellte bei ihm einen frischen Ingwertee. Dabei musste sie an Cecilia denken. Ob die ihre Chaiselounge gefunden hatte? Tropfen klatschten gegen die Fensterscheiben. Sie war zu Fuß vom Büro in den Neuen Wall gekommen. Selbst für eine notorische Autofahrerin war der Weg zu kurz. Im Übrigen gab es hier nie freie Parkplätze und die Politessen arbeiteten auch bei schlechtem Wetter. Tine hatte das „Rosi“ als Treffpunkt vorgeschlagen. Herr Lorenz hatte sich geweigert, zu ihr in die Praxis zu kommen und was von Beobachtung gemurmelt. Am Telefon wollte er nicht über die Sache sprechen. Vermutlich ein Wichtigtuer. Hätte Frau Lindner nicht gesagt, dass sie mit ihm reden solle, hätte Tine ihn nicht zurückgerufen.

Der Ingwertee kam und Tine widerstand der Versuchung, Zucker in das Getränk zu kippen. Sie nippte vorsichtig und scrollte durch die E-Mails auf ihrem Smartphone. Unglaublich, diese Flut. Sie hatte das Gefühl, es kämen jeden Tag mehr.

„Guten Abend, Frau Bogen", ertönte eine helle Stimme hinter ihr.

Sie zuckte zusammen.

„Sorry, ich wollte sie nicht erschrecken."

Neben ihr stand ein junger schlaksiger Mann in einer olivfarbenen Stoffjacke, eine Fahrradtasche in der rechten Hand. Die dunklen Haare klebten an seinem Kopf. Er ließ die Tasche zu Boden sinken und streckte Tine den Arm hin. „Sorry, ich wollte Sie nicht überfallen. Bin mit dem Fahrrad gefahren und habe dummerweise den Regenüberzug zu Hause gelassen. Ich bin Jonas Lorenz, wir haben miteinander telefoniert."

„Tine Bogen. Woher wissen Sie, dass ich es bin?"

„Ich habe Sie gegoogelt."

„Ach so." Tine kam sich für einen Moment blöd vor und deutete auf den Stuhl ihr gegenüber. „Bitte, nehmen Sie Platz."

„Danke. Ich muss mich nur von meiner Jacke befreien." Er zog das Kleidungsstück aus und legte es zusammengeknüllt auf die Heizung vor ihnen. „Klitschnass!" Dann winkte er dem Kellner. „Bitte auch einen Ingwertee für mich."

Tine trank einen weiteren Schluck und musterte den Journalisten schweigend. Der war doch erst Mitte zwanzig.

„Vielen Dank, dass Sie gekommen sind. Es wird sich für Sie lohnen, glauben Sie mir."

„Das haben Sie in allererster Linie meiner Mitarbeiterin zu verdanken. Ich wollte nicht kommen, aber Sie haben Frau Lindner überzeugt. Also bitte, meine Zeit ist knapp. Was möchten Sie mir so Wichtiges berichten? Und warum wollen Sie sich nicht bei mir im Büro treffen?"

„Nicht so schnell. Erst müssen Sie mir garantieren, dass ich die Story bekomme."

„Welche Story?"

„Ich will ein Interview mit Ihrer Mandantin. Exklusiv." Herr Lorenz schüttelte seinen Kopf und ein paar Wassertropfen fielen auf den Holztisch.

Tine lachte. „Junger Mann. Von mir erhalten Sie gar nichts. Ob meine Mandantin mit Ihnen sprechen möchte, vermag ich nicht zu sagen. Ich würde ihr davon abraten."

Der Kellner stellte das dampfende Getränk vor Herrn Lorenz ab. „Wünschen Sie etwas zu essen?"

„Nein danke", erwiderten beide unisono.

Herr Lorenz umfasste das Teeglas mit den Fingern und strahlte Tine an. „Jetzt seien Sie nicht so anwaltsmäßig drauf. Eine Hand wäscht die andere. So funktioniert das Business nun einmal."

Ganz schön frech der Typ. Irgendwie imponierte ihr sein Verhalten, Josefine hätte ihre helle Freude an dem Mann.

„Für welche Zeitung arbeiten Sie denn?"

„Ich bin freiberuflich tätig. Sie wissen doch: Es gibt immer weniger angestellte Redakteure."

„Das stimmt. Also …" Tine überlegte sorgfältig, bevor sie weitersprach. „Ich kann ein gutes Wort für Sie bei meiner Mandantin einlegen, wenn das Verfahren zu Ende ist. Mehr nicht."

„Sie müssen mir versprechen, nicht mit anderen

Journalisten über den Fall zu reden." Herr Lorenz gestikulierte wild mit den Händen. Im Eifer des Gefechts verschüttete er beinahe sein Getränk.

„Die Zusage kann ich Ihnen geben", beruhigte Tine den Mann. Mein Gott, was war der noch jung. Oder war sie einfach zu alt? Sie schüttelte diesen Gedanken ab und konzentrierte sich wieder auf ihr Gegenüber. Herr Lorenz hatte die Arme aufgestützt, mit den Daumen strich er über sein Kinn. Ob das seine Denkerpose war?

„Na gut, ich vertraue Ihnen", formulierte er nach einigen Sekunden bewusst langsam.

„Das können Sie auch. Ich bin schließlich Anwältin. Schon vergessen?"

„Haha."

„Sie haben scheinbar keine tolle Meinung von Anwälten."

„Sie etwa?"

„Gut gekontert. Es gibt das eine oder andere schwarze Schaf, wie in jedem Berufsstand. Im Allgemeinen sind wir verschwiegen und vertrauenswürdig. Erzählen Sie endlich, was Sie für wichtige Informationen haben. Mein Tag hat früh begonnen und Frau Meinhart ist nicht die einzige Mandantin."

„Derzeit Ihre prominenteste."

Der Typ musste offenkundig das letzte Wort haben. Nun gut. Tine trank den Rest ihres lauwarmen Ingwertees und schwieg.

„Meine Informantin hat für den Ehemann Ihrer Mandantin gearbeitet."

Tine zuckte zusammen und hoffte, dass man ihr die Überraschung nicht ansah. „In dem Unternehmen von Herrn Meinhart sind einige hundert Leute beschäftigt."

„Die Zeugin ist auf der Chefetage tätig. Sie hatte täglich Kontakt zu ihm."

„Mhm."

„Sie ist bereit, anonym zu bestätigen, dass sie von ihrem Chef sexuell missbraucht wurde."

Tine Herzschlag beschleunigte sich. Das war tatsächlich eine Information, die ihr in dem Strafverfahren half. „Sie wissen, dass nicht namentlich genannte Zeugenaussagen schwierig sind. Warum hat sich die Dame nicht bei der Polizei gemeldet und ihre Aussage getätigt? Wieso hat sie sich stattdessen an die Presse, d. h. an Sie gewandt?"

„Sie will nicht, dass die Geschichte an die Öffentlichkeit kommt."

„Das wird sich nicht vermeiden lassen." Tines Gedanken überschlugen sich. So viele Frauen in der Chefetage der Firma Meinhart würde es nicht geben. Notfalls würde sie einen Detektiv engagieren, der sich in der Firma umsah.

Herr Lorenz seufzte und ließ den Kopf tiefer in die Hände fallen. „Ich kenne Marie aus der Schule, wir waren im selben Abi-Jahrgang. Sie hat eine Ausbildung als Industriekauffrau absolviert und im Unternehmen von Herrn Meinhart angefangen zu arbeiten. Der Scheißkerl hat sie von Anfang an nicht in Ruhe gelassen. Wenn niemand hinsah, hat er sie betatscht. Er hat anzügliche Bemerkungen von sich gegeben und dafür gesorgt, dass sie nach Feierabend allein im Büro bleiben musste."

Tine schüttelte langsam den Kopf. „Warum ist sie dort geblieben? Sie hätte doch ohne Problem einen anderen Job gefunden."

„Das habe ich sie auch gefragt. Marie ist krankgeschrieben und in psychologischer Behandlung. Als sie von der Tat der Ehefrau hörte, ist sie zusammengebrochen und hat mich angerufen. Sie fühlt sich schuldig, weil sie ihn nicht angezeigt hat. Tatsächlich ist sie so traumatisiert, dass sie sofort anfängt zu weinen, wenn sie über ihren Chef und das, was ihr widerfahren ist, sprechen soll. Vermutlich steckt mehr dahinter als das, was sie mir erzählt hat."

„Sie nehmen an, dass sie ebenfalls körperlich misshandelt wurde." Tine hob abwehrend die Hände. „Nicht, dass ich damit zum Ausdruck bringen will, dass es sich bei dem, was Sie mir bisher berichtet haben, nicht um Misshandlungen handelt."

„Ich weiß nicht, ob er sie vergewaltigt hat. Oder geschlagen. Oder beides." Herr Lorenz musterte Tine. „Ich weiß nur, dass sie schlimme Zeiten durchmacht, und hoffe, das es ihr bald wieder besser gehen wird."

„Glauben Sie, dass Ihre Freundin mit mir reden wird?"

Herr Lorenz zuckte mit den Schultern. „Keine Ahnung, ich frage sie. In Ihrem Büro wollte ich Sie nicht besuchen, es soll keine Verbindung zwischen uns hergestellt werden können."

Der Typ hatte definitiv zu viele schlechte Krimis gesehen. So wichtig war der Fall nicht. Tine kramte in ihrer Aktentasche nach dem Portemonnaie. Sie fischte eine Visitenkarte heraus und notierte eine Telefonnummer. „Das ist meine Handynummer, unter der Sie mich jederzeit erreichen. Gnade Ihnen Gott, wenn Sie die Nummer weitergeben." Sie schob ihm das Kärtchen über den Tisch.

„Keine Sorge."

„Wie wollen Sie eine Geschichte über den Prozess schreiben, ohne Ihre Freundin zu erwähnen?"

Das Gesicht ihres Gegenübers verdunkelte sich. „Darüber habe ich natürlich nachgedacht. Ich werde sie namentlich nicht nennen, sondern nur allgemein beschreiben, dass es im beruflichen Umfeld des Ehemanns weitere Opfer von Gewalttätigkeiten gab."

„Okay." Tine beschloss, ihm nicht zu sagen, dass diese Strategie, angesichts der enormen Anteilnahme der Öffentlichkeit an der Sache, nicht aufgehen würde. Darauf würde er selbst noch kommen. Sie erhob sich und griff nach Mantel und Schirm. „Vielen Dank für Ihre Informationen. Ich gehe davon aus, dass sich Marie bei mir meldet. Sie können sich vorstellen, dass ich sonst im Interesse meiner Mandantin eigene Wege finde." Sie schüttelte dem verdutzt aussehenden Mann die Hand. „Ich zahle unsere Getränke an der Bar. Betrachten Sie sich als eingeladen. Ich wünsche einen schönen Abend." Ohne sich umzusehen, beglich sie die Rechnung an der Theke und verließ das Lokal.

Am nächsten Morgen erzähle Tine beim ersten Kaffee Josefine und ihrer Mitarbeiterin vom gestrigen Abend.

„Das ist doch fabelhaft", jubilierte Josefine, die über einer rot-schwarz karierten weit geschnittenen Hose einen grell orangenen Pullover trug. Auch diese Farbe biss sich mit ihren Haaren. Als Anwältin sollte sie sich einen etwas konservativeren Stil zulegen, zumindest wenn sie bei ihr weiterarbeiten wollte. Sie würde Frau Lindner bitten, Josefine das erneut näherzubringen. Oder war sie zu spießig?

„Wo ein Opfer ist, gibt es bestimmt weitere",

entgegnete Frau Lindner in ihrer üblichen trockenen Art. „Ich wusste gleich, dass der Lorenz kein faules Ei ist."

„Stimmt, Sie hatten wie so oft den richtigen Riecher." Tine prostete ihr mit dem Kaffeebecher zu.

„Ich könnte mich in der Firma des Ehemanns umhören", sagte Josefine, die auf der Schreibtischkante saß und mit den Beinen schaukelte.

„Das fehlte gerade noch", antwortete Tine.

„Wieso? Ich finde das eine ausgezeichnete Idee", sagte Josefine, völlig unbeeindruckt von der Kritik.

„Wenn Sie so wie heute daherkommen, wird man Sie gar nicht über die Schwelle treten lassen." Frau Lindner stellte ihren Kaffeebecher geräuschvoll ab.

Josefine lachte unbeeindruckt. „Dafür würde ich mich natürlich dezenter kleiden."

„Sie denken, dass das bei uns nicht erforderlich ist?"

Josefine sprang vom Schreibtisch und baute sich vor Frau Lindner auf. An Selbstbewusstsein mangelte es ihr nicht. Eine gute Voraussetzung für den Strafverteidigerberuf. Tine war gespannt, wer hier den Kürzeren ziehen würde.

„Sie beurteilen Menschen nach ihrem Aussehen?"

Frau Lindner erwiderte den provokanten Blick der Referendarin. „Nun mal halblang, meine Liebe. Ich habe deutlich mehr Menschenkenntnis als Sie. Kleider machen Leute, eine Binsenweisheit, aber nicht unbedingt falsch. Mandanten, die zu Anwälten kommen, rechnen heutzutage nicht damit, dass ihr Gegenüber ein Kostüm oder einen Anzug trägt. Sie erwarten, dass man ihr Anliegen ernstnimmt. Diese Annahme könnte enttäuscht werden, wenn sie einem Papagei gegenübersitzen."

Touché. Man musste sich um die Durchsetzungsfähigkeit ihrer Mitarbeiterin keine Sorgen machen. Tine musterte Josefine, die ihre Position nicht verändert hatte.

„Sie finden, dass ich aussehe wie ein Papagei?"

„Sie nicht?"

Für einen kurzen Augenblick war die Stille nahezu greifbar. Tine hielt den Atem an. Im beruflichen Umfeld waren Konflikte ihr täglich Brot, privat war sie eher konfliktscheu. Sie würde sich heraushalten. Ein schallendes Gelächter durchbrach ihre Gedanken. Josefine hüpfte von einem Bein auf das andere, ein paar Haarsträhnen schoben sich vor ihr Gesicht. Ungeduldig strich sie die hinter die Ohren. „Papagei hat mich noch niemand genannt. Ich nehme das als Kompliment. Und …" Sie stockte, bevor sie mit betont ruhiger Stimme weitersprach. „Ich gelobe Besserung. Solange Sie nicht von mir verlangen, dass ich so herumlaufe wie Sie."

„Das, Kindchen, fordere ich selbstverständlich nicht." Frau Lindner war aufgestanden und trat auf Josefine zu. „Auf gute Zusammenarbeit, Sie bringen Abwechslung ins Büro, das ist wunderbar. Wir werden voneinander lernen." Zur Überraschung von Tine hielt sie Josefine ihre ausgestreckte Hand hin.

„Ein Friedensangebot?", antwortete die und ergriff die Hand.

Tine räusperte sich. „Darf ich was dazu sagen?"

Die Frauen fuhren herum und es wirkte so, als hätten sie ihre Anwesenheit komplett vergessen.

„Na klar, Sie sind doch die Chefin", feixte Josefine.

„Gut, dass Sie das so sehen. Es ist nicht meine Aufgabe, Ihnen vorzuschreiben, was Sie bei der Arbeit anziehen, aber …" Sie überlegte einen Augenblick. „Mit diesen gewagten Farbkombinationen könnten Mandanten tatsächlich Schwierigkeiten haben. Mein Auge hat auch Probleme, sich daran zu gewöhnen. Mag sein, dass das in Ihrem Alter en vogue ist, aber …“

„Schon gut, schon gut, ich habe verstanden. Ich werde mich bemühen, mich weniger schrill zu kleiden. Kein Stress. Darf ich mich nun im Betrieb des Ehemanns umhören?“

8

Die Zeit raste. Schon wieder Freitag. Wider Erwarten freute sich Tine auf den Golfunterricht. Wenn ihr das jemand vor ein paar Wochen vorhergesagt hätte, hätte sie es nicht geglaubt. Wenn sie diese Platzreifeprüfung bestehen würde, vielleicht wäre das doch ein Sport für sie. Vor ihrem inneren Auge erschien ein Bild: Sie, wie sie nach einer vierstündigen Golfrunde mit den Freundinnen relaxed auf der Clubterrasse bei einem kühlenden Getränk saß und den Sonnenuntergang betrachtete. Vergiss nicht, dass du vorher einige Kilometer zu Fuß gegangen sein und mit möglichst wenigen Schlägen den Ball auf achtzehn Bahnen ins Loch befördert haben musst, holte sie sich auf den Boden der Tatsachen zurück.

Hinter ihr ertönte eine Autohupe und sie fuhr zusammen. Die Ampel war auf grün gesprungen. Entschuldigend hob sie den rechten Arm und gab Gas. Heute kam sie direkt aus dem Gericht. Der Termin hatte sich länger hingezogen als gedacht. In weiser Voraussicht hatte sie morgens eine Tasche mit Kleidung zum Umziehen gepackt.

Sie erreichte die Einfahrt zum Golfclub und drosselte das Tempo. Dieses Mal würde sie sich nicht den Platz vor der Nase wegschnappen lassen. Sie lachte auf, als ihr bewusst wurde, wie absurd der Gedankengang war. Eine ungünstige Parkposition für ihr Auto war nun wirklich kein Grund, um sich aufzuregen. Leider hatte sich die Zeugin in der Sache Meinhart nicht gemeldet. Vermutlich musste sie doch einen Detektiv beauftragen. Sie würde den Journalisten anrufen. Staatsanwalt Wolff konnte sicher besser Golf spielen, aber im Gerichtssaal würde sie triumphieren. Tine parkte ein und schüttelte den Kopf über sich selbst. Wieso geisterte der Mann in ihrem Gehirn herum? Wie gut, dass niemand die Gedanken des anderen lesen konnte.

„Heute fangen wir mit dem langen Spiel an", begrüßte Ian Tine im Büro. „Deine beiden Freundinnen sind schon auf der Range, um sich einzuschlagen. Ich habe auf dich gewartet."

„Bin ich zu spät?" Tine warf einen Blick auf die Uhr, die an der Wand hing. Es war genau vier.

„Du bist auf die Minute pünktlich. Besser wäre es, wenn du etwas früher da sein könntest, um dich einzuspielen." Ian rückte seine Golfkappe zurecht und nahm ihr den Eimer mit den Rangebällen ab. War das eine Maßregelung? Genervt trottete sie hinter ihm her. Sie war froh, dass sie es trotz des Gerichtstermins rechtzeitig geschafft hatte. Von Weitem sah sie Cecilia und Julia, die nebeneinander standen und klönten. Von wegen einschlagen. Sofort ging es ihr besser. Wie albern. Sie war eine erfolgreiche Strafverteidigerin Anfang fünfzig und ließ sich von einem Golflehrer ein schlechtes Gewissen einimpfen. Das hier war Freizeit und Vergnügen. Sie bezahlte den Mann schließlich.

„Hallo meine Lieben." Tine begrüßte ihre Freundinnen mit Wangenküsschen. „Ich habe gehört, ihr wart schon fleißig. Zeigt Ian mal, was ihr könnt. Ich muss mich erst einspielen." Mit resolutem Griff nahm sie Ian den Eimer aus der Hand und marschierte ein paar Meter weiter zu einem der freien, mit weißen Latten abgegrenzten Bereiche. Dort kippte sie die Bälle aus und stellte ihre Tasche mit den Schlägern ab.

„Moment. Ich möchte, bevor wir anfangen, einige grundlegende Dinge wiederholen." Ian winkte sie zurück. War das männliches Imponiergehabe oder notwendiger Bestandteil des Unterrichts? Tine atmete tief ein und aus. Sie hatte eine anstrengende Woche hinter sich und wünschte sich auf die Couch. Komm mal runter, wies sie sich selbst an. Das ist hier nicht der Gerichtssaal. Du bist hier, um dich von der Arbeit zu entspannen. „Na klar", antwortete sie. Sie ließ die Sachen stehen und machte einen Schritt auf ihn zu.

„Dein Eisen sieben solltest du mitbringen." Ian lachte herzlich. Tines schlechte Laune verschwand so schnell, wie sie gekommen war.

„Sowieso." Sie bückte sich und hob den Schläger auf. Die drei Frauen bauten sich im Halbkreis vor ihrem Golflehrer auf. Er erklärte die wichtigen Phasen des Schlages, bevor er es demonstrierte. Mit Schwung und einer Leichtigkeit, von der Tine Lichtjahre entfernt war, beförderte er die Bälle unvorstellbar weit weg.

„So, jetzt seid ihr dran. Schlagt ein paar Bälle, ich komme zu jeder von euch und sehe mir das an. Ich werde euch mit dem Handy filmen."

Tine schritt zurück zu ihrem Platz und absolvierte Dehnübungen, die Ian ihnen in der ersten Stunde gezeigt hatte. Es nützte nichts, sofort mit dem Abschlag zu beginnen. Sie musste zunächst lockerer sein. So viel hatte sie vom Spiel begriffen. Je entspannter, umso besser. Tine ließ die Arme kreisen und nahm aus dem Augenwinkel ihre Freundinnen wahr. Cecilia schlug ihre Bälle elegant. Keine Frage, Cecilia würde die Prüfung bestehen und vermutlich innerhalb von kurzer Zeit ihr Handicap verbessern. Etwas, was sie selbst am allerwenigsten interessierte. Ihr ging es nur um das meditative Element und die Bewegung. Cecilia war von Haus aus sportlich und achtete auf ihre Gesundheit.

„Träumst du?"

„Äh, nein." Schuldbewusst schubste Tine einen Ball vor ihre Füße. Ian sah sie erwartungsvoll an. „Ich habe Cecilias Schläge beobachtet. Sie ist ein Naturtalent."

„Ja, sie macht ihre Sache nicht schlecht. Du kannst das auch. Bitte erst ein paar Probeschwünge ohne Ball."

Tine konzentrierte sich und holte aus. Der Schlägerkopf berührte das Gras. Ian reckte die Daumen in die Luft.

„Noch einmal bitte." Sie wiederholte den Schwung. „Und nun mit Ball."

Sie stellte sich in Position und schlug nach dem Ball, der flach über den Boden hoppelte.

„Immer wieder erstaunlich, wie sich der Schlag verändert, sobald der Golfball ins Spiel kommt." Ian grinste sie freundschaftlich an. „Etwas langsamer. Stell dir vor, du schlägst ein Seil. Schwingen. Ich nehme dich jetzt auf."

Beim zweiten Mal klappte es besser. Der Ball flog ein paar Meter, bevor er aufkam.

„Aller Anfang ist schwer." Tine sah auf. Neben Ian stand Herr Wolff, der Ian auf die Schulter klopfte. Vor Schreck hätte sie beinah den Schläger fallengelassen. Verfolgte der Typ sie? Sie straffte die Schultern und marschierte auf den Staatsanwalt zu. Hier half nur der direkte Angriff.

„Guten Tag, Herr Wolff. Ich versuche mich am Golfsport." Sie streckte ihm die Hand hin, die er nach einem winzigen Zögern ergriff. Sein Händedruck war fest. Für einen Bruchteil sahen sie sich in die Augen.

„Ihr kennt euch?", mischte sich Ian ein.

„Wir haben beruflich miteinander zu tun. Frau Bogen ist Anwältin." Herr Wolff trat einen Schritt zurück.

„Ach was. Das wusste ich gar nicht. Worauf bist du denn spezialisiert?" Ian wirkte interessiert. Tine hatte bewusst nicht erzählt, womit sie ihr Geld verdiente. Das hier war Freizeit. Sie wollte verhindern, dass man ihr juristische Fragen stellte. Jeder Anwalt kannte das: Sobald man von seinem Job berichtete, fiel den Menschen ein rechtliches Problem ein, das dringend gelöst werden musste. Wenn Tine schlecht drauf war, antwortete sie, dass sie nur für Mord und Totschlag zuständig sei. Bei Bedarf könne man sie gern kontaktieren. Meistens war danach Ruhe.

„Ich bin Strafverteidigerin."

„Wow, das ist bestimmt ein aufregender Beruf. Dann seht ihr euch ab und zu bei Gericht." Ian schielte zu Herrn Wolff hin, der mit unbeweglicher Miene zugehört hatte.

„Weniger." Tine hatte keine Lust, über ihren Job und aktuelle Fälle zu sprechen. Und schon gar nicht in Gegenwart dieses Vorzeigegolfers.

„Nun auch noch hier im Golfclub", warf Herr Wolff ein. Er nickte Tine zu, als hätte er ihre Gedanken entziffert. Wahrscheinlich erging es ihm ähnlich, überlegte sie zu ihrer Überraschung.

„Ich muss mich beeilen, habe in zehn Minuten Abschlag. Man sieht sich." Herr Wolff wandte sich ab und schritt zu seinem Golfwagen, eines der High-Technik-Modelle, die Tine bewunderte. Der war nicht billig, sozusagen ein Porsche unter den Golftrolleys.

Ian lächelte ihr zu. „Ein hervorragender Golfer, dein Kollege. Vielleicht nimmt er dich mal auf eine Runde mit. Da würdest du viel lernen."

„Mal sehen." Tine holte aus und verbannte den Staatsanwalt aus ihrem Gehirn. Der Ball erhob sich in die Lüfte und flog bis zur Fünfzig-Meter-Marke. Na bitte, es ging doch.

„Nicht schlecht, weiter so. Ich zeige dir das Video von eben." Ian hielt sein Handy vor ihr Gesicht. O nein, im Film machte sie völlig andere Bewegungen, als sie dachte. Sie drehte sich nicht richtig und von durchgestreckten Armen konnte nur ansatzweise die Rede sein. Ein Wunder, dass sie überhaupt den Ball getroffen hatte.

„Mach dich nicht verrückt." Ian beobachtete ihr Mienenspiel. „Das sieht schlimmer aus, als es ist. Achte auf den Schwung und versuche, dich mehr zu drehen. Das wird schon. Übe den Ablauf vor dem Spiegel."

„Du würdest es mir doch sagen, wenn ich total ungeeignet wäre, oder?" Tine setzte einen strengen Blick auf.

„Sicher", antwortete er leichthin.

„Was hat er von dir gewollt?", fragte Julia, als sie nach dem Unterricht im Clubhausrestaurant saßen. Sie fuhr sich durch die Locken und sah Tine auffordernd an.

„Von wem redest du?"

„Du weißt genau, wen ich meine. Den arroganten Golftypen. Du hast ihm die Hand geschüttelt."

„Vielleicht will sie es dir nicht erzählen", sagte Cecilia, die ihr Teeglas umfasst hatte. „Ein neuer Mandant, über den sie nicht sprechen darf."

„Natürlich! Er hat sie auf der Driving Range gesehen und engagiert. Vermutlich ein Wirtschaftsverbrecher." Wenn Julia erst einmal Witterung aufgenommen hatte, war sie nicht zu stoppen.

„Interessant. Nur, weil er Golf spielt, kommt er aus dem Unternehmensbereich. Es lebe das Vorurteil." Tine merkte augenblicklich, dass sie zu aggressiv geantwortet hatte und setzte ein zaghaftes Lächeln auf. „Na ja. Ist wahrscheinlich nicht von der Hand zu weisen. Bedauerlicherweise ist es schlimmer." Sie trank einen Schluck Weißweinschorle. Ihre Freundinnen musterten sie gespannt. Tine sonnte sich für ein paar Sekunden in der Aufmerksamkeit, bevor sie betont langsam antwortete. „Er ist scheinbar der sachbearbeitende Staatsanwalt in meinem aktuellen Fall. Ihr wisst schon: Die Frau, die ihren Ehemann getötet hat."

„Nein!" Julia warf sich in ihrem Stuhl zurück. „Das glaub ich nicht."

„Leider doch."

„So ein Zufall."

„Es gibt keine Zufälle, das ist alles vorgezeichnet. Karma."

„Ja klar, Cecilia. Was anderes hatte ich von dir nicht erwartet." Julia verdrehte die Augen.

„Wenn es Karma ist, dann schlechtes. Der Mann hat die Mission, meine Mandantin für lange Zeit hinter Gitter zu bringen. Er will als Held in die Presse kommen. Das werde ich zu verhindern wissen." Ihre Stimme klang selbst für ihre Ohren zu schrill. Was redete sie da für einen Blödsinn? Der Mann erledigte schließlich nur seine Arbeit.

„Gehört das nicht zu der Jobbeschreibung?“, fragte Cecilia.

„Was meinst du?“

„Na, er ist Staatsanwalt.“

„Als Staatsanwalt muss man auch nach entlastenden Beweisen suchen und nicht nur in eine Richtung ermitteln. Der Mann hat überhaupt keine Ahnung davon, wie es Frauen in vergleichbaren Situationen geht. Ihn interessiert nur die Verurteilungsquote.“ Etwas triggerte Tine, ansonsten war es nicht zu erklären, dass sie so emotional reagierte.

„Jedenfalls spielt er gut Golf.“

„Was bitte, hat das eine mit dem anderen zu tun?“ Tine sah Cecilia verblüfft an.

„Nichts. Ich dachte nur …“

„Was?“

„Vielleicht könnt ihr mal zusammen spielen und …“

„Du denkst, wenn wir eine Golfrunde absolviert haben, ist er der Mandantin gegenüber milder gestimmt? So funktioniert das nicht.“ Tine bemühte sich um einen gelasseneren Tonfall.

„So naiv bin ich nun auch nicht.“ Cecilia sah sie unvermittelt an. „Aber eine entspannte Stimmung zwischen euch macht im beruflichen Bereich enorm was aus. Das wirst du nicht bestreiten. Wahrscheinlich ist er gar nicht so schlimm, wie du annimmst.“

Julia mischte sich ein. „So ist sie halt, unsere Cecilia. Sie glaubt an das Gute im Menschen.“

„Du etwa nicht?“ Cecilia hantierte mit ihrem Teelöffel.

„Ich bin nicht so gutgläubig wie du.“

„Es hat noch nie geschadet, zunächst positiv an jemanden heranzutreten."

„Eine gesunde Wachsamkeit bringt dich im Leben weiter."

„Warum sollte der Supergolfer mit einer blutigen Anfängerin auf den Golfplatz gehen?", unterbrach Tine das Geplänkel. „Außerdem muss ich erst die Platzreife meistern."

„Die Platzreife schafft jeder. Schließlich brauchen die Clubs Nachwuchsspieler, um die Kosten der Unterhaltung der Anlage tragen zu können. Da muss man sich schon extrem dämlich anstellen, um durchzufallen." Julia prostete ihr zu. „Im Übrigen bist du eine attraktive Frau. Vielleicht sucht der Mann weibliche Gesellschaft?"

„Ich weiß nicht, ob das ein Kompliment ist", sagte Tine und grinste ihre Freundin an. Der Ärger war verflogen. „Ich meine, das mit dem Bestehen der Prüfung."

„War es nicht. Überleg mal … Welche Möglichkeiten ergeben sich sonst noch aus einer solchen Beziehung? Ich sage nur: Parkplatzsuche."

„Haha."

Auf der Rückfahrt dachte Tine über Julias Worte nach. Beziehung. Ihre letzte Liaison lag Jahre zurück. Günther war Barkeeper in einem vornehmen Hamburger Hotel. Sie hatten sich wegen ihrer unterschiedlichen Arbeitszeiten oft tagelang nur kurz gesehen, was in Ordnung war, bis sie ihn in ihrer Wohnung mit einer Jüngeren in flagranti erwischt hatte. Der Klassiker. Tine hatte bis heute keinem Menschen die Einzelheiten erzählt, so peinlich war ihr das. Vermutlich war sie ein Fall für den Psychiater. Immerhin hatte sie ihn und die Frau hinausgeworfen und seine diversen Nachrichten ignoriert. Unablässig hatte er beteuert, dass es ein einmaliger Ausrutscher gewesen sei. Tine glaubte ihm nicht. Es war klar, dass es kein Zurück gab. Trotzdem vermisste sie ihn ab und zu am Wochenende. Oder ersehnte sie nur die Gesellschaft eines männlichen Wesens herbei? Wann hatte sie das letzte Mal mit einem Mann geschlafen? Auf Günther folgten ein paar One-Night-Stands nach zu viel Rotweingenuss, die außer einer flüchtigen Befriedigung keinerlei Erfüllung brachten. Nur wenige Männer hielten es mit einer Frau aus, die erfolgreicher war als sie. Ob Alexander Wolff verheiratet war? Bisher war er immer allein aufgetaucht. Sie schüttelte den Kopf und drehte den Radiosender lauter. Es gab genug zu tun. Wozu brauchte sie einen Mann?

9

Josefine schmiss die Tasche auf den Boden, bevor sie sich aus ihrer Lederjacke schälte. „Sie erraten nie, was ich für Neuigkeiten habe!“

Tine, die über einem komplizierten Beweisantrag brütete, ließ ihren Stift fallen, mit dem sie Kringel auf einen Block gezeichnet hatte.

„Guten Morgen, Josefine. Ich werde es sicher gleich von Ihnen erfahren.“

Josefine stutzte, ein Grinsen durchzog ihr Gesicht. „Moin Chefin, sorry.“ Sie zog einen der Besucherstühle zu sich heran und nahm Platz, ihre Beine lang nach vorn ausgestreckt. „Ich war gestern Abend in der Schanze unterwegs und hab mich mit einer alten Schulfreundin getroffen.“

„Aha.“

„Sophie arbeitet als Industriekauffrau bei Meinhart.“

„Tut sie das.“ Tine bemühte sich um einen ausdruckslosen Gesichtsausdruck.

„Nun geben Sie sich so bewusst desinteressiert. Das nehme ich Ihnen nicht ab.“

Tine kicherte. „Sie haben recht, ich bin sehr gespannt. Sie sollten lernen, sich Ihre Gefühle nicht ansehen zu lassen. Ein Pokerface schadet vor Gericht und im Umgang mit Behörden nicht.“

„Jaja." Josefine wischte den Einwand mit einer ungeduldigen Handbewegung zur Seite. „Ich weiß, was Sie meinen, aber meine Neuigkeiten sind sensationell."

„Okay, schießen Sie los." Tine lehnte sich nach vorn und sah in die grünen Augen ihrer Referendarin.

„Sophie ist nach ihrer Ausbildung im Betrieb von Herrn Meinhart geblieben. Sie arbeitet nicht in der Nähe der Chefetage, sondern in einem anderen Gebäudeteil. Und jetzt kommt es: Schon in der Lehre hat ihr eine der weiblichen Kräfte geraten, nie allein mit dem Chef in einem Raum zu bleiben. Können Sie sich das vorstellen? Offenbar wussten viele in der Firma, dass der Boss Frauen belästigt. Aber niemand hat etwas unternommen. Wahnsinn." Sie wippte auf dem Stuhl hin und her,

„Wundert Sie das? Trotz der Me-Too-Debatte schämen Frauen sich immer noch. Dabei sollten sie sich wehren und die Typen anzeigen. Klar, das ist schwer, wenn man keine Beweise hat. Aussage gegen Aussage. Das Problem ist Ihnen bekannt."

„Ich habe Sophie gefragt, warum sie dageblieben ist. Sie sagte, dass ihr die Arbeit Spaß bereite. Arschlöcher gäbe es überall." Josefine schüttelte den Kopf.

„Nicht jeder ist so eine Kämpfernatur wie Sie."

„War das ein Kompliment?"

„Würde ich Sie sonst einstellen?"

„Trotzdem verstehe ich die Frauen nicht. Im Unternehmen gibt es einen Betriebsrat." Josefine wackelte mit den Füßen, die in knielangen hellbraunen Lederstiefeln steckten.

„Was hat Ihre Freundin noch erzählt?"

„Sie hat mir ein paar Namen von Frauen genannt, an die ich mich wenden soll. Sie denkt, dass sie bereit sind, auszusagen. Jetzt, wo ihr Chef tot ist." Sie zog die Augenbrauen nach oben.

„Sie sind verdammt selbstgefällig. Gewöhnen Sie sich das ab. Sie und ich, wir sind privilegiert. Wir haben eine gute Ausbildung und können entscheiden, wie und wo wir unserem Beruf nachgehen. Die meisten Frauen haben die Möglichkeit immer noch nicht. Bedenken Sie das bitte. Vor fünfundvierzig Jahren benötigten Sie die Unterschrift des Mannes, um arbeiten zu gehen. Stand übrigens im Bürgerlichen Gesetzbuch. Einer der wenigen Paragrafen, die ich mir gemerkt habe." Tine schloss die Augen und zitierte: „Paragraf 1365 BGB. Die Frau ist berechtigt, erwerbstätig zu sein, sofern dies mit ihren Pflichten in Ehe und Familie vereinbar ist. Wurde 1977 geändert in: Beide Ehegatten sind berechtigt, erwerbstätig zu sein."

„Wow, ist wirklich noch nicht so lange her."

„Es ärgert mich maßlos, dass viele jungen Frauen denken, sie brauchen den Feminismus nicht." Frau Lindner lehnte im Türrahmen.

Josefine drehte sich zu ihr um. „Sie sind eine überzeugte Feministin?"

„Sie wissen so einiges nicht." Frau Lindner nahm ihren Worten die Schärfe, indem sie milde lächelte, bevor sie sich entfernte.

„Hier treffen Sie auf geballte Frauenpower." Tine malte das Frauenzeichen auf das Papier. „Schreiben Sie mir die Namen der potentiellen Zeuginnen auf. Wenn Sie mit ihnen gesprochen haben, berichten Sie mir. Sie sollen Ihnen ihre Geschichte erzählen. Nicht mehr und nicht weniger, okay. Keine Suggestivfragen." Sie sah ihre Referendarin an. „Das ist ja ein unglaublicher Zufall, dass eine Ihrer Schulfreundinnen bei Meinhart arbeitet. Sie hätten mir das früher sagen können."

Josefines Gesicht rötete sich. „Sophie habe ich zuletzt auf unserer Abifeier gesehen. Wir sind nur über Facebook in Kontakt geblieben. Es war eher eine Zufallsentdeckung, wenn Sie verstehen, was ich meine."

„Sie surfen gern bei Facebook? Ich dachte, dass das Netzwerk nur was für Ältere ist."

„Hat sich die Frau schon bei Ihnen gemeldet? Die, von der der Journalist gesprochen hat?"

„Guter Ablenkungsversuch. Marie? Leider nicht. Wenn sich in den nächsten Tagen nichts tut, versuche ich es." Tine hob die Hand und deutete auf die Tür. „Mein Beweisantrag wartet auf mich."

Josefine griff nach Tasche und Jacke.

„Gute Arbeit übrigens", sagte Tine. „Wir werden so wie der Anwalt und der Detektiv in ‚Ein Fall für zwei'."

Josefine runzelte die Stirn. „Kenne ich gar nicht. Wo läuft das?"

„Schon wieder vergessen, wie jung Sie sind. Das war eine Fernsehserie. Da arbeitete ein Privatdetektiv erfolgreich für die Mandanten eines Rechtsanwalts. Jahre her, dass das lief."

„Ich schaue so gut wie gar kein Fernsehen. Ich lese oder ich gehe auf Netflix. Aber die Idee ist doch prima. Die Anwältin und die Detektivin."

„Absolvieren Sie eine Zusatzausbildung," sagte Tine und grinste ihr vergnügt zu.

Wusch. Tine stand breitbeinig vor ihrem großen Spiegel im Flur. Eine Rolle Geschenkpapier ersetzte den Golfschläger. Der Spiegel diente der Selbstkontrolle. Seitdem sie ihren Abschlag auf dem Handy von Ian gesehen hatte, ahnte sie, was sie falsch machte. Wie gut, dass hier keiner sah, wie sie, statt mit einem Thriller auf der Couch zu liegen, das übriggebliebene Weihnachtspapier durch die Luft wirbelte. Wahnsinn. Ihr Handy klingelte. Tine verfluchte sich selbst, weil sie es nicht auf lautlos gestellt hatte. Notdienst hatte sie nicht. Als Strafverteidigerin war sie theoretisch Tag und Nacht im Einsatz. Verhaftungen hielten sich nicht an Bürozeiten. Tine liebte die Abwechslung, die ihr Beruf ihr bescherte, aber Mandanten, die der Auffassung waren, sie müsse rund um die Uhr zur Verfügung stehen, nervten sie. Meistens jammerten diese nur, sobald es um die Bezahlung ging, und zahlten, wenn überhaupt, nur schleppend. Tine schmiss die Rolle auf den Boden und lief in die Küche, wo das Smartphone auf der Arbeitsplatte lag. Unbekannte Nummer.

„Bogen." Niemand meldete sich. „Hallo, wer ist da?" Als sie das Gespräch wegdrücken wollte, hörte sie ein Atemgeräusch. Hatte sie jemand in der Leitung, der Telefonterror betrieb? Wo war die Trillerpfeife, die sie vor Jahren von einer Mitarbeiterin eines Frauenhauses bekommen hatte? Irgendwo in einer der Schreibtischschubladen.

„Wenn Sie sich nicht melden, lege ich auf." Mist, falsche Wortwahl. Sie konnte gar nicht mehr auflegen.

„Entschuldigen Sie bitte", piepste eine leise Stimme. „Herr Lorenz hat mir Ihre Telefonnummer gegeben."

Tine brauchte einen Moment, bevor ihr der Name einfiel. „Sie sind Marie, richtig?"

„Genau. Können wir uns sehen?"

„Sicher. Wann passt es Ihnen."

„Wäre jetzt okay?"

So viel zu ihrem ruhigen Abend. Wenn sie ablehnte, war die Chance vertan. Das konnte sie Frau Meinhart nicht antun. Und sich selbst auch nicht. „Klar. Wo treffen wir uns?"

Marie nannte den Namen einer Kneipe in der Unigegend und Tine willigte ein, in einer halben Stunde da zu sein.

Der Taxifahrer versuchte nicht, mit ihr ins Gespräch zu kommen. So hatte Tine Zeit, sich zu sortieren. Wenn das, was der Journalist ihr berichtet hatte, stimmte, würde sie gleich einer traumatisierten Frau gegenüberstehen. Tine musste sie überzeugen, eine Aussage vor dem Richter zu tätigen, ohne Rücksicht auf Maries Gesundheitszustand. Tine schluckte. Das Wohl ihrer Mandantin war ihre Aufgabe. Marie wollte reden. Sonst hätte sie Tine nicht angerufen.

Das Lokal war für einen Wochentag noch gut besetzt. Okay, es war kurz vor elf Uhr, korrigierte Tine sich. Als Studentin warst du zu der Stunde auch unterwegs gewesen. Vorlesungsbeginn war schließlich nie vor neun Uhr. Die hätte sie außerdem ausfallen lassen können, im Gegensatz zu Gerichtsterminen.

Sie verengte die Augen und sah sich suchend um. Auf den ersten Blick erkannte sie niemanden, der allein war. Hatte Marie es sich anders überlegt? Das hätte sie verstanden. Na gut, sie war hier, da konnte sie ein paar Minuten ausharren.

Sie schob sich zur Bar durch und bestellte bei einer Frau mit Nasenring ein Wasser. Die Kellnerin, Tattoos bis unter das Kinn, musterte sie abschätzend. Sicher fragte sie sich, wie sich jemand wie Tine in dieses Etablissement verirrt hatte. Wortlos knallte sie ihr das Glas auf die Theke. Tine fischte ihr Portemonnaie aus der Jacke, als sie von hinten angesprochen wurde.

„Sind Sie Frau Bogen?“

Sie drehte sich um. Vor ihr stand ein Mädchen mit raspelkurzen Haaren, Jeansjacke, einen Rucksack über der Schulter. Nein, kein Mädchen, eine junge Frau.

„Ja. Und Sie sind Marie.“

Die Frau nickte. Tine schmiss Münzen auf den Tresen. „Wollen wir uns setzen?“

Ohne auf Maries Antwort zu warten, bahnte sich Tine einen Weg durch die eng stehenden Tische und schlängelte sich zwischen den Stühlen hindurch. Am Ende des Raums gab es noch einen unbesetzten Zweiertisch, neben dem Eingang zu den Toiletten. Egal, darauf kam es nicht an.

„Möchten Sie etwas trinken?“, fragte Tine und stellte das Wasserglas vor sich ab.

„Nicht so dringend. Wenn jemand kommt, bestelle ich ein Wasser.“ Marie zog ein Taschentuch aus ihrer Jacke und putzte sich die Nase. Tine wartete, nippte am Wasser. Marie musste anfangen zu reden.

Ein paar Sekunden musterte Marie sie. Dann legte sie ihre Hände auf den Tisch.

„Jonas hat mir von Ihrem Fall erzählt.“

„Das hat er.“

„Er hat mir gesagt, dass Sie Hilfe brauchen.“

Tine sah Marie offen ins Gesicht. „Meine Mandantin, Frau Meinhart, benötigt Unterstützung. Sie wissen, dass sie im Untersuchungsgefängnis sitzt, weil sie ihren Mann erschossen hat.“

„Das Schwein hat es verdient."

„Selbstjustiz ist aus gutem Grund verboten. Niemand verdient es, umgebracht zu werden."

„Ich dachte, Sie verteidigen Frau Meinhart?"

„Das ist mein Job. Darum bin ich hier. Aber das heißt noch lange nicht, dass ich die Tat als solches billige."

„Ich schon ..." Marie schwieg, kaute auf ihrer Lippe und betrachtete ihre Hände, die sie zusammengeballt hatte. „Ich bin froh, dass er nicht mehr lebt. Wenn er seine Frau so behandelt hat wie mich, dann ..."

„Wie ist er denn mit Ihnen umgegangen?"

„Vom ersten Tag an hat er mich nicht in Ruhe gelassen. Jedes Mal, wenn wir uns begegnet sind, hat er mir zugezwinkert. Mir zweideutige Komplimente wegen meines Aussehens gemacht. Er ist mir zu nahe gekommen, hat mir über die Schulter geschaut und mich berührt. Sie wissen schon." Marie hatte den Ausdruck eines gehetzten Rehs. Tine legte ihr die Hand über die ineinander gekrallten Finger. Sie bemerkte, dass die Nägel abgekaut waren. „Aber das war nicht alles."

„Ich verstehe." Erst jetzt fiel Tine auf, dass Marie eine vage Ähnlichkeit mit ihrer Mandantin hatte. Die gleiche zierliche Figur. Nur, dass Frau Meinhart lange blonde Haare hatte. „Waren Ihre Haare immer so kurz?", fragte sie aus einem Impuls heraus.

Marie sah sie überrascht an. „Nein, die habe ich mir nach dem Vorfall sofort abschneiden lassen."

„Mögen Sie erzählen, was geschehen ist?"

„Garantieren Sie mir, dass das unter uns bleibt?"

„Das darf ich nicht. Ich vertrete die Interessen von Frau Meinhart. Wenn das, was Sie mir berichten, meiner Mandantin hilft, werde ich es verwenden."

„Danke für Ihre Ehrlichkeit. Hätten Sie mir was anderes gesagt, wäre ich aufgestanden und gegangen." Marie richtete sich auf und löste ihre Hände voneinander. Sie wirkte auf einmal entschlossen. „Wenn ich verhindere, dass diese Frau weiter im Gefängnis sitzt, ist mein Leben nicht völlig verpfuscht."

Tine wurde von einer Welle des Mitgefühls überflutet. Marie war noch keine dreißig und sprach von einem zerstörten Leben. Tine räusperte sich. Auf ihre Gefühle kam es nicht an. „Was passiert ist, kann nicht rückgängig gemacht werden. Sie müssen damit umgehen. Und es wird nicht einfach sein, Ihre Erlebnisse der Staatsanwaltschaft und dem Gericht zu erzählen." Vor Tines Augen schob sich das Bild von Alexander Wolff, wie er sie mitleidig angrinste. Sie rückte den Gedanken energisch zur Seite und trank einen Schluck Wasser.

Ein Mann mit Pferdeschwanz und Dreitagebart, einen Block in der Hand, trat an ihren Tisch und fragte sie nach Getränkewünschen.

„Ein stilles Wasser bitte." Der Typ war mit der Bestellung nicht zufrieden. Über Maries Lippen huschte ein winziges Lächeln. „Er hätte uns lieber eine Flasche Champagner verkauft."

„So etwas gibt es hier gar nicht." Tine grinste Marie an.

„Herr Meinhart hat mich vergewaltigt. Im Kopierraum ... nach Feierabend. Ich konnte wochenlang nicht darüber reden ... so habe ich mich geschämt. Dafür verabscheue ich mich ... Ich meine ..." Marie gestikulierte mit den Händen in der Luft. „Wieso habe ich mich geschämt? Er hat mich vergewaltigt und das Schwein ... er hat so getan, als wäre nichts passiert."

„Sie sind weiter zur Arbeit gegangen?"

„Die ersten Tage, ja. Verrückt, was?"

„Nein. Das ist nicht ungewöhnlich. Eine Reaktion auf ein traumatisches Ereignis. So versucht man zu verdrängen, was vorgefallen ist."

„So etwas Ähnliches hat meine Psychologin auch gesagt."

„Es war richtig, dass Sie sich Hilfe geholt haben."

Der Kellner stellte das Wasser wortlos vor Marie. Zögerlich hob sie das Glas zum Mund.

„Wochen später kam der Zusammenbruch. Seitdem kann ich nicht arbeiten. Das ist meine traurige Realität."

„Wie lange ist das her?"

„Die Vergewaltigung? Das war zehn Tage vor Weihnachten. Am 14. Dezember. Einem Freitag. Ich wollte in Ruhe ein paar Dinge erledigen. Herr Meinhart war auf Dienstreise, dachte ich." Marie verzog ihr Gesicht zu einem verzerrten Grinsen. „Sonst wäre ich nie dortgeblieben. Ich wollte nicht allein mit ihm sein."

„Wissen Ihre Kollegen, was geschehen ist?"

Marie zögerte einen Augenblick, bevor sie antwortete. „Ich habe nichts verraten."

„Sie sind nicht die Einzige, die von Herrn Meinhart missbraucht wurde."

Maries Augen weiteten sich erstaunt. „Sie meinen …" Sie verschluckte sich und hustete.

„Ja, und niemand hat sich getraut, darüber zu reden."

„Oh mein Gott." Marie schlug die Hände vors Gesicht. „Das hab ich nicht gewusst. Und wir haben es alle nicht verhindert."

„Machen Sie sich keine Vorwürfe." Tine versuchte, Marie zu beruhigen. „Das konnte niemand ahnen."

Marie sah zu Boden. Schweigen. „Ich mach es." Marie

sprach mit fester Stimme, als wollte sie sich selbst Mut zusprechen. „Ich sage aus. Als Zeugin. Meine Situation kann nur besser werden. Vielleicht ist das der notwendige Schritt zur Heilung. Und wenn nicht", sie zuckte mit den Schultern, „habe ich es wenigstens probiert."

Tine verabredete mit Marie, dass sie den Staatsanwalt und das Gericht über den Sachverhalt in Kenntnis setzen würde. Marie sollte die Vergewaltigung und die vorherigen Belästigungen stichwortartig skizzieren. Ob es zu einer Vernehmung vor Gericht kommen würde, stand nicht fest. Theoretisch bestand die Möglichkeit, sich zu einigen. Ob Herr Wolff wirklich der zuständige Mann war? Tine würde sich gleich morgen darum kümmern. Sie schloss für einen kurzen Moment die Augen. Warum nur musste sie beim Golfspielen den Staatsanwalt treffen, der die Anklage in einer ihrer aktuellen Sachen vertrat?

10

„Guten Tag, Frau Anwältin. Das nenne ich eine Überraschung. Sind Sie heute nicht auf dem Golfplatz?"

Tine klopfte mit ihrem Kugelschreiber auf die Schreibtischunterlage. Sei professionell und denk an deine Mandantin. Lass dich nicht provozieren.

„Gut, dass ich Sie endlich erreiche. Ich möchte mit Ihnen über den Fall Meinhart reden. Ich habe Ihren Kollegen Reinhard nicht erreicht. Er scheint krank zu sein."

„Dacht ich mir doch gleich, dass Sie nicht wegen des Golfspiels anrufen. Obwohl ich Ihnen gern ein paar Tipps gebe. Golfer können sich stundenlang über das Spiel austauschen, es wird nie langweilig." Herr Wolff räusperte sich, seine Tonlage wurde geschäftsmäßig. „Staatsanwalt Reinhard ist verhindert. Ich bearbeite die Sache. Was gibt es denn? Die Haftprüfung war gerade erst. Ich habe meine Meinung nicht geändert, was diesen Fall angeht."

Tine atmete bewusst ein und aus. „Sie wissen, dass meine Mandantin von ihrem Mann körperlich misshandelt wurde."

„Das hatten wir schon", tönte es aus dem Hörer. „Außer Ihrer Mandantin kann das niemand bestätigen."

„Sie irren. Ich habe eine Zeugin aufgetrieben, die von Herrn Meinhart sexuell belästigt wurde. Er hat sie vergewaltigt."

„Wer ist diese Zeugin?"

„Eine Frau, die im Unternehmen von Herrn Meinhart gearbeitet hat. Es gibt übrigens noch mehr Frauen, die auch von ihm bedrängt wurden", wagte sich Tine weiter vor. Zwar hatte bis jetzt niemand mit den Damen auf der Liste, die Josefine erstellt hatte, gesprochen. Das stand für die kommende Woche auf dem Plan. Ein kleiner Bluff schadete aber nie.

„Unterstellen wir einmal, dass Ihre Zeugin die Wahrheit sagt. Was wäre damit bewiesen? Dass das Opfer ein Vergewaltiger war? Das ändert nichts an der Tatsache, dass Ihre Mandantin ihren Mann kaltblütig erschossen hat. Selbstjustiz ist in diesem Lande verboten. Sie hätte ihn verlassen und anzeigen müssen."

„Es kann keine Rede davon sein, dass Frau Meinhart ihren Mann kaltblütig erschossen hat. Im Übrigen weiß ich, dass Selbstjustiz nicht erlaubt ist, danke für die Belehrung. Sind Sie in der Lage, sich für einen Moment vorzustellen, dass es Situationen gibt, in denen man sich nicht auf andere Art und Weise zur Wehr setzen kann?" Tine zog mit dem Kugelschreiber eine Linie über das gesamte Blatt Papier.

„Natürlich existieren derartige Konstellationen", antwortete Herr Wolff. „Das bestreite ich nicht. Ich gehe allerdings davon aus, dass Ihre Mandantin sich nicht in einer Notwehrlage befunden hat."

„Das sehe ich komplett anders." Tine bemühte sich um eine ruhige Stimme.

„Das ist Ihr Recht und Ihre Verteidigungsstrategie. Ich würde an Ihrer Stelle vermutlich genauso vorgehen."

„Frau Meinhart bleibt weiterhin in Haft?"

„Es besteht Fluchtgefahr."

„Das ist absurd.“ Tine umklammerte den Kugelschreiber so fest, dass sich die Spitze in ihren Handteller bohrte.

„Das Gericht sieht es wie ich. Es steht Ihnen selbstverständlich frei, Haftbeschwerde einzulegen.“

„Ich sehe schon. Sämtliche Frauen, die von Herrn Meinhart sexuell misshandelt wurden, muss ich als Zeuginnen im Verfahren benennen.“

„Daran kann ich Sie nicht hindern.“

„Dann haben wir für den Moment alles besprochen.“ Tine ließ den Kugelschreiber los.

„Was den Fall angeht, ja.“ Herr Wolff lachte. Wie sollte sie seine Äußerung verstehen?

„Haben wir sonst noch Gesprächsbedarf?“

Schweigen.

„Wir hatten keinen guten Start“, sagte Herr Wolff und räusperte sich. „Aufgrund des laufenden Verfahrens sollten wir uns privat nicht treffen, aber …“

„Aber?“ Tines Herzschlag beschleunigte sich. Was würde das werden?

„Wenn die Sache abgeschlossen ist, würde ich Sie gern zu einem Glas Wein oder einem anderen Getränk im Golfclub einladen. Wir könnten mal eine Runde Golf zusammen spielen.“ Er klang zugänglich, lange nicht mehr so dienstlich wie noch vor wenigen Sekunden.

„Ich habe nicht einmal die Platzreife“, schoss es aus Tine hervor.

„Ach, die besteht jeder. Deswegen müssen Sie sich keine Sorgen machen.“

„Ich bin nicht beunruhigt. Ich …“ Tine verhedderte sich und schwieg.

„Denken Sie in Ruhe darüber nach. Dauert ja noch, bis

es so weit ist. Erst muss der Prozess über die Bühne gegangen sein."

„Glauben Sie tatsächlich, dass ich mit Ihnen eine Golfrunde absolviere, wenn meine Mandantin verurteilt wird?"

„Sie sind doch ein Profi, oder?"

Tine hatte genug. „Ich wünsche Ihnen einen schönen Tag. Auf Wiedersehen." Sie schmiss den Hörer auf die Gabel. So ein Idiot. Dem würde sie es zeigen. Ob er an ihr interessiert war?

„Alles in Ordnung?" Frau Lindner legte ihr die Eingangspost auf den Schreibtisch. „Sie sind etwas grün im Gesicht. Haben Sie das Frühstück ausfallen lassen?"

„Nein, keine Sorge. Ich habe mich geärgert, das ist alles."

„Geärgert?"

„Genaugenommen könnte ich den Staatsanwalt erwürgen. So ein Trottel."

„Ach, und ich dachte schon, es wäre etwas Wichtiges."

Tine lachte kurz auf und merkte, wie sich ihre angespannten Schultern lockerten. „Manchmal habe ich das Gefühl, dass Sie mich nicht ernst nehmen."

„Sie sind meine Chefin! Natürlich nehme ich Sie ernst. Was ist denn passiert?"

„Der Staatsanwalt unterstützt mein Ansinnen auf Freilassung von Frau Meinhart nicht. Stattdessen will er nach dem Prozess mit mir auf den Golfplatz gehen."

„Oho."

„Nicht, was Sie vermuten. Wir kennen uns aus dem Golfclub."

„Was für ein Zufall. Ist er nett?"

„Nett? Er ist ein karrieregeiler Trottel." Tine fing wieder an, das Papier zu bemalen.

„Trotzdem können Sie miteinander Golf spielen. Das eine ist der Job. Das andere die Freizeit. Man weiß nie, was sich daraus ergibt. Ist er attraktiv?"

„Das ist nicht Ihr Ernst, oder?" Aus dem Hintergrund ertönte Josefine, die sich in der Tür aufbaute, die Hände in der Hüfte gestemmt.

„Was stört Sie daran?" Frau Lindner drehte sich zu ihr hin.

„Das geht gar nicht. Mit einem Staatsanwalt kann man nicht befreundet sein. Der steht auf der falschen Seite." Sie warf ihr Haar mit beiden Händen zurück. Ihre Augen funkelten voller Energie.

Tine seufzte innerlich. Diese Streithennen nutzen jede Gelegenheit, um sich aneinander zu reiben. „Sie glauben hoffentlich nicht allen Ernstes, dass Staatsanwälte auf der dunklen Seite der Macht stehen. Und falls doch, gewöhnen Sie sich das bitte sofort ab. Ohne eine funktionierende Staatsanwaltschaft wäre der Rechtsstaat bankrott. Selbstverständlich kann man freundschaftlich mit einem Staatsanwalt verkehren."

„Sind Sie es?"

„Äh, was?"

„Mit einem Staatsanwalt befreundet?"

Josefine war schlimmer als die Anklagebehörde. Gnade denen, die Josefines Weg demnächst auf der Gegenseite kreuzen würden. „Einige meiner Kommilitonen arbeiten heute als Staatsanwälte. Wenn wir uns auf einen Drink treffen, unterhalten wir uns über alte Zeiten. Noch Fragen?" Tines Ton ließ keinen Zweifel daran, dass weiteres Nachfragen nicht erwünscht sei.

„Man muss auch mal relaxen", mischte sich Frau Lindner ein. „Wenn man gedanklich nur mit seinen Fällen beschäftigt ist, greift das die Psyche an. Da schadet die Gesellschaft eines männlichen Wesens nichts. Zumindest, wenn es sich um ein attraktives Exemplar handelt." Sie lächelte vielsagend und deutete mit der Hand in Richtung von Josefine. „Sie sind zu jung, um das zu verstehen."

„Ihr übliches Totschlagargument", antwortete die Gemaßregelte und hob die Augenbrauen gen Himmel.

„Ich bin bei Ihnen", stimmte Tine ihrer Sekretärin zu. „Was die Wichtigkeit des Abschaltens betrifft. Wegen der Gesundheit habe ich mit dem Golfspiel angefangen. Zur Entspannung vom anstrengenden Job. Daran sind Sie nicht unschuldig. Dass der ermittelnde Staatsanwalt in meiner laufenden Sache im selben Club Golf spielt, trägt nicht zum Relaxen bei. Im Gegenteil."

„Glauben Sie, das hat was mit dem Fall zu tun?" Frau Lindner warf Tine einen provozierenden Blick zu. Dann verlies sie Tines Zimmer, vorbei an der am Türrahmen lehnenden Josefine. Die Frau kannte sie einfach zu gut.

„Hat Marie schon aufgeschrieben, was ihr zugestoßen ist?", fragte Josefine.

„Hervorragender Themenwechsel. Nein, ich habe nichts bekommen. Und jetzt schließen Sie bitte die Tür von außen. Ich muss dringend diese Revision fertigstellen, bevor ich mich meinem Freizeitprogramm widme."

„Golfspielen mit dem Staatsanwalt?" Josefine sah sie mit ihren grünen Augen herausfordernd an.

„Raus hier."

„Heute versuchen wir mal unser Glück auf dem kleinen

Übungsplatz.“ Ian, der wie immer eine dunkelblaue Hose mit einem weißen Clubshirt trug, strahlte Tine und ihre Mitstreiterinnen an. Tine hatte ihn noch nie schlecht gelaunt erlebt. Gute Stimmung zu verbreiten war Bestandteil seines Jobs. Sie standen vor dem Büro der Golfschule. „Ihr schnappt euch jeder drei Schläger und einen Putter. Bälle habt ihr hoffentlich selbst. Mit Bällen von der Range darf man nicht auf dem Platz spielen.“

„Warum eigentlich nicht?“, fragte Julia, die mit ihrer orangefarbenen Weste über einem hellen Fleecepullover up to date aussah. Man hätte sie vom Fleck weg für ein Fotoshooting auf dem Golfplatz engagieren können.

„Das will ich auch wissen“, sagte Cecilia, die in ihrer eher sackartigen Hose mit selbstgestricktem Pullover neben Julia wie eine ärmliche Verwandte wirkte. Cecilias braune Augen funkelten, während sie Ian musterte. „Schließlich ist ein Golfball ein Golfball, oder etwa nicht?“

„Mit einem Rangeball auf dem Platz zu spielen ist ein schwerer Etiketteverstoß und kann zum Platzverbot führen. Es gibt große Unterschiede zwischen den Bällen, nicht nur preislich.“ Ian zog die Augenbrauen nach oben.

„Für mich reichen die billigsten Bälle.“ Cecilia fischte aus einer Hosentasche zwei leicht angeschmutzte Teile.

„Was soll diese Regel?“, fragte Tine. „Es muss doch eine vernünftige Erklärung geben.“

„Da spricht die Anwältin“, frotzelte Julia.

„Rangebälle werden auf der Driving Range gespielt. Sie sind zum Üben hergestellt. Die Bälle gehören dem Betreiber der Golfanlage, ihre Spieleigenschaft ist meistens schlechter.“

„Tja“, sagte Julia und stieß Tine leicht in die Rippen. „Das überzeugt mich nicht so richtig. Klingt eher nach einer der Vorschriften, die keinen Sinn machen, außer vielleicht für den Inhaber des Golfclubs. Abgesehen davon, dass wir den Unterschied zwischen den Bällen sicher nicht bemerken. Ich zumindest nicht."

„Stimmt auffallend. Trotzdem gibt es an der Regel nichts zu rütteln. Du musst dich daran halten, wenn du auf dem Platz spielen willst." Ian schritt zügig aus. Die Frauen beeilten sich, ihm zu folgen.

Nach wenigen Minuten erreichten sie den Übungsplatz: ein neben der Driving Range gelegener Fünf-Loch-Platz. Ian sah auf seine Armbanduhr. So ein großes Teil, das Männer gern zu sportlichen Anlässen trugen. „Halb fünf. Perfektes Timing. Ich habe für uns die Abschlagszeit reserviert."

„Äh", stotterte Tine. Ihre Knie zitterten. „Wir sollen richtig spielen?"

„Na klar", bemerkte Julia in einem leicht oberlehrerhaften Ton. „Darum sind wir hier."

„Konzentration und Ruhe bitte am Abschlag, Ladys." Ian winkte Julia zu sich. „Du siehst da hinten die Fahne auf dem Grün. Das ist das Loch. Die Idee ist, mit möglichst wenig Schlägen einzulochen. So weit alles roger, nicht wahr?" Er verzog sein Gesicht zu einem jungenhaften Grinsen. „Ich bin gespannt, wie ihr euch anstellen werdet."

„Ich auch", murmelte Tine, die sich woanders hinwünschte. Gott sei Dank war dieser Abschlag weit weg vom Golfplatz. Nicht auszudenken, wenn Herr Wolff sie hier beobachten würde. Sie suchte in ihrer Tasche nach einem Golfball und einem Tee und verfluchte sich für ihre Gedanken.

Julia steckte lässig das Tee in den Boden und platzierte den Ball darauf. Sie holte energisch aus und schlug nach dem Ball. Der Ball bewegte sich nicht. Tine unterdrückte ein hysterisches Kichern. Das fing ja gut an.

„Versuch es noch mal", sagte Ian.

„Das war mein Probeschlag", konterte Julia, die Stirn gerunzelt.

„Eher nicht", antwortete Ian. „Fang nicht damit an, dich selbst zu betrügen."

„Ist doch so egal", mischte sich Cecilia mit leiser Stimme ein. „Hauptsache der Flow stimmt."

Tine drückte sich die Hand vor den Mund, um nicht loszukreischen. Wäre sie nicht so angespannt, würde sie sich köstlich amüsieren. War das nicht der Sinn des Ganzen? Daran musste sie definitiv arbeiten.

Julia holte noch einmal aus. Und traf. Leider flog der Ball nicht geradeaus, sondern nach links und landete im Teich.

„So ein Pech", sagte Tine.

„Welche Regel ist nun anzuwenden?", fragte Ian.

„Man darf erneut abschlagen oder auf einer Linie zur Fahne, nicht näher zum Loch, den Ball vor dem Wasser droppen."

„Sehr gut, Frau Anwältin", bemerkte Julia mit scharfer Stimme. „Ich entscheide mich gegen einen nochmaligen Abschlag." Mit schnellen Schritten ging sie zum Tee, was nach vorn geflogen war und hob es auf.

Cecilia trat vor und legte den Ball zwischen die Markierungen auf das Gras.

„Muss man nicht aufteen?", fragte Tine, die zum wiederholten Male überprüfte, ob sie Ball und Tee in der Hosentasche hatte.

„Muss man nicht", dozierte Ian. „Ist aber sinnvoll, weil man den Ball besser trifft, wenn er etwas höher liegt."

„Unser Naturtalent braucht diese Hilfsmittel nicht", raunte Julia in Tines Ohr.

Ohne viel Federlesens stellte sich Cecilia auf. Wie in Zeitlupe holte sie langsam aus und beschleunigte im Abschwung. Der Ball erhob sich majestätisch in die Lüfte und landete mehr als achtzig Meter weiter gerade auf dem Fairway. Tine blieb vor Bewunderung der Mund offen stehen, sie klatschte. „Super, du machst das großartig."

„Stimmt", sagte Ian. „An dem Schwung habe ich nichts auszusetzen. Und jetzt du, Tine. Wir sollten uns beeilen. Da kommen schon die Nächsten."

Tine sah sich panisch um. Drei ältere Damen mit Golftrolleys näherten sich.

„Keine Sorge", beruhigte Ian sie. „Jeder, der hier übt, weiß, dass überwiegend Anfänger unterwegs sind. Trotzdem gehört es zur Etikette, dass man sich zügig über den Platz bewegt. Also los." Er deutete auf den Abschlag.

Mit zittrigen Händen versuchte sie, den Ball auf dem Tee zu platzieren. Zweimal fiel er hinunter. Sie atmete tief durch. Tine Bogen, es geht hier nicht um eine Verurteilung zu einer lebenslänglichen Haftstrafe, sprach sie sich selbst Mut zu. Endlich geruhte der Golfball zu liegen. Sie stellte sich in Positur und erinnerte sich an das, was sie in den vergangenen Unterrichtsstunden gelernt hatte. Es funktionierte nicht. Ihr Hirn blieb leer. Vorsichtig drehte sie sich und holte aus, den Ball fixierend. Tu mir den Gefallen und flieg. Sie traf. Wie durch ein Wunder erhob er sich und landete circa dreißig Meter weiter auf dem

Fairway. Immerhin nicht im Wasser, dachte sie, als sie ihren Schläger in die Tasche steckte.

Nachdem der Ball nach diversen Berührungen im Loch war, entspannte sich Tine und fing an, die Sache mit Amüsement zu betrachten. Julia stellte sich so ungeschickt an wie sie, während Cecilia nur vereinzelt Fehlschläge produzierte. Alles in allem benötigten sie für die fünf kurzen Bahnen nahezu sechzig Minuten. Als sie wieder am Abschlag eins angekommen waren, fühlte sich Tine gelöst und wünschte sich für einen Moment, die Runde noch einmal zu absolvieren. Offenbar war sie auf dem Weg zu einer Golferin.

„Nun brauche ich dringend einen Drink", sagte Julia und schob die Hände in die Hüfttaschen.

„Den habt ihr euch verdient", sagte Ian. „Noch drei Mal treffen wir uns hier zum Unterricht, bevor ich mit euch die praktische Prüfung durchführe. Die theoretische machen wir nächste Woche."

„Was?", schrie Julia und sah Ian entsetzt an. „Nächste Woche schon? Das ist viel zu früh."

„Finde ich nicht", antwortete der ungerührt. „Ihr müsst nur das kleine Heft auswendig kennen, das ich euch in der ersten Stunde gegeben habe. Da stehen die wichtigsten Regeln drin. So schwer ist das gar nicht."

„Stimmt", meldete sich Tine zu Wort. „Ich fand das sehr übersichtlich."

„Kein Wunder. Du liest ja nichts anderes als Gesetze." Julia fixierte Tine.

„Ich finde, es gibt zu viele Vorschriften. Die engen das Spiel nur ein. Die meisten braucht man vermutlich gar nicht." Cecilia sah Ian fragend an.

„Ihr schafft das schon, Ladys. Die Regeln und Etiketteanweisungen haben wir eben auf dem Platz geübt.“ Er tippte mit der Hand an seine Golfkappe. „Ich muss euch verlassen, wir sehen uns am nächsten Freitag.“ Er verschwand eilig in Richtung Driving Range.

Die drei Frauen sahen sich schweigend an, bis Julia losprustete. „Wie benehmen uns wie hysterische Hühner, dabei geht es nur um eine lächerliche völlig unwichtige Golfprüfung.“

„Sag ich doch“, antwortete Tine. „Wir schaffen das. Zumindest hinsichtlich der Theorie bin ich zuversichtlich.“

11

Der Aktenstapel neigte sich bedrohlich. Tine zog den Kaffeebecher aus der Gefahrenzone, bevor sie die Ordner auf dem Fußboden platzierte. Die Sonne war gerade aufgegangen und warf die ersten Strahlen über die Alster. Zur Rechten lag der Golfregelführer, in den sie ab und zu einen Blick riskierte, wenn sie eine Pause vom Akteninhalt benötigte. Vor ihr aufgeschlagen lockte der neueste Thriller einer amerikanischen Bestsellerautorin. Wie praktisch, dass sie allein am Frühstückstisch saß. Einer anderen Person hätte sie den Mix aus Vernehmungsprotokollen einer mutmaßlichen Vergewaltigung, den grausamen Morden eines Serienmörders und den bebilderten Golfregeln für Anfänger nicht erklären können. Ihr Belohnungssystem sah so aus: dreißig Seiten Gerichtsakte gefolgt von fünf Golfregeln. Danach eine halbe Stunde Thriller. Später stand Golftraining auf dem Programm.

Der Parkplatz des Golfclubs war gut belegt. Sie rollte langsam durch die Reihen, vorbei an silbrig glänzenden Audis, einem protzigen Mercedes in Rot und einer Handvoll kleinerer Wagen. Tine hoffte, eine Lücke zu entdecken. Fehlanzeige. Vorschriftsmäßig bog sie in den parallel verlaufenden Weg ein, hier waren, dicht zum

Clubhaus, Stellplätze für den Vorstand reserviert. Sie hätte es nicht einmal vor sich selbst zugegeben, dass sie Ausschau nach dem knallroten Smart des Staatsanwalts hielt und deshalb eine komplette Runde um den Platz fuhr. Und wenn schon, dachte sie, als sie sich am Ende neben einen in die Jahre gekommenen Japaner quetschte. Ich will wenigstens gewarnt sein, damit ich mich vorbereiten kann.

Auf der Driving Range tummelten sich jede Menge Leute in Jeans und Turnschuhen, einige Frauen trugen Sandalen. Offenbar war heute so etwas wie Tag der offenen Tür. Die Golflehrer zeigten Kleingruppen den Abschlag und das Putten. Ian winkte ihr zu, als sie an ihm vorüberging. Tine grüßte zurück und stellte den Eimer mit den Bällen zwischen die Markierungen auf der Abschlagsübungsfläche. Sie hob die Arme über den Kopf und absolvierte ein paar Dehnübungen.

„Hallo Frau Bogen. Ganz schön fleißig. Dann dauert es nicht lange, bis wir beide über den Platz gehen können."

Tine zuckte zusammen. Vor ihr stand Staatsanwalt Wolff. Er wirkte amüsiert. Stalkte der Typ sie etwa? Oder war sie inzwischen berufsparanoid?

„Hallo Herr Wolff. Sind Sie bei dem schönen Wetter nicht auf dem Platz?"

„Heute hat es nur zur Range gereicht. Ich hatte diverse eilige Vorgänge auf meinem häuslichen Schreibtisch, Sie wissen schon."

Okay, sie war nicht die Einzige, die zu Hause arbeitete. Wenn der Mann weiter bei ihr stehenblieb, konnte sie nicht üben, so viel war klar. Nicht ein Ball würde sich unter seiner Beobachtung in die Lüfte erheben.

„Ich habe mein Aktenpensum bereits erledigt", antwortete sie leichthin, „und brauche Sauerstoff. Lassen Sie sich durch mich nicht vom Training abhalten." Tine sah ihn an, ihre Lippen kräuselten sich spöttisch.

Wolff erwiderte ihren Blick. „Keine Sorge. Sie halten mich nicht ab. Vielleicht kann ich Ihnen noch etwas beibringen?"

Mein Gott, der Mann hatte Nerven.

„Ich will Sie nicht von Ihren Pflichten fernhalten. Sicher wartet Ihre Familie auf Sie." Tine zeigte auf das Schild mit der Bitte um Rücksichtnahme. „Wir sollten hier nicht reden. Sie wissen schon."

„Touché, Frau Anwältin." Er deutete eine kurze Verbeugung an. „Ich will mich nicht aufdrängen. Und zu Ihrer Information: Ich lebe allein." Er zwinkerte ihr zu, drehte sich um und verschwand im Getümmel.

Tine stieß den Eimer mit den Bällen um und ordnete sie mit zittrigen Händen in zwei Reihen. Ihr Herz raste und ihre Knie waren butterweich. Wieso brachte Wolff sie so sehr aus der Ruhe? Bis zur Hauptverhandlung in der Meinhart-Sache musste sich das ändern. In ihr brodelte es. Wieso wollte er, dass die Mandantin weiter in Haft blieb? Hatte er überhaupt ein Herz? Hör auf, über Frau Meinhart nachzudenken. Du hast mit dem Golfspiel angefangen, um dich vom Arbeitsalltag zu entspannen. Also schlag die Bälle und fokussiere dich auf deine Golferkarriere. Die hat es dringend nötig.

Der Gerichtstermin am Montag fiel aus, weil ihr Mandant nicht erschien. Jetzt wurde er per Haftbefehl gesucht, was seine Situation nicht verbesserte. Tine hatte Mitleid mit ihm, freute sich aber gleichzeitig auf ihr Büro, wo die eine oder andere Akte auf Bearbeitung wartete. Josefine sollte versuchen, den Mann, der wegen diverser Betrügereien angeklagt war, zu erreichen. Vielleicht konnte sie ihn überreden, sich freiwillig bei Gericht zu melden und sich zu entschuldigen. Dann könnte möglichst zügig ein neuer Verhandlungstermin anberaumt und Untersuchungshaft vermieden werden. Wobei *schnell,* in Zeiten von fehlenden Richtern und allgemein knappen Justizressourcen, ein dehnbarer Begriff war.

„Guten Morgen", begrüßte Tine Frau Lindner, die am Computer saß und schrieb. Ihre silberfarbenen Anker schaukelten bei jedem Tastenschlag hin und her wie die Boote auf der Alster im Gegenwind. „Wieso ist Ihr Schreibtisch so leer? Bei mir sieht es aus, als ob man die Skyline von New York vor sich hat, wenn man ins Zimmer tritt."

„Guten Morgen. Möchten Sie eine höfliche oder eine ehrliche Antwort?" Frau Lindner schob ihre Lesebrille über die kurzen Haare und warf ihr einen kecken Blick zu.

„Am Montagmorgen bevorzuge ich höfliche Antworten. Jedenfalls bevor ich meinen zweiten Kaffee hatte."

„Soll ich Ihnen einen bringen? Ich hatte gar nicht so früh mit Ihnen gerechnet." Frau Lindner kam hinter ihrem Tisch hervor.

„Herr Mielke ist nicht zum Termin gekommen. Dabei habe ich ihm letzte Woche so gut zugeredet. Josefine soll ihn dazu kriegen, sich zu stellen. Es gibt inzwischen einen Haftbefehl."

„Josefine ist heute nicht da. Sie wissen doch: Examensvorbereitung."

„Ach, das habe ich verdrängt. Wann hat sie denn die mündliche Prüfung?"

„Vermutlich Mitte Juli. Die Ergebnisse aus dem schriftlichen Examen sind noch nicht da."

„Stimmt. Hoffentlich ist sie nicht durchgefallen. Beim Mündlichen mache ich mir keine Sorgen. Auf den Mund gefallen ist sie ja nicht."

„Josefine ist ein intelligentes Mädchen. Sie hat bestimmt bestanden."

„Oh, so meinte ich das nicht. Sie ist ein Glücksgriff, klug und engagiert. Sonst hätte ich ihr keinen Job angeboten. Man fällt schnell mal durch ein juristisches Examen, wenn man auf dem falschen Fuß erwischt wird."

„Josefine nicht."

„Sind Sie ihr heimlicher Fan?"

„Das Mädchen hat das Herz auf dem rechten Fleck. Nur an der Kleidung müssen wir noch arbeiten, aber …"

„Sagen Sie bloß nicht Mädchen zu ihr. Josefine ist eine junge Frau."

„Aus meiner Warte sind alle, die jünger als vierzig sind, Mädchen."

„Haha."

Tine hatte sich gerade an ihren Schreibtisch gesetzt, als das Telefon klingelte.

„Ihr derzeitiger Lieblingsstaatsanwalt ist in der Leitung."

„Was will der denn von mir?", fragte Tine entnervt.

„Wenn Sie mit ihm reden, werden Sie es herausfinden", ertönte lakonisch die Antwort von Frau Lindner. Na super.

„Guten Morgen, Herr Wolff. Was verschafft mir die Ehre am frühen Vormittag?"

„Guten Morgen. Ich freue mich, dass Sie es als Ehre empfinden, mit mir zu telefonieren."

An Selbstbewusstsein mangelte es dem Herrn nicht. „Kommen Sie bitte zur Sache, ich habe wenig Zeit."

„Da haben wir eine weitere Gemeinsamkeit. Neben dem Golfspiel natürlich."

Der Typ versuchte tatsächlich, mit ihr zu flirten. Sie sagte nichts und wartete.

„Auf meinem Tisch liegt eine zwanzigseitige Aussage von einer Zeugin …" Ein raschelndes Geräusch im Hintergrund. „Edelmann. Sagt Ihnen der Name etwas?"

Tine musste einen Moment überlegen. „Die Frau hat im Unternehmen des Ehemanns meiner Mandantin gearbeitet. Erinnern Sie sich? Ich habe Ihnen bei unserem letzten Telefonat von ihr erzählt."

„Also haben Sie die Frau auf mich gehetzt. Das hätte ich mir denken können."

Tine atmete ruhig aus. Der Mann erledigte nur seinen Job. Trotzdem. „Ich habe niemanden auf Sie gehetzt. Vermutlich hat sich Frau Edelmann an die Staatsanwaltschaft gewandt, weil sie glaubt, dass die zuständig ist. Leiten Sie das Schreiben doch weiter zur Gerichtsakte. Ich werde erneut Akteneinsicht beantragen, damit ich es lesen kann."

„Sind Sie nicht über das informiert, was Ihre Zeugin geschrieben hat?"

„Die schriftliche Aussage kenne ich nicht. Wir können uns das hier alles sparen, wenn Sie mir die Aussage aufs Fax legen. Oder per E-Mail schicken. War es das?"

„Nein. Ich möchte übrigens, dass das Hauptverfahren so zügig wie möglich beginnt."

„Da haben wir ausnahmsweise denselben Wunsch."

„Wenn auch aus anderen Motiven."

Tine war zu verblüfft, um zu antworten.

„Ich kann Sie ja erst zu einem Drink einladen, wenn das Verfahren beendet ist. Also habe ich mich beim Gericht um eine Beschleunigung bemüht. Bei der Kammer ist eine Sache geplatzt. Der Vorsitzende wird sich mit Ihnen in Verbindung setzen. Wünsche einen angenehmen Tag. Tschüss."

Tine starrte den Telefonhörer an. Der Mann hatte einfach aufgelegt. Erst machte er sie an und dann legte er auf. Wahrscheinlich war ihr Gesicht rot. Sie war einfach aus der Übung, was das Flirten anging.

Ihr Handy läutete. Das Foto von Till erschien auf dem Display.

„Hallo meine Süße. Dass man dich auch mal erreicht! Robert und ich möchten dich heute Abend zu einem kleinen Essen bei uns zu Hause bitten. Ich akzeptiere keine Ausrede. Du hast dich in der letzten Zeit rar gemacht."

„Hallo Till. Du weißt doch selbst, wie das ist. Zu viel zu tun."

„Um halb acht und sei pünktlich."

„Habe ich eine Wahl?" Tine blätterte in der Akte, die vor ihr lag. Till hatte recht. Es war bestimmt vier Wochen her, seit sie sich gesehen hatten. Irgendwie verging die Zeit zu schnell.

„Nein, hast du nicht. Bis nachher."

Till beendete das Gespräch. Wider Willen musste Tine lachen. So war Till schon immer gewesen: liebevoll und dominant. Tine rollte ihre angespannten Schultern nach hinten. Sie freute sich auf den Abend. Sie kochte nicht gern für sich. Robert war ein begnadeter Koch und würde sie mit verschiedenen Gängen verwöhnen. Ein kleines Essen war bei ihm sicher wieder ein Vier-Sterne-Menü. Gut, sie würde heute Mittag nur einen Salatteller beim Italiener bestellen, damit sie genug Platz für Roberts Delikatessen hatte.

„Gut siehst du aus!“ Till hauchte ihr zwei Küsschen auf die Wangen. „Warst du auf einem Kurztrip im Süden?“

„Wie kommst du auf diese Idee?“ Tine umarmte ihren Freund. „Keine Zeit für Urlaub.“

„Du hast Farbe bekommen“, erklärte Robert, der eine bunte Kochschürze um den fülligen Leib gebunden hatte und sie in die Arme schloss. Im Flur roch es verlockend nach Knoblauch und Thymian. Tines Magen knurrte lautstark. Grünzeug zum Mittag hielt eben nicht so lange vor.

„Kurzurlaub wäre prima.“ Tine legte ihre Tasche auf den Holzboden und schälte sich mit Tills Hilfe aus ihrer Lederjacke. „Die Gesichtsfarbe kommt vom Golfspielen.“

„Wow, ganz neue Töne. Kein Wunder, dass du nie Zeit für deine alten Freunde hast.“ Robert hob die Hände in gespielter Verzweiflung zum Himmel und verschwand in der Küche.

„Möchtest du einen Aperitif?“, fragte Till. Mit seinen lockigen Haaren, charmantem Dreitagebart, der Designerjeans und dem weißen Hemd, das leger über der Hose hing, brachte er Frauenherzen zum Schmelzen. Er zog ihre Geschlechtsgenossinnen an wie Marmelade die Fliegen.

„Tine?“

„Nein. Sorry, ich hab geträumt … Erinnerst du dich daran, wie die Frauen dich in der Uni angehimmelt haben?"

„Damals war ich jung und schön. Das ist ewig her."

Gut aussehend war er immer noch. Till hatte in ihren Augen mit den Jahren an Attraktivität gewonnen. Vergleichbar mit einem guten Rotwein. Tine folgte ihm ins Wohnzimmer. Der massive Holztisch war für drei Personen liebevoll eingedeckt. Bunte Teller harmonierten mit roten Stoffservietten und einem großen Strauß orangefarbener Tulpen. Till öffnete die Flasche aus dem Weinkühler.

„Einen Weißburgunder für dich? Oder lieber was anderes? Ich hoffe, du bist nicht mit dem Auto gekommen."

„Weißburgunder ist fabelhaft. Nein, ich habe mir vom Büro ein Taxi genommen und den Wagen in der Garage gelassen."

„Sehr vernünftig." Er füllte funkelnde Kristallgläser.

„Für dich einen Wein, Robert?"

„Du weißt doch, dass ich nicht multitaske." Robert steckte den Kopf durch die Schiebetür. „Fangt schon ohne mich an. Muss mich auf die Scampi konzentrieren."

Till stieß mit Tine an. „Auf das Leben."

„Auf das Leben."

Der Wein schmeckte leicht nussig und hinterließ einen angenehmen Hauch von Zitrone im Mund. Tine trank einen weiteren Schluck. Ihre Schultern senkten sich und sie lächelte selig. Feierabend.

„Du siehst aus wie eine Katze, die man vor ein Sahneschälchen gesetzt hat."

„Ich betrachte das Mal als Kompliment und nicht als

Zeichen für beginnenden Alkoholismus. Ich weiß gar nicht, ob Sahne für Katzen gesund ist.“ Tine drehte den Stil des Glases und bewunderte die blassgelbe Farbe des Weins.

„Das ist so typisch für dich.“ Till grinste sie an. „Immer analytisch. Schalte doch mal den Verstand für ein paar Minuten ab und hör auf dein Gefühl.“

„Das ist nicht so einfach …“

„Wieso steht ihr noch herum? Der erste Gang ist fertig.“ Robert kam aus der Küche, in der Hand zwei Schalen, die er mit Topflappen festhielt. Vorsichtig stellte er sie auf die Platzteller. „Setzt euch hin.“

Till sah Tine belustigt an. In einer blauen Tonschale brodelten Scampi mit dunkelroten Chilis und kleinen Knoblauchstücken in Öl. Es duftete himmlisch. Wenig später erschien Robert mit dem dritten Teller und einem Korb mit aufgeschnittenem Weißbrot. Aufatmend ließ er sich am Kopfende nieder. Er wischte mit einer Hand über sein militärisches Kurzhaar. Die schwarze-rote Lesebrille, die er die Stirn hochgeschoben hatte, konnte er in letzter Sekunde am Bügel festhalten.

Till füllte das Glas seines Mannes und schob es vor ihn hin. „Lasst uns zusammen anstoßen, bevor wir dieses köstliche Mahl genießen.“

Es herrschte Schweigen. Tine tauchte Brot in das würzige Öl.

„Was habe ich da vorhin gehört? Du spielst Golf?“ Robert hörte auf zu kauen und sah sie neugierig an.

„Vom Spielen bin ich weit entfernt.“ Tine schob sich das Brot in den Mund. „Ich absolviere einen sogenannten Platzreifekurs mit zwei Frauen.“

„Wie bist du denn auf die Idee gekommen? Du fährst

doch jeden Schritt mit dem Auto." Till tupfte sich die Lippen mit der Serviette ab.

„Darf man sich nicht mehr verändern? Auch mit über fünfzig kann man sich neue Ziele setzen."

„Aha. Wie heißt er?" Till stützte seinen Ellbogen auf und fuchtelte mit dem Messer in der Hand herum.

Tine drehte sich leicht zu Robert hin. „Würdest du deinem Angetrauten bitte erklären, dass wir Frauen sehr wohl in der Lage sind, allein unser Leben umzukrempeln? Dafür brauchen wir keinen Mann."

Robert verzog den Mund zu einem Grinsen. „Hast du gehört?"

„Tine, also wirklich … Erzähl kein Märchen. Du bist doch nicht eines schönen Morgens aufgewacht und hattest die Eingebung: Jetzt lerne ich Golfen?"

Till kannte sie einfach zu gut. Tine ließ ihn ein paar Sekunden schmoren. „So in etwa hat es sich zugetragen."

Till spitzte die Lippen, immer noch nicht überzeugt.

„Okay, ein klein wenig hat Frau Lindner mich angestupst. Sie hat mich zur Ärztin geschleppt."

„Du bist doch nicht etwa krank?" Till beugte sich vor.

„Nein, nein, kein Grund zur Besorgnis. Nur überarbeitet, mit einem Hauch von hohem Blutdruck."

„Die Ärztin hat dir Sport verschrieben."

„Lass Tine doch mal in Ruhe essen. Du bist ja schlimmer als die Inquisition", mischte sich Robert ein.

„Ich mache mir Sorgen."

„Das brauchst du nicht", sagte Tine. Sie spießte einen rosa Scampo auf die Gabel. „Alles im grünen Bereich. Ich bewege mich mehr. Also wird mein Blutdruck sich absenken."

„Macht es wenigstens Spaß?“ Robert tunkte mit einem Stück Brot die letzten Reste des Öls aus der Schüssel.

„Doch, obwohl ich mich ziemlich ungeschickt anstelle.“

„Egal, Hauptsache es gefällt dir. Das wär nichts für mich. Heißt es nicht: Hast du noch Sex oder spielst du schon Golf?“ Till lehnte sich im Stuhl zurück. Seine dunkelbraunen Augen funkelten.

„Till Kruse, du kannst so ein Ekel sein.“ Robert stellte die Teller zusammen. Mit einem Kopfschütteln verschwand er in Richtung Küche.

„Es können nicht alle Menschen segeln gehen.“ Tine spielte mit ihrer Gabel. Sie genoss das kleine Geplänkel. Till und Robert waren Mitglieder in einem Hamburger Segelklub und besaßen ein Boot. Im Sommer segelte sie ab und zu mit ihnen über die Alster. Nur aufs Meer traute sie sich nicht in der Nussschale. Tiefes Wasser von unten, das war ihr nicht geheuer.

„Vielleicht lernst du in dem Club einen attraktiven Golfer kennen.“

„Sicher. Die warten auf mich. Und ich auf sie.“

„Du kannst doch nicht für immer solo bleiben.“

„Besser fröhlich allein als traurig zu zweit.“

„Nicht alle Männer sind wie Günther.“

„Ich weiß. Die Guten sind vergeben oder schwul.“

„Wer ist schwul?“ Robert kam mit drei Tellern aus der Küche, die er auf den Tisch stellte. „Keine intimen Details bitte, wenn ich nicht dabei bin.“

Tine lachte. „Dein Mann will mich verkuppeln. Aber die Sahneschnittchen sind alle in einer Beziehung oder nicht an Frauen interessiert.“

„Ach was, es werden wieder welche frei.“ Robert

klopfte ihr auf die Schulter. „Warte einfach mal ab. Das Leben birgt bestimmt die eine oder andere Überraschung für dich."

Beim Hauptgang, Lammkoteletts mit Spargel und Rosmarinkartoffeln, erzählten Till und Robert komische Geschichten aus ihrem Laden. Das Geschäft lag in einer der Einkaufsstraßen im vornehmen Stadtteil Eppendorf. Tine amüsierte sich über Merkwürdigkeiten der Kundinnen.

„Kannst du dir vorstellen, dass es Frauen sind, die in zweiter Reihe mit ihrem SUV parken? Und das nur, weil sie wissen wollen, ob unser Käse ein Bioprodukt ist? Sozusagen von der Ziege um die Ecke. Ich verstehe die Menschen nicht." Robert schüttelte leicht den Kopf.

„Willkommen im Club", sagte Tine und gähnte. „Ich stehe zu meinem Porsche, esse alles, auch Produkte, die nicht ökologisch zertifiziert sind. Dein Essen schmeckt fabelhaft. Till sollte jeden Tag eine Kerze anzünden dafür, dass du ihn geheiratet hast."

„Hört, hört", bemerkte Robert und sah Till liebevoll an.

„Sie hat wie so oft recht." Till erhob sein Weinglas und prostete ihm zu.

Zum Nachtisch servierte Robert warme Schokoküchlein mit roter Grütze. Tines Hosenbund kniff und sie lockerte ihren Gürtel.

„Ich platze gleich!", stöhnte sie und schob sich den letzten Löffel mit süffiger Schokoladencreme in den Mund. „Himmlisch, so zart und lecker. Echt, Robert, so hervorragend hab ich seit Ewigkeiten nicht mehr geschlemmt." Sie seufzte verzückt und leckte den Löffel ab. „Nach der Sünde muss ich drei Tage fasten oder zum

Training auf den Golfplatz. Schon klar, warum ich nicht so häufig zu euch zum Essen komme …"

„Genießen, nicht analysieren." Till erhob den Zeigefinger. „Und wehe, du lässt dir wieder so lange Zeit."

„Noch einen Absacker?", fragte Robert.

„Für mich nicht, ich muss morgen früh aufstehen." Tine unterdrückte ein Gähnen und sah auf ihre Armbanduhr. Es war halb zehn.

„Dann vielleicht einen Espresso?" So schnell gab Robert nicht auf.

„So spät am Abend vertrage ich keinen. Ich sitze sonst hellwach im Bett."

„Ich könnte dir einen koffeinfreien anbieten."

„Den nehme ich sehr gern."

Robert kam mit dem Espresso in Windeseile zurück. „Ich habe einen Artikel über dich gelesen. Du hast einen spektakulären Fall an Land gezogen."

Tine nippte am bitteren Espresso. Auf den Zucker hatte sie verzichtet „So sensationell ist das nicht. Nur ein gefundenes Fressen für den Boulevard. Meine Mandantin hat aus Notwehr gehandelt. Bedauerlicherweise ist der Staatsanwalt anderer Meinung."

„Steht vermutlich in seiner Berufsbeschreibung."

„Der ist so ein selbstverliebter Idiot. Denkt nur an die Karriere und nicht an den Menschen."

„Das hört sich nicht einfach an", sagte Till.

„Nein. Leider spielt er auch Golf. Tada, ausgerechnet in dem Club, in dem ich den Platzreifekurs mache." Warum erzählte sie das? Sie hatte zu viel Alkohol getrunken.

„Aha, wie aufregend. Ist er attraktiv?" Till feixte.

Tine hätte ihm am liebsten die Zunge herausgestreckt.

„Er glaubt das sicher. So genau habe ich ihn mir nicht angesehen."

„Nachtigall, ick hör dir trapsen." Till fing an zu lachen. „Ich sehe euch schon zusammen in trauter Harmonie über den Golfplatz laufen."

„Da hast du etwas mit ihm gemeinsam: Er denkt das auch. Aber ihr täuscht euch beide." Sie stand langsam auf.

„Jetzt sei doch nicht beleidigt." Till blieb ungerührt sitzen.

„Bin ich nicht. Wirklich. Ich muss nur nach Hause. Morgen hab ich einen anstrengenden Tag vor mir." Tine ging um den Tisch herum und umarmte Robert von hinten. „Das Essen war großartig, vielen Dank. Du bist der beste Koch auf Erden." Sie drehte sich zu Till hin. „Bringst du mich raus?"

„Na klar."

Till half ihr in die Jacke und küsste sie zum Abschied. „Lass dich nicht von deinem Staatsanwalt ärgern, Frau Anwältin."

Tine boxte ihn leicht in die Seite. „Das ist nicht mein Staatsanwalt, du Idiot."

12

„Die Mutter von Frau Meinhart hat heute früh angerufen. Ihre Tochter hat gestern Nacht versucht, sich das Leben zu nehmen. Sie liegt auf der Krankenstation, es besteht keine Lebensgefahr. Ich hab ihr versprochen, dass Sie die Mandantin besuchen kommen."

„Mein Gott, warum macht sie so etwas Dummes?" Tine griff nach der Papiertüte mit dem belegten Brötchen, das sie unten beim Bäcker gekauft hatte. Die Gerichtsverhandlung hatte bis kurz vor vier gedauert. In der Mittagspause hatte sie mit ihren Mitverteidigern bei einem Becher Kaffee und einer Frikadelle über die weitere Verteidigungsstrategie diskutiert. Ihr Magen knurrte und sie fühlte sich ausgepowert. War das die verspätete Frühjahrsmüdigkeit? Ihr Sportprogramm schien noch nicht angeschlagen zu haben. Sollte man nicht durch Bewegung körperlich aktiver werden? Sie seufzte. Frau Lindner sah sie aufmerksam an.

„Soll ich Ihnen eine Tasse Kräutertee bringen? Ich habe mir eine Kanne zubereitet. Kamille, Melisse und Baldrian, zusammen mit Orangenblütenblättern eine ausgleichende Mischung. Kaffee haben Sie vermutlich genug getrunken."

„Sie sind ein Engel. Sehr gern. Das Koffein kommt mir bereits zu den Ohren heraus. Beruhigung ist genau das, was ich jetzt brauche.“ Tine ließ sich auf den Stuhl vor dem Schreibtisch ihrer Mitarbeiterin fallen. Vom Nacken zog ein dumpfer Schmerz in ihren Kopf. „Heute ist einer der Tage, an dem alles gleichzeitig passiert. Ich war früh im Gefängnis, weil zwei meiner Schäfchen verhaftet wurden, und dann den ganzen Tag beim Gericht. Ich bin sicher, im Büro liegt eine Liste von Telefonaten, die ich abarbeiten soll.“

„Nein, da befindet sich außer der Eingangspost gar nichts.“

„Äh, stimmt was nicht?“ Tine schnupperte an dem Tee. Roch irgendwie muffig.

„Der schmeckt besser, als er riecht.“ Frau Lindner sah sie aufmunternd an „Josefine hat sich um die Anrufe gekümmert. Ich habe sie darum gebeten. Es war nur Kleinkram, juristisch betrachtet. Die üblichen Nachrichten von Angehörigen, die fragen, wie es ihren Lieben in der Haft geht. Ich habe Josefine schriftlich instruiert. Also, von wem wir Geld bekommen. Ich habe sie angewiesen, das Thema anzusprechen. Das gehört schließlich zum Job.“

„Frau Lindner, Sie sind die Beste. Was würde ich nur ohne Sie machen?“

„Weiß ich nicht.“ Sie sah ungeheuer zufrieden mit sich aus. „Genießen Sie den Tee in Ruhe.“

Tine trank einen Schluck von dem braunen Gebräu. Es schmeckte überraschend gut. Würzig.

„Warum duzen wir uns nicht nach all den Jahren?“

Frau Lindner, die ein Schriftstück formatierte, sah sie erstaunt an. „Sie haben mich nie gefragt. Und das ist nicht angemessen.“

„Was ist unangemessen?“ Josefine balancierte mit

einem Stapel Akten durch die Tür. Vorsichtig legte sie die Ordner auf den Schreibtisch von Frau Lindner. „Hallo Frau Bogen."

„Es gehört sich nicht, sich in fremde Gespräche einzumischen." Frau Lindner funkelte Josefine über den Rand der Lesebrille an.

„Sorry. Frau Bogen, ich bin mit der Liste fertig."

„Äh, von was genau sprechen Sie?"

„Na, von der Meinhart-Sache." Josefine schwenkte mit beiden Händen ein Papierstück in der Luft. „Sophie hatte uns Namen genannt. Die ein oder andere habe ich erreicht und mit ihr gesprochen. Stand der Dinge ist: Sie werden mir eine eidesstattliche Versicherung über ihre Erlebnisse mit Herrn Meinhart schicken. Die können wir beim Gericht einreichen."

Tine musterte ihre Referendarin. Schwarze Jeans und graues T-Shirt. Relativ unspektakulär für Josefine. Ihr Pferdeschwanz wippte, während sie erzählte. Irgendwie schimmerten die Haare rötlicher als letzte Woche. Wie eine Karotte.

Josefine schwieg, als sie Tines Blick bemerkte. „Ich habe mich beim Färben vertan. Ist zu rot geworden. Wäscht sich wieder raus."

„Wann ist noch mal Ihre mündliche Prüfung?", fragte Frau Lindner.

„Hoffentlich bald."

„Die meisten Prüfer und Prüferinnen sind recht konservativ. Die mögen es nicht, wenn sie einer Frau mit Mohrrübenhaarfarbe gegenüber sitzen."

„Frau Lindner, also wirklich. Die sollen meine juristischen Fähigkeiten beurteilen und nicht das Aussehen", schoss Josefine zurück.

„Ach Kindchen, Sie müssen noch einiges lernen.“ Frau Lindner vertiefte sich in ihr Schreiben.

Tine würde sich auf keinen Fall einmischen. „Was steht morgen früh an?“, fragte sie stattdessen.

„Nichts. Ich bereite mich auf die Prüfung vor und arbeite hier.“

„Ausgezeichnet. Fahren Sie im Zentralkrankenhaus bei Frau Meinhart vorbei. Sie braucht Lebensmut. Grüßen Sie sie von mir. Sie können ihr von unseren Aktivitäten berichten und sie an ihre Tochter erinnern. Sie darf nicht in eine Depression verfallen. Ich tippe auf eine Kurzschlusshandlung, eine Art Hilfeschrei.“

„Gehen Sie nicht hin?“

„Nein, ich habe zu tun, und es gibt nichts Neues, was ich sie fragen könnte. Wir haben uns erst vor wenigen Tagen gesehen.“

„Aber …“, Josefine stand der Mund offen.

„Sie schaffen das. Bleiben Sie nicht zu lange. Denken Sie an die Prüfungsvorbereitung.“

„Ja, schon, aber …“

Frau Lindner mischte sich ein: „Es kommt vor, dass eine Mandantin oder ein Mandant versucht, sich umzubringen. Das ist harter Tobak. Deshalb sollen Sie sich auch kümmern. Wenn Frau Bogen bei jeder Tragödie stundenlang persönlich am Krankenbett sitzen würde, käme sie zu gar nichts. Stattdessen käme sie selbst über kurz oder lang in die Klinik. Es ist nicht wie im Fernsehen. Wir betreuen diverse Mandanten, auch in der JVA. Wann soll sie die Fristsachen bearbeiten? Um Mitternacht?“

Tine hob abwehrend die Hand. So viel Anteilnahme war ihr peinlich. „Ich bin so froh, dass Sie mir die Aufgabe abnehmen, Josefine. Sprechen Sie der Mandantin Mut zu, ohne ihr das Blaue vom Himmel zuzusagen. Sie wissen schon …"

„Sie sind jetzt still und trinken Ihren Tee." Frau Lindner sah erneut auf den Bildschirm.

„Nun weiß ich, wer die wahre Herrscherin dieses Büros ist." Josefine reichte Tine das Papier mit Namen und Anschriften. „Hier, damit Sie informiert sind. Alle Frauen sind von Herrn Meinhart sexuell belästigt und bedrängt worden. Insgesamt vier. Unglaublich. Eventuell kommen noch mehr dazu. Nicht jede hat sich bei mir gemeldet. Ich habe Nachrichten auf dem Anrufbeantworter hinterlassen."

„Sie haben hoffentlich nicht gesagt, worum es sich handelt", sagte Frau Lindner.

„Natürlich nicht. Ich bin doch keine Anfängerin." Josefine verzog das Gesicht, bevor sie fortfuhr. „Ich habe um einen Rückruf gebeten und unser Büro erwähnt."

Tine überflog die Namen. Niemand kam ihr aus den Akten bekannt vor. „Was glauben Sie, wann die eidesstattlichen Versicherungen da sein werden? Ist zwar kein Beweis im Strafverfahren, aber ein erster Schritt."

„Ich habe alle aufgefordert, sich zu beeilen. Obwohl …" Josefine zog sich den Gummi aus dem Pferdeschwanz. Sie ließ ihr Haar nach vorn fallen, bevor sie die rote Flut mit einer energischen Geste wieder zusammenfasste und mit dem Gummiband bändigte.

„Obwohl …?" Tine sah sie aufmerksam an.

„Bei einigen hatte ich das Gefühl, dass sie sich schwer damit tun, einen Text zu Papier zu bringen. Vielleicht war da womöglich was anderes … als diese sexuelle Belästigung." Josefine fuhr sich mit den Händen über die Stirn in die Haare.

„Sprechen Sie es aus", ermunterte Tine sie.

„Bei zweien gehe ich davon aus, dass sie längere Verhältnisse zu Herrn Meinhart unterhielten. Krass." Josefine schüttelte den Kopf.

Frau Lindner hörte auf zu tippen. Ihre Finger verharrten bewegungslos über den Tasten.

Josefine suchte nach Worten und verlagerte das Gewicht von einem Fuß auf den anderen. „Das ist doch krass ... Erst werden sie vom Chef sexuell belästigt und dann fangen sie was mit ihm an."

„Das ist gar nicht ungewöhnlich", mischte sich Frau Lindner in das Gespräch ein. „Die junge Frau ist unsicher. Wahrscheinlich kommt sie ohne Umwege von der Schule oder dem Studium in das Unternehmen. Es ist ihre erste Arbeitsstelle. Sie wird von ihrem Boss bedrängt. Sein Verhalten stößt sie ab. Trotz allem ist sie geschmeichelt. Er, der große, wichtige Chef, interessiert sich für sie, die kleine, unscheinbare Anfängerin. Nicht alle Frauen sind so stark und unabhängig wie Sie." Frau Lindner sah Josefine an, die ihr mit offenem Mund zuhörte. „Leider."

„Schließen Sie den Mund, Josefine, Frau Lindner hat Ihnen ein Kompliment gemacht." Tine hatte den Tee ausgetrunken. Das Pochen hinter ihren Schläfen hatte sich beruhigt. Ob das an dem Beruhigungstee lag? So schnell konnte der doch gar nicht wirken. „Das Leben ist nicht schwarzweiß. Gott sei Dank. Das weibliche Geschlecht ist nicht per se besser." Sie schmunzelte. „Ein wenig vielleicht. Alles, was möglich ist, passiert. Das ist meine Erfahrung. Ich habe Fälle bearbeitet, wo Frauen sich an Männern rächen wollten. Also behaupten sie, vergewaltigt worden zu sein. Und zerstören damit die Existenz der Männer. Das sind komplizierte Sachverhalte. Häufig glaubt man den Frauen ohne weitere Ermittlungen. Gequälte Frauen verlassen nur selten ihren Partner. Manchen gelingt es nie, sich zu lösen. Überproportional oft wurden sie als Kind geschlagen. Daher könnten die Zeuginnen, die missbraucht wurden, trotzdem ein Verhältnis mit ihrem Peiniger unterhalten haben. Mich überrascht das nicht. Ein gefundenes Fressen für die Staatsanwaltschaft. Wir müssen sämtliche Aussagen sorgfältig prüfen, bevor wir sie an das Gericht weiterleiten."

Josefine hatte den Kopf gesenkt und schwieg.

„Übrigens ist das für die meisten mit Scham besetzt. Völlig zu Unrecht. Die Frauen wurden in zweierlei Hinsicht traumatisiert: körperlich und seelisch. Da hilft nur eine psychologische Unterstützung, weil ihnen das Selbstwertgefühl genommen wurde." Frau Lindner sah Josefine nachdenklich an.

„Ich glaube, ich muss noch einiges lernen", sagte Josefine schließlich.

„Klar", schaltete sich Tine ein. „Das geht uns allen so, es endet nie. Man darf nicht von sich auf andere schließen." Tine erhob sich vom Stuhl. Höchste Zeit weiterzumachen.

„Dem Staatsanwalt ist das doch bekannt?"

„Was meinen Sie?"

„Na, dass das Leben nicht schwarzweiß ist und Menschen so reagieren, wie sie reagieren." Josefine sah sie trotzig an.

„Ihr Wort in Gottes Ohr. Aber ich bin mir nicht so sicher. Es ist wie im wahren Leben: Es gibt gute und engagierte Staatsanwälte und die anderen."

„Dann hoffe ich für Frau Meinhart, dass Herr Wolff einer der rechtschaffenen ist."

„Das Urteil fällen die Richter. Unsere Aufgabe ist es, das Gericht zu überzeugen. Sie besuchen morgen die Mandantin und trösten sie. Ich sehe in der nächsten Woche bei ihr vorbei. Und sonst, ran an den Schreibtisch und für die Prüfung lernen. Ich will Sie hier nicht öfter treffen als unbedingt nötig."

„Zu Befehl Chefin." Josefine salutierte. Kurze Zeit später fiel die Eingangstür ins Schloss.

„Sie ist eine Gute", sagte Frau Lindner lakonisch und widmete sich ihrem Computer.

„Das finde ich auch. Erlauben Sie mir, Ihnen das ‚du' anzubieten?"

„Ich bin die Ältere." Frau Lindner tippte angestrengt und ihre Wangen waren leicht gerötet.

„Und ich bin deine Chefin. Oder ist es doch umgekehrt?"

Frau Lindner stoppte, die Hände verweilten in der Luft. „Erstaunlich, dass es Ihnen endlich aufgefallen ist." Sie klatschte in die Hände und stand auf. „Ja, du darfst mich duzen. Nach so vielen Jahren der Zusammenarbeit wird es zuerst zwar komisch sein …"

„Aber wir sind nicht so alt und lernfähig", vervollständigte Tine den Satz und umarmte sie kurz.

„Ich bin Charlotte."

„Und ich Christine, du darfst auch Tine sagen."

„Christine ist für den Anfang genug Veränderung."

„Ich bringe morgen ein Fläschchen Champagner mit. Dann stoßen wir in der Mittagspause an."

„Sie, äh, du musst doch nachmittags zum Golftraining."

„Na und? Ein Glas Champagner schadet da nicht, im Gegenteil."

Tine lehnte am Terrassengeländer und sah in den wolkenlosen Himmel. Eine Sternschnuppe sauste zu Boden. Welchen Wunsch sollte sie ihr anvertrauen?

Wenn sie tief in sich hineinhorchte, entdeckte sie einen Hauch von Unzufriedenheit. Wo kam die her? Lag es daran, dass sie in wenigen Monaten zweiundfünfzig wurde? Die Zeit raste. Jede Woche verging unfassbar schnell. Gab es Dinge, die sie unbedingt noch erleben wollte? Urlaube, die sie nicht unternommen hatte? Oder war es etwas anderes? Was wichtig war, merkte man, wenn man es auf einmal nicht mehr hatte. Freiheit war existentiell, tun und lassen zu können, was einem gefiel.

Tine schnaubte. Als könnte sie immer das unternehmen, was ihr in den Sinn kam. Mitnichten. Sie war unabhängig, dafür rotierte sie in einer Tretmühle, aus der sie an manchen Tagen nur schwer herausfand. Ging das nicht den meisten Menschen so? Vermutlich. War das ein Grund, sich nicht zu verändern? Wohl kaum. Wo genau sollte die Reise hingehen?

13

„Darf ich dir meinen Lebensgefährten Matthias Gerner vorstellen? Matthias will überprüfen, ob ich wenigstens ab und zu einen Ball treffe." Julia feixte.

„Schön Sie kennenzulernen." Matthias gab Tine die Hand. Ein warmer und fester Händedruck. „Julia hat mir erzählt, dass Sie sich zum Üben verabredet haben. Am besten lernt man auf dem Platz. Darum habe ich für uns drei eine Startzeit auf dem Übungsplatz gebucht. Ich hoffe, dass das okay ist."

„Wo spielen Sie denn normalerweise?", fragte Tine. Sie war sich nicht sicher, ob sie mit Matthias über den kleinen Golfplatz gehen wollte. Sie musterte ihn. Genauso chic wie Julia. Dunkelblaue Golfkappe, passend zu der blauen Baumwollhose und dem hellgrauen Pullover.

„Könnt ihr euch bitte duzen!" Julia gab Matthias einen kleinen Stoß in die Seite.

„Gern."

„Ich habe eine Fernmitgliedschaft in einem Club in Österreich. Da wir", Matthias legte den Arm um Julia, „einen großen Teil des Jahres nicht in Hamburg sind, macht das finanziell mehr Sinn. Wenn ich irgendwo spiele, bezahle ich Green Fee."

Tine verstand nur Bahnhof. „Ähm, was bedeutet das konkret?"

Matthias lachte herzhaft auf. „Sorry, Golferlatein. Fernmitgliedschaft heißt, dass ich einen Club weit weg gefunden habe, der sich um mein Handicap kümmert. Man braucht eine Clubmitgliedschaft, wenn man nicht nur auf öffentlichen Plätzen spielen will. Eine Fernmitgliedschaft ist deutlich günstiger. Man nutzt den Platz im Mitgliedsverein nicht. Dafür bezahle ich auf allen anderen Anlagen das Green Fee, also die Gebühr für eine Golfrunde. Wäre ich Mitglied hier, müsste ich das nicht. Ich würde stattdessen den hohen Jahresbeitrag begleichen. Verständlich?"

„Einigermaßen", sagte Julia und löste sich von ihrem Freund. „Komm, lass uns auf die Driving Range gehen. Dann kannst du uns mit deinen Golfkünsten beeindrucken. Bis zu unserer Startzeit haben wir noch über eine halbe Stunde Zeit."

Tine kam sich routiniert vor. Schläger aus dem Büro der Golfschule und ein Eimer mit Bällen. Sie schritt an der Seite von Matthias und Julia zur Driving Range. Vor wenigen Wochen hatte sie zum ersten Mal eine Golfanlage betreten. Wie sportlich sie jetzt war, wie zielstrebig. Eine völlig neue Erfahrung.

Die Übungsanlage war gut besucht. Am anderen Ende fanden sie noch drei freie Plätze. Matthias stellte sein Golfbag neben einem unbelegten Rasenstück ab und nahm sich ein paar Bälle. „Schlagt euch in Ruhe ein. Ich erinnere mich gut daran, wie man sich als Anfänger fühlt. Macht euch darüber keinen Kopf, ich habe mich erst ziemlich ungeschickt angestellt. Die Phase haben wir alle durchlitten."

Tine kippte die Rangebälle vor sich auf den Rasen.

Aus den Augenwinkeln beobachtete sie, wie Matthias Probeschwünge absolvierte. Wie nett, dass er nicht ungebetene Ratschläge erteilte. Vielleicht war die Buchung des Übungsplatzes doch keine so schlechte Idee. Julias Freund wurde ihr zunehmend sympathischer. Andere Männer hätten sich die Chance nicht entgehen lassen, vor den Frauen mit ihrem vermeintlichen Können zu prahlen. Vor ihrem inneren Auge tauchte das Bild von Alexander auf und ihr Herzschlag beschleunigte sich. Wieso geisterte er durch ihr Gehirn? Ob er Spaß daran hätte, mit einer Anfängerin zu spielen? Und warum duzte sie ihn in ihren Gedanken? Matthias traf den Ball. Kerzengerade schoss er durch die Luft und landete erst weit hinter der 150-Meter-Marke.

„Wow", entfuhr es Tine. Julia klatschte begeistert in die Hände.

„Glaubt ja nicht, dass das immer so funktioniert." Matthias griff nach einem Rangeball.

Tine reckte die Arme in die Höhe und dehnte sich. Warum nur kam sie sich albern dabei vor? Sie versuchte, sich an den Bewegungsablauf zu erinnern, positionierte sich und schlug. Der Ball hoppelte ein paar Meter über die Wiese. Hatte jemand diesen Fehlschuss gesehen? Noch einmal. Der zweite Schlag gelang besser. Sie atmete erleichtert aus. Noch war nicht alles verloren. Konzentriert spielte sie die nächsten Bälle. Schweiß perlte auf ihrer Stirn. Bildete sie sich das ein oder ging es mit dem Schlagen wirklich bergauf?

„Hallo Matthias. Was verschlägt dich denn an diesen Ort? Ist Ewigkeiten her, dass wir zusammen gespielt haben!"

Tine traute ihren Ohren nicht. Das durfte doch nicht

wahr sein. Die Stimme kannte sie. Langsam richtete sie sich auf. Neben Matthias stand Alexander Wolff, den Arm auf dessen Schulter gelegt, sah er ihn freundlich an.

„Das ist ja eine Überraschung. Bist du hier Mitglied? Wie lange haben wir uns nicht mehr gesehen? … Ich weiß es gar nicht. Wie geht es Ulrike? Ist sie hier?"

Wolffs Gesichtsausdruck erstarrte. Er trat einen Schritt zurück. „Ulrike ist vor drei Jahren verstorben. Sie hatte Krebs."

„Das … tut mir leid." Matthias klopfte Wolff unbeholfen auf den Rücken. Julia trat zu ihnen. „Darf ich dich mit meiner Lebensgefährtin Julia Benn bekanntmachen? Julia, das ist ein alter Freund von mir, Alexander Wolff. Früher haben wir oft Golf zusammen gespielt."

„Wir hatten schon das Vergnügen", bemerkte Julia mit frostiger Stimme. „Jetzt kenne ich also auch Ihren Namen."

„Oh, oh", sagte Matthias. Er drückte Julias Arm. „Das klingt nicht so enthusiastisch. Habt ihr euch hier im Golfclub kennengelernt? Ihr hattet sicher nicht geschäftlich miteinander zu tun. Du arbeitest doch noch als Staatsanwalt, oder?"

„Ja sicher. Einen anderen Beruf habe ich nicht gelernt." Vergnügt zwinkerte er Julia zu. „Ich kann mir keine Alternative vorstellen. Wir hatten einen kurzen Disput auf der Driving Range. Deine Frau hat mich an einem schlechten Tag erwischt."

„Ich nehme die Entschuldigung an." Julia streckte ihm die Hand hin. Sie winkte Tine zu, die sich ein schwarzes Loch wünschte, um sofort und augenblicklich zu verschwinden. „Meine Freundin Christine Bogen kennen Sie ja."

Tine ließ ihren Golfschläger zu Boden gleiten und

ging auf das Trio zu. „Hallo Herr Wolff. Wollen Sie sich entspannen? Bei diesem schönen Wetter?“ Mein Gott, Tine, etwas Geistreicheres hätte dir durchaus einfallen dürfen.

„Abstand von der Juristerei schadet nie. Das ist für Sie nichts Neues, nicht wahr?“ Er kniff die Augen zusammen. Mein Gott, sie stand auf diesen Männertyp. Trainierter Körper, hochgewachsen, kurzer Haarschnitt und wacher Geist. Selbst seine Art, sich zu kleiden, gefiel ihr. Das hier war einfach falsch. Er sah sie forschend an.

„Mhm.“

„Hast du eine Startzeit oder übst du nur?“ Matthias schien nicht zu bemerken, dass Julia ihn beschwörend ansah. Er würde doch nicht etwa …

„Ich habe mich zu spät entschieden, die Arbeit für heute ruhen zu lassen. Der Platz ist bis zum frühen Abend ausgebucht. Ist ja kein Wunder, bei dem fabelhaften Wetter.“

„Wenn du dir nicht zu schade für die Übungsrunde bist, könntest du mit uns spielen. Die Damen absolvieren demnächst ihre Platzreifeprüfung und benötigen Spielpraxis.“ Julia suchte Tines Blick und rollte die Augen nach oben.

„Herr Wolff will sich bestimmt nicht mit zwei blutigen Anfängerinnen belasten“, schoss es aus Tines Mund. Matthias beäugte sie verwundert.

„Es wäre mir ein außerordentliches Vergnügen“, sagte Herr Wolff. Ihr fiel wieder seine Augenfarbe auf. Blau, wie ihre.

Na super. Sie würde keinen einzigen Ball treffen und sich zum Gespött des Staatsanwalts machen. Reichte es nicht, dass er ihr das Leben in der Meinhart-Sache erschwerte? Musste er auch noch in ihrer Freizeit herumgeistern?

„Wunderbar", antwortete Matthias, der von der aufgeladenen Atmosphäre nichts mitbekommen hatte. Julia hatte ihre Sonnenbrille aufgesetzt. Ihr Gesichtsausdruck war nicht zu erkennen.

„Also, dann … In zwanzig Minuten an der eins auf dem kleinen Platz. Später lade ich euch zu einem Getränk ein. Du musst mir erzählen, was du in der Zwischenzeit getrieben hast." Matthias ergriff seinen Schläger und schwenkte ihn in der Luft.

„Abgemacht. Ich hole mir nur eben eine Flasche Wasser. Bis gleich." Nach einem Blick auf Tine verschwand Wolff in Richtung Clubhaus.

„Ich hoffe, es ist okay für euch, dass Alexander mitkommt? Er ist ein exzellenter Golfspieler. Früher haben wir oft miteinander gespielt. Dass mit Ulrike habe ich nicht gewusst. Sicher hat er sich darum lange nicht sehen lassen. Im vergangenen Jahr hatte ich ja andere Dinge im Kopf." Er sah Julia liebevoll an.

„Zu spät für Einwände, oder?" Julia streckte beide Arme nach oben und dehnte sich.

„Keine Sorge, er wird sich nicht über dein Spiel lustig machen. Alexander ist ein feiner Kerl." Matthias rieb sich mit der Hand die Augen. „Wie die Zeit vergeht. Letztes Mal war seine Ulrike mit dabei. Und jetzt ist sie tot. So viele um mich herum sind schon gestorben."

„Je älter man ist, umso mehr Bekannte sterben. Das ist der Lauf der Zeit." Julia holte aus und schlug.

„Ist mir klar, trotzdem …"

„Deshalb muss man das Leben genießen. Deine Worte."

„Ich weiß das. Dennoch ist es bitter."

Julia ließ ihren Schläger fallen und trat zu Matthias, um ihm etwas ins Ohr zu flüstern. Der verzog sein Gesicht zu einem leisen Lächeln und gab ihr einen schnellen Kuss auf den Mund.

Tine wollte nur weg. Konnte sie sich vor der Golfrunde drücken? Sie hatte keine Lust auf eine Runde Golf mit einem Staatsanwalt, der seinen Golfschläger genauso gut beherrschte wie die Strafprozessordnung. Oder noch besser. Wenn sie einen Anruf auf ihrem Handy vortäuschte? Eine Verhaftung, die einen sofortigen Besuch im Polizeipräsidium erforderte? Sie wühlte hektisch in ihrer Tasche. Wo versteckte sich das Ding? Bis ihr einfiel, dass sie es extra im Handschuhfach des Wagens gelassen hatte, damit sie niemand störte. Großartige Planung. Julia würde ihr die Geschichte nicht abnehmen und Alexander Wolff erst recht nicht. Für ihn würde es wie Flucht aussehen. Nein, den Triumph gönnte sie ihm auf gar keinen Fall. Es nutzte nichts. Sie musste da durch. Tief durchatmen, es gab Schlimmeres. Zumindest theoretisch.

Die Herren schlugen am ersten Loch ab und erreichten beide das einhundertsiebzig Meter entfernte Grün. Julia, die Tine auf dem Weg zum Übungsplatz ein kurzes ‚sorry' ins Ohr geflüstert hatte, warf Matthias eine Kusshand zu. „Das letzte Mal bin ich im Teich gelandet. Ob mir das wieder gelingt?"

„Wenn du jetzt schon an das Wasser denkst, passiert das garantiert." Matthias lächelte ihr zu.

„Genau", schaltete sich Herr Wolff in das Gespräch ein. „Man muss das Fairway visualisieren." Er stand neben Matthias und streckte die Daumen in die Höhe. „Nur Mut, Sie schaffen das:“

Julia schlug ab. Der Ball landete wenige Meter unweit des Wasserhindernisses. Sie strahlte und raunte Tine zu: „Lass dich von dem nicht aus der Ruhe bringen. Er ist schließlich nur ein Mann.“

Tine fischte einen Ball aus der Hosentasche. Ihre Hände zitterten. Wieder gelang es ihr erst beim dritten Versuch, ihn auf dem Tee zu platzieren. Du dumme Kuh, schimpfte sie lautlos mit sich selbst. Es ist nur ein Golfspiel. Es geht nicht um Leben oder Tod. Sie holte im Zeitlupentempo aus, den Blick zum Boden gewandt. Im Abschwung beschleunigte sie, verfehlte ihr Ziel und schlug stattdessen über dem Ball durch die Luft. Wütend auf sich selbst sog sie die Luft scharf ein. Wie dämlich war das denn? Christine Bogen, möchtest du dich unbedingt vor dem Mann blamieren?

Ihre Mitspieler blieben stumm. Sie versuchte es erneut, eine Spur langsamer als zuvor. Dieses Mal traf sie und wie durch ein Wunder flog der Ball in die Höhe und landete mitten auf dem Fairway.

„Großartig, meine Liebe“, sagte Julia, die neben dem Abschlag auf sie gewartet hatte. „Zeig es ihm.“

Ihre Glückssträhne hielt bis zum dritten Loch an und Tine wuchs über sich hinaus. Ohne Ballverlust gelangen ihr auf einmal Schläge, von denen sie nicht gewusst hatte, dass ihr Körper sie beherrschte. Matthias nickte ihr beifällig zu. Julia schüttelte den Kopf voller Bewunderung „Im Unterricht konntest du dein Potential bis heute nicht abrufen“, sagte sie und warf ihr erstaunte Blicke zu. Alexander Wolff sprach gar nicht mit ihr, dafür mit Matthias und Julia. Hatte er begriffen, dass diese

Form des Kontakts zwischen Anwältin und Staatsanwalt keine gute Idee war? Was würde passieren, wenn die Presse davon Wind bekäme?

An Loch vier schoss Tine den ersten Ball in eine Begrenzungshecke. Ein zweiter hoppelte nur wenige Meter weit. Im Anschluss landete er im Bunker, wo sie ihn mit ungeheurer Mühe im vierten Versuch herausbekam. Die Sandfläche glich einer durchpflügten Ackerfurche.

„So ein missglücktes Loch passiert fast jedem Golfer auf der Runde“, bemerkte Matthias. „Mach dir nichts daraus.“

Auf dem Weg zum letzten Abschlag ließ Herr Wolff Matthias und Julia den Vortritt. Er lief neben Tine, den Golfwagen schob er lässig mit einer Hand. „Ich hatte mir einen besseren Ort für unser erstes Date gewünscht. Ein Essen bei meinem Lieblingsitaliener zum Beispiel. Mögen Sie die italienische Küche?“, fragte er und ließ ihr an dem Durchgang zum Abschlag den Vortritt.

Hatte sie sich verhört? Bloß nicht darauf reagieren. Mit derselben Präzision, wie bei den vorherigen Löchern, schlug er mit dem Driver ab. Der Ball landete, wie nahezu immer, mitten auf dem Fairway, nicht weit weg vom Grün. Golf spielen konnte er, daran bestand kein Zweifel. Selbst wenn sie Glück hätte, würde Tine mindestens drei Schläge benötigen, um überhaupt in die Nähe seines Balls zu gelangen. Ihr gutes Karma verflüchtigte sich wie der Morgennebel auf der Alster, sobald sich die Sonne zeigte. Tine schlug mit dem Eisen vom Abschlag mit Wucht in den Boden. Der Ball zeigte sich unbeeindruckt und blieb liegen. Schmerz schoss in ihre Handgelenke. Tine biss sich auf die Lippen, um nicht laut zu jammern.

Beim zweiten Versuch flog ihr Ball kerzengerade in eine nicht gemähte Wiese. Tine fluchte leise, stapfte in die Richtung, wo sie ihn vermutete. Die Sonne hatte sich verzogen. Tine fröstelte, als ein kühler Wind über ihre Arme strich. Sie sehnte sich nach einem heißen Bad und einem Glas Rotwein.

„Nicht aufgeben. Golfen ist wie ein Gerichtsverfahren. Erst zum Schluss entscheidet sich, wie das Spiel ausgeht." Herr Wolff schritt in forschem Tempo auf den Ball zu, der mitten in einem Löwenzahnbüschel lag. „Gehen Sie in die Knie und sehen Sie zu, dass der Ball etwas mehr rechts liegt, wenn Sie schlagen."

„Vielen Dank für den Ratschlag", antwortete sie genervt. Sofort ärgerte sie sich über sich selbst. Beim Golfspiel war der Mann Profi und sie Anfängerin. Sie tat, wie ihr geheißen. Unglaublich! Der Ball landete auf dem Fairway. Julia, Matthias und Wolff klatschten, Julia reckte ihre Daumen in den Himmel.

Herr Wolff puttete zuletzt ein. Das Spiel war beendet. Tines Fluchtgedanken kehrten zurück. Sie stopfte den Golfball in ihre Hosentasche und drehte sich zum Clubhaus hin. Wolff schnitt ihr den Weg ab und nahm die Kappe vom Kopf.

„Einen Moment noch, Frau Bogen. Nach der Golfrunde schüttelt man sich die Hand und bedankt sich für das schöne Spiel. Ganz egal übrigens, ob man gut gespielt hat oder nicht. Das erfordert die Etikette. Es kommt auch nicht darauf an", er blinzelte ihr zu, „ob man die Mitspieler leiden kann. Sehr oft küsst man sich, zumindest bei näherer Bekanntschaft." Er beugte sich vor. Seine Lippen berührten flüchtig Tines Wange. Sie roch sein herbes Rasierwasser. „Keine Sorge, meine Liebe", hauchte er. „Ich lasse Sie allein mit Ihren Freunden. Wenn wir uns vor Gericht sehen, tun wir so, als hätte diese Golfrunde nie stattgefunden. Sie schulden mir eine Antwort. Ich erinnere Sie später daran."

Tines Herz galoppierte. Wolff wandte sich Matthias und Julia zu, die sich in den Armen lagen. Sie hatten von dem kurzen Intermezzo nichts mitbekommen. „Liebe Leute, ich muss zurück an den Schreibtisch. Das mit der Runde holen wir nach. Ich melde mich bei dir." Wolff sah Matthias ins Gesicht. „Wir spielen so bald wie möglich achtzehn Loch."

Er schüttelte ihnen die Hand und verschwand, seinen Golfwagen vor sich herschiebend, in Richtung Parkplatz. War sein Gang beschwingt oder bildete Tine sich das nur ein? Sie hatte sich nicht vom Fleck gerührt und strich sich mit den Fingern über die Stelle, wo Alexander sie geküsst hatte. Auf welche Frage hatte sie nicht geantwortet?

„So übel ist der Typ doch gar nicht", sagte Julia. Die Kellnerin hatte zwei Weinschorlen gebracht. Matthias war zur Toilette gegangen. „Blöd, dass er der Vertreter der Anklage im Prozess ist. Ich sehe die Schlagzeilen in der Presse vor mir: Verteidigerin von Gattenmörderin beim trauten Golfspiel mit Staatsanwalt. Haha."

„Ich finde das überhaupt nicht lustig. Immerhin war er so diskret, sich nach der Runde zu verabschieden. Ich wäre sonst heimgefahren."

„Ein echter Gentleman eben."

„Wer ist ein Gentleman? Ich doch hoffentlich!" Matthias setzte sich und studierte die Karte. „Wollen wir hier essen oder soll ich uns zu Hause was kochen?"

Tine spürte einen kurzen Anflug von Neid, den sie

sofort hinunterschluckte. Julia und Matthias waren so ein tolles Paar. Sie gönnte ihr das Glück. Dann fiel ihr der leere Kühlschrank ein und ihre Laune sank. Zur Not würde sie am Dammtorbahnhof stoppen und Kleinigkeiten zum Abendessen besorgen. Außer mit ihren Akten war derzeit kein Date in Sicht.

„Alexander ist ein Gentleman, genauso wie du. Wir haben gerade über ihn gesprochen. Er ist der Staatsanwalt in dem Meinhart-Verfahren. Du weißt doch, die Frau, die ihren Mann erschossen hat."

Tine funkelte Julia an. Warum konnte die den Mund nicht halten?

„Komm schon, Tine. Matthias hätte es spätestens bei Prozessbeginn in der Zeitung gelesen."

„Ach, du lieber Himmel. Das tut mir leid. War eine blöde Idee, ihn zum Mitspielen einzuladen." Matthias hatte die Karte beiseitegelegt und spielte mit dem Kaffeelöffel.

„Das konntest du schließlich nicht wissen. Hauptsache, ihr erzählt es nicht weiter und es kommt nicht wieder vor."

„Wofür hältst du uns", sagte Julia schnippisch.

„Entschuldigung, so habe ich es nicht gemeint. Es ist nur …" Tine stützte den Kopf in die Hände. „… eine unglückliche Situation. Der Prozess steht kurz bevor und Frau Meinhart hat versucht, sich umzubringen. Leider wird das morgen in sämtlichen Zeitungen stehen, da irgendein Idiot aus dem Knast geplaudert hat."

„Die arme Frau. Wird sie durchkommen?"

„Es bestand nie Lebensgefahr. War so eine Art Hilferuf. Meine Referendarin hat sie am Freitag besucht. Wie sagt man so schön: Es geht ihr den Umständen entsprechend gut. Körperlich ist alles in Ordnung." Tine trank aus ihrem Glas und sammelte sich. Warum ging ihr der Fall so an die Nieren? Oder war es gar nicht die Sache selbst, sondern der ermittelnde Staatsanwalt? Mit diesen wunderschönen Augen und den Lachfalten. Jetzt reichte es aber! Sie setzte sich aufrecht hin und bemühte sich um ein zaghaftes Lächeln. „Lasst uns bitte von anderen Dingen sprechen. Schließlich ist heute Sonntag. Was haltet ihr davon, wenn wir hier essen? Ich lade euch ein und revanchiere mich so für das hervorragende Golfcoaching von Matthias. Julia und ich werden die praktische Prüfung nun bestehen. Die theoretische haben wir schon geschafft."

Julia fing ihren Blick auf und grinste. „Tine hat uns abschreiben lassen, kannst du dir das vorstellen? Ich kam mir vor wie in der Schule."

„Soso", sagte Matthias. „Und wo war der Pro?" Er versuchte, einen strengen Gesichtsausdruck aufzusetzen.

„Der ist für zwanzig Minuten aus unserem Leben verschwunden." Tine kicherte. „War doch klar. Die wollen schließlich weiter Geld mit uns verdienen."

„Nö, Frau Anwältin, wenn wir durchgefallen wären, hätten wir noch mehr Stunden gebraucht." Julia fuhr sich durch ihre Lockenpracht.

„Falsch, meine Liebe. Wenn wir nicht bestanden hätten, wären wir entmutigt gewesen. Frustriert sozusagen. Wir wären nicht wiedergekommen oder hätten zumindest den Golflehrer gewechselt." Tine schwenkte ihr Weinglas.

„Klar. Wir hätten angefangen, Minigolf zu spielen." Sie prosteten sich zu.

„Ihr seid schon ein lustiges Duo", mischte sich Matthias

ein. „Ich stelle mir gerade vor, wie ihr den Golfclub hier aufmischt. Die meisten nehmen diesen Sport ungeheuer ernst, so sehr, dass es der einzige Lebenszweck ist. Über eure lockere Herangehensweise wären die sicher nicht erfreut. Wenn ich da an einige der Damen denke …" Er wackelte belustigt mit dem Kopf. „Ich sehe die entsetzten Blicke der Frauen vom Damengolf förmlich vor mir."

„Was bitte ist Damengolf?", fragte Julia.

„Och, in jedem Golfclub finden wöchentliche Wettspiele der Damen, Herren und Senioren statt. Das sind Turniere, in denen die Clubmitglieder untereinander spielen."

„Warum in aller Welt sollte ich an Turnieren nur mit Frauen teilnehmen? Nichts gegen meine Geschlechtsgenossinnen, aber so etwas entwickelt sich schnell zum Zickenkrieg. Besonders dann, wenn die Mädels sich nur über den Sport definieren. Solche Damen kenne ich zu Genüge aus meinem Kosmetikstudio." Julia fuhr sich mit beiden Händen durch die Haare. „Außerdem macht es mit Männern mehr Spaß."

„Wieso muss man Wettkämpfe bestreiten? Ich will mich schließlich vom Job entspannen. Das brauche ich nicht." Tine drehte den Stil des Glases zwischen den Fingern.

„Müssen tut man gar nichts", antwortete Matthias. „Nur mit der Platzreife kannst du allerdings außer im eigenen Club nahezu nirgends spielen. Du hast die Möglichkeit, dich in Turnieren zu verbessern, damit sinkt dein Handicap."

„Theoretisch weiß ich das alles. Praktisch will ich mich an der frischen Luft bewegen, ohne Stress. Den habe ich in meinem Beruf mehr als genug."

„Warte mal ab. Bei den meisten Golfern erwacht der Ehrgeiz. Dann wird verbissen um jeden Punkt gekämpft." Matthias beugte sich zu Tine hin. „Es macht Spaß, mit anderen zu wetteifern."

„Das habe ich den ganzen Tag im Job", sagte Tine. „Privat will ich das nicht."

„Gewinnen wollen ist per se nichts Anrüchiges", warf Julia ein. Sie boxte Matthias leicht in die Seite. „Warte nur ab. Ich werde ultraviel trainieren, damit ich mich mit dir messen kann."

„Wenn du dir das vornimmst, wird es dir gelingen. So wie du alles andere meisterst." Er strich Julia sanft über die Wange. „Ich liebe dich auch, wenn du mit Minigolf anfängst. Solange ich nicht mitspielen muss." Er lachte auf und griff nach seinem Glas.

14

„Ich habe bestanden!" Josefine stürmte in Tines Zimmer und wedelte mit einem Stück Papier in der Hand. „In drei Wochen ist die mündliche Prüfung, danach werde ich mich sofort bei der Kammer um die Zulassung bemühen. Dann kann ich vielleicht als Rechtsanwältin am Meinhart-Prozess teilnehmen. Das heißt …" Sie stoppte und lachte. „… Wenn Sie mich überhaupt dabei haben wollen."

Josefines Hochstimmung schwappte auf Tine über. Sie schloss die Akte, in der sie sich Notizen gemacht hatte, und schüttelte ihr über den Tisch die Hand. „Herzlichen Glückwunsch. Sie haben schon nach dem schriftlichen Examen bestanden? Das ist großartig."

„Fast", antwortete die. „Mir fehlt nur ein Punkt, das sollte doch zu schaffen sein."

„Wow. Und Sie wollen sich gleich richtig ins Anwaltsleben stürzen? Ich dachte, nach dem Examen braucht man erst einmal eine Auszeit. Für mich wäre es in Ordnung, wenn Sie im September hier starten."

„Dann verpasse ich ja alles. Kommt gar nicht in Frage." Josefine tänzelte vor dem Schreibtisch auf und ab. „Ich will bei dem Prozess unbedingt mit dabei sein. Am liebsten neben Ihnen als Anwältin auf der Verteidigerbank."

„Verstehe." Tine bemühte sich um einen ernsten Gesichtsausdruck. „Ich halte das für eine ausgezeichnete

Idee. Dann können Sie mich an den Tagen vertreten, an denen ich andere Termine wahrzunehmen habe."

„Was? Ich?" Josefine war stehengeblieben und starrte sie mit aufgerissenen Augen an.

„Na klar. Als zugelassene Anwältin."

„Äh, das geht doch nicht. Ich …" Josefine stotterte.

„Nehmen wir zum Beispiel die Platzreifeprüfung. Ein wichtiger unaufschiebbarer Termin."

„Das meinen Sie nicht ernst!" Tine sah ihrer Referendarin die Unsicherheit an und beschloss, sie zu erlösen.

„War nur Spaß, meine Liebe. Ihre ersten Alleinauftritte bei Gericht werden sich beim Amtsgericht abspielen. Bis zum Schwurgericht dauert es eine Weile."

„Ich habe gehört, dass es etwas zu feiern gibt." Charlotte wartete, mit einem Tablett bewaffnet, auf dem sich drei Sektflöten und eine kleine Flasche Champagner befanden, in der Tür.

„Wow", entfuhr es Tine zum zweiten Mal. „Ich wusste gar nicht, dass wir so viele Sektgläser haben. Wo hast du den Schampus aufgetrieben?"

„Glas und Getränk kann man im Alsterhaus kaufen." Charlotte schmunzelte und öffnete die Flasche. „Eine gute Sekretärin sollte zu jeder Zeit auf jede Situation vorbereitet sein." Sie goss ein. „Auf Sie, Josefine. Meinen allerherzlichsten Glückwunsch."

Sie prosteten sich zu. Josefines Gesicht rötete sich leicht. Wie jung sie war. Unbedarft und voller Elan. Tine hoffte, dass sie sich den Schwung bewahren würde, und sprach ihre Empfindung aus. „Behalten Sie das Gefühl in Erinnerung. Das Feeling, einen Sieg errungen zu haben nach einer so langen und schweren Ausbildung. Das schafft beileibe nicht jeder."

Josefine erglühte zusehends. „Danke für alles. Sie sind beide so lieb."

Tine erinnerte sich an ihr letztes Staatsexamen. Der Druck vor der mündlichen Prüfung war nicht mehr so belastend gewesen. Seit sie zurückdenken konnte, wollte sie als selbstständige Anwältin arbeiten. Da war kein sogenanntes Prädikatsexamen nötig, wie es für den Richter oder Staatsanwaltsberuf gefordert wurde. Alexander Wolff hatte sicher mit Auszeichnung bestanden. Der schon wieder. Sie schob den Gedanken an ihn in einen hinteren Gehirnwinkel. Auf die Note kam es nicht an, sondern auf die Liebe zu den Menschen und auf ein Gespür dafür, in welche Bedrängnisse ein jeder von uns im Leben verwickelt werden konnte.

„Ich erinnere Sie an Ihre Worte, wenn Sie mich verfluchen, weil Sie über Rechnungen und Kostenfestsetzungsanträgen brüten. Als frischgebackene Anwältin müssen Sie Christine die nervigen Fälle abnehmen." Charlotte trank aus und drückte, nachdem sie die Flöte zurückgestellt hatte, ihre Hände in die Hüften.

„Verdirb ihr nicht den Tag." Tine warf ihrer Mitarbeiterin einen mahnenden Blick zu. „So viele schreckliche Sachen haben wir gar nicht."

„Und selbst wenn! Ich könnte heute die ganze Welt umarmen." Josefine schwenkte ihr Glas und hätte beinahe den Rest Champagner über den Boden gekippt.

„Feiern Sie ordentlich und kommen Sie am Freitag ausgeschlafen um acht Uhr mit ins Untersuchungsgefängnis. Wir werden uns dort mit Frau Meinhart treffen. Ansonsten gehe ich davon aus, dass Sie sich auf das Mündliche vorbereiten. Ich erwarte eine akzeptable Leistung von meiner Mitarbeiterin. Sie wissen nicht, ob

Sie später nicht ein hervorragendes Examen benötigen. Vielleicht mögen Sie den Anwaltsjob irgendwann doch nicht und wollen in den Staatsdienst."

„Ich als Staatsanwältin oder Richterin, niemals." Josefine schüttelte heftig den Kopf, die Haare landeten ihr im Gesicht. Sie hatten inzwischen einen hellorangen Ton angenommen. Kein Mohrrübenrot mehr. Gott sei Dank, dass sich die Farbe so schnell auswusch. Charlotte hatte ihr in der letzten Woche den Tipp gegeben, sich kurz vor der Prüfung ein paar blonde Strähnen einfärben zu lassen. Modisch näherten sich die beiden an.

Allein in ihrem Zimmer trottete Tine zum Fenster. Die Sonne warf warme Strahlen in ihr Gesicht und sie schloss die Augen. Es war ein frühsommerlicher Tag in der Hansestadt. Ein Wetter, das Lust entfachte, aufs Land zu fahren. Oder auf den Golfplatz. Bis zur Platzreifeprüfung waren es keine vierzehn Tage mehr. Julia und Matthias fuhren über die Pfingsttage an die Nordsee. Darum hatten sie die Prüfung verschoben. Für Tine war die Verlegung in Ordnung. So konnte sie weiter üben. Mit Enthusiasmus trainierte sie jedes Wochenende auf der Driving Range. Inzwischen traute sie sich schon allein nach Feierabend auf den Übungsplatz. Draußen blieb es lange hell. Sie verbrachte die Abende gern unter freiem Himmel. Immer noch besser, als am Alsterufer Wein zu trinken. Vor wenigen Wochen hätte sie diese sportliche Ertüchtigung niemals in Erwägung gezogen. Ein Beweis mehr, dass man sich mit über fünfzig verändern konnte.

Nordsee. Sylt. Da wäre sie auch liebend gern. Till und Robert hatten, wie jedes Jahr in den Sommerferien, ein

Haus in Kampen gemietet und sie eingeladen, dort einige Tage Urlaub zu verbringen. Das kam nicht in Betracht. Der Meinhart-Prozess begann im Juli. Ein bei der Kammer terminiertes Verfahren war aufgrund der dauerhaften Erkrankung des Angeklagten verschoben worden. Nun stand ihre Sache auf der Rolle. Glück für die Mandantin, Pech für Tines Ferienplanung. Vielleicht konnte sie sich nach Ende des Prozesses freinehmen. Josefine war eine tüchtige Vertretung, auch wenn ihr Wunsch, als Anwältin in der Meinhart-Sache auf der Verteidigerbank zu sitzen, sich nicht realisieren lassen würde. So schnell klappte das mit der Anwaltszulassung nicht. Sie wandte sich vom Fenster ab. Heute Abend war sie mit Julia und Cecilia zum Essen in der ‚Rosi' verabredet. Die drei wollten sich einen ‚Frauenabend', so Julia, gönnen. Das war Neuland für Tine. Sie kam besser mit dem männlichen Geschlecht klar, intensive Frauenfreundschaften hatte sie nie gepflegt. Keine beste Freundin in der Schule. Die Gesellschaft der Frauen genoss sie unerwarteterweise. Hoffentlich würde die Freundschaft nach dem Ende des Platzreifekurses Bestand haben. Dafür, so schwor sie sich, würde sie alles tun. Noch etwas, was sich in ihrem Leben gewandelt hatte.

Pünktlich, um kurz vor sieben, machte Tine sich auf den Weg in die Bar, wo sie einen Moment brauchte, um sich zu orientieren. Waren sämtliche Tische besetzt? Tine kniff die Augen zusammen. War sie zu früh? Nein, hinten in einer Ecke, erkannte sie den Lockenkopf von Julia. Sie eilte ein paar Schritte in deren Richtung, stoppte nach wenigen Metern und wäre fast mit einem Kellner zusammengestoßen. Neben Julia und Cecilia saß eine Frau, die Tine nicht kannte. Die drei hatten ihre Köpfe zusammengesteckt, so als würden sie sich gut kennen. Unschlüssig blieb Tine stehen. Hatte sie etwas falsch verstanden? Cecilia lehnte sich im Stuhl zurück und entdeckte Tine. Sie winkte ihr hektisch zu. Erleichtert bahnte sich Tine einen Weg durch die Menschen, bis sie in der Ecke angelangt war. Cecilia umarmte sie stürmisch. „Schön, Süße, dass du endlich da bist." Tine gab ihr ein Küsschen auf die Wange und begrüßte Julia, die sitzengeblieben war. Die dritte Dame, eine schlanke Frau in ihrem Alter, hatte sich ebenfalls erhoben und sah sie gespannt an.

„Hallo, ich bin Mona Lehmann, eine Freundin. Ich habe heute mit Julia telefoniert und sie hat mich zu eurem Treffen eingeladen. Eine spontane Idee. Ich hoffe, das ist okay für Sie."

Tine schüttelte ihr die Hand. „Klar."

„Wir kennen uns alle von der Schule", sagte Julia.

„Aha", antwortete Tine und setzte sich neben Cecilia. Die legte ihre Hand über Tines und kicherte. „In diesem Laden habe ich das erste Mal Michael getroffen. Das ist ein magischer Ort für mich. Und die beiden", sie zeigte auf Mona und Julia, „waren mit dabei. Kaum zu glauben, dass das schon ein Jahr her ist."

„Stimmt", sagte Julia. „Maximal zwölf Monate und nun ziehst du mit ihm zusammen."

„Es ist höchste Zeit."

„Ach nee, was du nicht sagst", sagte Julia. „Ich hätte an deiner Stelle …"

„Du bist nicht an meiner Stelle", unterbrach Cecilia sie und lachte scheppernd auf. „Gott sei Dank nicht."

„Ich denke ja nur …“, ließ Julia nicht locker.

„Hallo! Das Thema ist durch. Wünsch mir einfach Glück und halte ansonsten den Mund.“

„Ich wünsche dir alles Glück der Welt. Das weißt du doch.“

„Hört sofort damit auf“, sagte Mona in einem energischen Ton. Sie drehte sich zu Tine hin. „Führen die beiden sich auch so auf, wenn ich nicht da bin?“

„Eigentlich nicht“, antwortete Tine. Die Scharmützel der drei amüsierten sie.

„Tine ist die geborene Diplomatin“, sagte Julia und winkte nach der Bedienung. „Jetzt, wo du da bist, bestellen wir uns alle einen Drink. Die erste Runde geht auf mich.“

Die Getränke kamen und sie prosteten einander zu. Tine erinnerte sich an Cecilias Bemerkung über ihren Freund. „Hast du mir nicht erzählt, dass du Michael durch eine Kontaktanzeige kennengelernt hast? Wieso waren denn deine beiden Freundinnen beim ersten Date mit dabei?“

Die Frauen fingen unisono an zu johlen. Es dauerte eine Weile, bevor Cecilia antworten konnte. „Sehr gute Frage, Frau Anwältin. Julia und Mona mussten zu meinem Schutz mit. Sie …“ Cecilia wurde von einem erneuten Lachanfall geschüttelt, sodass Tine ebenfalls anfing zu glucksen.

„Ich will sofort wissen, warum ich lache“, forderte sie.

Mona hielt sich die Hand vor den Mund und atmete ein paar Mal tief ein und aus. „Das ist wirklich unfair. Sie haben recht. Also es war so: Cecilia wollte eine Art Rückversicherung. Wenn Michael ein Flop gewesen wäre. Diese Rückversicherung, das waren Julia und ich. Wir hätten sie aus den Klauen des Wüstlings gerettet, wenn sie uns ein Zeichen gegeben hätte."

„Moment", mischte sich Cecilia ein. „So war das nicht. Ich wusste von Anfang an tief in meinem Inneren, dass Michael der Richtige war. Du hast darauf bestanden, dass ihr mich begleitet. Du warst ängstlich."

„Stimmt wohl", sagte Mona und zuckte mit den Schultern.

„Ich fand das anfangs ziemlich dämlich", bemerkte Julia. „Aber eine lustige Aktion war es. Und es war notwendig, dich zu beschützen. Du bist viel zu naiv an das Ganze herangegangen. Die Sache hätte einen anderen Verlauf nehmen können."

„Meine Intuition hat mich noch nie im Stich gelassen." Cecilia warf Julia einen spöttischen Blick zu.

„Und wie ist es ausgegangen?" Tine beugte sich zu Cecilia hin.

„Na, die beiden sind ein Paar, das weißt du doch", sagte Julia mit leicht schnippischer Stimme.

„Das meine ich nicht. Ich rede von dem besagten Abend. Hast du dich geoutet?"

Cecilia strahlte sie an. „Ja klar. Ich habe Michael die Geschichte sofort gebeichtet. Er hat es mit Fassung getragen und die Mädels sind zügig verschwunden. Dann fing alles an." Cecilias Blick verlor sich in der Ferne. Julia stupste sie über den Tisch hinweg an. „Eine richtige Lovestory."

„Bei dir war es doch nicht anders, oder? Du hast deinen Matthias kurze Zeit später lieben gelernt. Und bist mit ihm Knall auf Fall um die halbe Welt gereist. Mir wirfst du vor, dass ich mit Michael zusammenziehe."

„Sie macht dir keine Vorwürfe, Cecilia. Sie möchte nur

nicht, dass du deine Selbstständigkeit aufgibst. Du kennst sie lange genug", griff Mona schlichtend ein.

Cecilia rollte mit den Augen, bevor sie Julia eine Kusshand zuwarf. „Ich weiß gar nicht, wieso meine Yogapraxis bei dir nichts nützt. Du schaffst es immer wieder, mich schnell auf die Palme zu bringen. Da hilft selbst stundenlanges Meditieren nicht."

„Sorry. Indianerehrenwort. Keine Einmischung mehr."

„Das hältst du niemals durch."

Tine hatte gespannt gelauscht. „Und Sie? Haben Sie auch über eine Kontaktanzeige nach einem Mann gesucht?" Tine schlug sich mit der Hand auf den Mund. „Entschuldigung, ich wollte nicht indiskret sein."

„Stimmt nicht", bemerkte Julia. „Genau das war deine Absicht."

„Wäre es in Ordnung, wenn wir uns duzen?", fragte Mona.

„Ja", antwortete Tine. „Und sorry noch mal …"

„Kein Problem. Um die Frage zu beantworten: Ich hätte nie im Leben eine Anzeige aufgegeben. Mein Mann hat sich von mir wegen einer jüngeren Frau getrennt. Ich war am Boden zerstört und hatte nicht den Hauch einer Ahnung, wie ich weiterleben sollte. Ohne die beiden", sie deutete auf ihre Freundinnen, „würde ich hier nicht so vergnügt sitzen. Sie haben mich aufgebaut und mir eine Zukunft geschenkt."

„Das ist Blödsinn, Mona", sagte Cecilia. Sie beugte sich vor und strich ihr sanft über das Gesicht. „Das hast du allein geschafft. Wir haben dir nur einen kleinen Schubs gegeben."

„Da hat Cecilia recht", bestätigte Julia sie.

Mona sah Tine an. „Julia und Cecilia haben mir auf

charmante Art zu verstehen gegeben, dass mein Sexleben unterirdisch sei. Ich sollte mir einen Mann fürs Bett suchen … Sie haben mich ermuntert, mir eine Existenz als Köchin aufzubauen. Heute kann ich von meiner Arbeit leben und bin nicht mehr auf den Unterhalt von Lars angewiesen."

„Von welchem Sexleben sprichst du? Da war doch nichts." Cecilia kicherte.

„Ich hoffe, dass er trotzdem die vereinbarten Alimente berappt", warf Julia ein.

„Wir haben uns darauf geeinigt, dass er die nächsten zwei Jahre zahlt. Wenn es bei mir finanziell so weitergeht, verzichte ich für die Zukunft."

„Du bist echt zu gutmütig", sagte Julia.

„Das bringt Karmapunkte, Mona. Du wirst sehen, im Universum wird sich das auswirken." Cecilia lächelte.

„Das ist vor allem günstig für seine Brieftasche." Julia ließ nicht locker.

Mona unterbrach die Frauen. „Und dann habe ich Tobias gefunden. Dass ich mich noch einmal verlieben könnte … Das hätte ich nie gedacht."

Julia hob ihr Glas. „Auf die Liebe und die Männer."

„Wow", entfuhr es Tine, nachdem sie ihr Glas hingestellt hatte. „Ihr habt euch alle innerhalb einer kurzen Phase verliebt. Etwas läuft bei mir offensichtlich falsch." Sie lächelte, um ihren Worten die Ernsthaftigkeit zu nehmen.

„Gib uns ein wenig Zeit", sagte Cecilia. „Das wird schon noch."

Tine nahm ein Taxi nach Hause. Ein Abend voller Gelächter, leicht und beschwingt. Sie hatte sich lange nicht mehr so amüsiert. Warum hatte sie in der Vergangenheit einen Bogen um Frauen geschlagen und nur auf Männer gesetzt? Das würde sie ändern, schwor sie sich. Sie bezahlte den Taxifahrer, stieg aus und wühlte in ihrer Tasche, bis sie den Schlüsselbund ertastete. Das Licht über der Haustür funktionierte seit Tagen nicht. Sie benötigte ein paar Sekunden, bis der richtige Schlüssel im Schloss steckte. Eine kalte Hand berührte ihre Halsbeuge. Die Handtasche fiel zu Boden und der Inhalt ergoss sich auf die Fliesen. Sie wirbelte herum. Im Schein der Straßenbeleuchtung erkannte Tine zwei Männer in Jeans und Sneakers mit Hoodies. Kapuzen über die Köpfe geschoben. Definitiv keine Nachbarn. Ihr Herz pochte. Sie versuchte, sich zusammenzureißen. Bloß keine Furcht zeigen.

„Was wollen Sie von mir?“, fragte sie bewusst laut.

„Wir kommen mit einer Botschaft, du Anwaltsfotze.“ Einer der Männer näherte sich, kam so nah, dass sie sein billiges Rasierwasser, vermischt mit einem leicht fischigen Duft, roch. Instinktiv wich sie zurück, hielt ihren Kopf aufrecht. Das Gesicht des Typen lag im Dunklen. Er sprach mit einem schwachen osteuropäischen Akzent.

„Ich höre“, sagte sie. Sie bemühte sich krampfhaft, ihre Stimme fest klingen zu lassen. Wenn du Angst ausstrahlst, hast du schon verloren.

„Falls du weiter im Privatleben vom verstorbenen Meinhart wühlst, wirst du nicht mehr lange Anwältin sein.“ Er bewegte seine Hand, in der er ein Klappmesser hielt, wenige Zentimeter von ihrem Hals von links nach rechts. Der andere Mann machte einen Schritt auf sie zu, lachte höhnisch auf und imitierte die Geste.

„Wer schickt mir diese Warnung?“, fragte Tine, erleichtert, dass sie überhaupt noch sprechen konnte.

„Das geht dich nichts an, du Fotze.“ Einer der Kerle trat auf ihr Schminktäschchen, das knirschend nachgab. Sie johlten kurz auf, drehten sich um und waren Sekunden später verschwunden.

Tine schlotterte. Sie brauchte diverse Anläufe, bis sie ihre Sachen in die Tasche gestopft hatte. Nur mit Mühe gelang es ihr, die Eingangstür zu öffnen. In der Halle wankte sie zum Fahrstuhl. Sie tippte den Code zu ihrer Etage ein. In der Kabine sank sie zu Boden. Oben angekommen, verharrte sie minutenlang in der Position. Übelkeit stieg in ihr hoch. Sie unterdrückte gewaltsam den Würgereiz. Dann krabbelte sie heraus und blieb im Flur liegen.

Erst viel später schälte sie sich aus der Jacke. Ihre Tasche lag auf dem Boden. Sie rappelte sich auf, taumelte in die Küche, wo sie aus dem Hahn in schnellen Schlucken trank. Tine hustete, spuckte einen Teil der Flüssigkeit in den Ausguss. Mach langsam, sprach sie sich selbst Mut zu.

Allmählich beruhigte sich ihr Herzschlag. Sie wankte ins Wohnzimmer, wo sie alle Lichter einschaltete. Mit bebenden Händen öffnete sie eine Flasche Gin, die ein dankbarer Mandant ihr geschenkt hatte. Sie war keine Freundin von harten Getränken, aber heute war ein Ausnahmefall. Tine stürzte den Alkohol hinunter und spürte der aufkommenden Wärme in ihrem Magen nach. Es war nicht das erste Mal, dass sie bedroht wurde. Das brachte ihr Beruf mit sich. Oft erreichten sie die Anfeindungen und Morddrohungen mit der Post. Oder sie erhielt obszöne Anrufe im Büro. Zu Hause hatte sie noch nie jemand in feindlicher Absicht aufgesucht.

Jedes Mal, wenn sie Mandanten verteidigte, wo die Presse den Fall ausschlachtete, bekam sie den Hass zu spüren. Tine war nicht in den sozialen Netzwerken aktiv. Warum sollte sie die Trolle auf die eigene Fährte setzen? Denen war sowieso nicht zu helfen. Tines Haltung war glasklar. Jeder Mensch konnte unversehens in eine Situation geraten, in der er einem anderen das Leben nahm, und jeder Mensch hatte einen Fürsprecher verdient. Das war ihre tiefe Überzeugung. Darum war sie Anwältin. Es gab Personen, die sie nicht verteidigen konnte: Rechtsradikale, die an ihrer Denkweise festhielten, und Pädophile, die sich nicht in Therapie begaben. Den Anforderungen wäre sie nicht gerecht geworden.

Vor Jahren war sie zuletzt angefeindet worden. Damals vertrat sie ein Mitglied einer rivalisierenden Rockergruppe. Kollegen gaben ihr den Rat, sich eine Waffe zu besorgen. Tine konnte mit einem Revolver umgehen, sie hatte Schießunterricht genommen. Da ihr Schusswaffen zuwider waren, kam der dauerhafte Besitz für sie nicht in Betracht. Pfefferspray musste reichen. Heute hatte die Dose ihr nichts genützt, weil sie das Teil im Chaos ihrer Handtasche gar nicht rechtzeitig gefunden hatte. Ziemlich idiotisch. In Gefahrensituationen sollte sie das Spray in der Hand halten. War die Wohnung ein gefährlicher Ort? Sie könnte einen Golfschläger unter ihrem Bett positionieren. Und das Pfefferspray an einer Stelle in ihrer Handtasche platzieren, wo sie es griffbereit hatte. Am besten neben dem Haustürschlüssel. Super Idee, Christine, bei deiner Unordnung zum Scheitern verurteilt.

„Hervorragend, meine Liebe, der Humor kommt

zurück", sprach sie sich selbst laut Mut zu. „Versuche zu schlafen. Morgen entscheidest du, wie du mit dieser Begegnung der dritten Art umgehen wirst. Vorher nimmst du ein heißes Bad. Basta."

Nach einer Nacht, in deren Verlauf sie mehrfach aus abstrusen Träumen, in denen sie durch eine Nebelwand flüchtete, hochgeschreckt war, wurde sie früh von einem Gesicht mit aufgequollenen Augenringen begrüßt. Sie benetzte ihre Augen mit kaltem Wasser und griff zu einer abschwellenden Creme. Wozu gab es Kosmetik? Das richtige Make-up und niemand würde ihr die schlaflose Nacht ansehen. Vormittags stand eine Hauptverhandlung beim Amtsgericht in Wandsbek auf dem Programm, die hoffentlich nicht so lange dauerte, am Nachmittag ein paar Besprechungen im Büro. Bis dahin hätte sie entschieden, was sie wegen gestern Abend unternehmen würde. Das war der Plan. Normalerweise zeigte Tine Bedrohungen nicht an. Die Täter ließen sich meist nicht ermitteln, Polizei und Justiz waren überlastet. Ob sie sich in diesem Fall ausnahmsweise anders entscheiden sollte? Immerhin schien es eine Verbindung zu der Meinhart-Sache zu geben.

Die nächsten Stunden waren dicht gefüllt mit Arbeit und sie kam nicht dazu, weiter über den nächtlichen Besuch vor der Eingangstür nachzudenken. Aufsteigende Bilder unterdrückte sie sofort. Als die letzte Mandantin ihr Büro verließ, war es halb sechs.

„Was für ein stressiger Mittwoch", sagte Charlotte, die wie üblich vor dem Feierabend an den Türrahmen gelehnt stand, um sich zu verabschieden. „Sie, äh, du siehst müde aus. Sorry. Ich brauche Zeit, bis ich mich an das Du gewöhnt habe."

„Das ist bei mir nicht anders. Der Mensch ist halt ein Gewohnheitstier."

„Soll ich noch etwas erledigen? Ich bin mit meinem Mann verabredet, ein Rendezvous zu einem frühen Abendessen." Charlotte sah auf ihre Armbanduhr, ihre Kreolen bewegten sich sacht.

„Nein, alles hat Zeit bis morgen. Ich bin auch gleich weg." Tine überlegte, ob sie ihrer Mitarbeiterin von dem gestrigen Vorfall erzählen sollte. Warum sollte sie Charlotte ohne Not in Aufregung versetzen? Charlotte war ein entspannter Abend mit ihrem Mann vergönnt. Schlussendlich war das Geschehene nicht mehr zu ändern.

Wenige Minuten später fuhr Tine mit dem Lift in die Tiefgarage und drehte sich auf dem kurzen Weg zu ihrem Wagen um. Hör sofort auf damit, schimpfte sie mit sich selbst. Kein Grund, sich verrückt zu machen. Das bringt schlechte Laune und führt zu Verfolgungswahn. Kurzerhand beschloss sie, auf dem Weg nach Hause an der Polizeiwache in Winterhude vorbeizufahren. Sie würde die Bedrohung zur Anzeige bringen. Genau das unternehmen, zu dem sie Mandantinnen in solchen Fällen riet. Sie könnte unmittelbar die Staatsanwaltschaft einschalten, entschied sich aber dagegen. Auf der Wache kannte sie eine Handvoll Beamten, was die Sache hoffentlich beschleunigte.

Sie würde sich nicht einschüchtern lassen und Frau Meinhart mit derselben Strategie weiterverteidigen wie bisher. Das war alternativlos. Sie war Strafverteidigerin.

Es kostete Tine über eine Stunde, bis die Anzeige aufgenommen war. Ihre Beschreibung der Täter war vage. Der einzige brauchbare Hinweis war die Verbindung zum Umfeld des Opfers in ihrer Sache und der osteuropäische Akzent. Sie glaubte nicht, dass die beiden Männer gefasst werden würden. Egal, sie hatte das Notwendige unternommen. Auf dem Weg zu ihrer Wohnung stellte sie das Autoradio lauter, um einen alten Beatles-Song mitzusingen. Erst einen Abstecher in den örtlichen Supermarkt und dann mit einem Thriller auf das heimische Sofa. Morgen war schließlich auch noch ein Tag.

15

Frau Meinhart sah Tine fassungslos an. „Ich verstehe das nicht. Warum bedroht Sie jemand? Wer um Gottes willen macht das?"

„Das war meine Frage", sagte Tine und lächelte ihr beruhigend zu. Meinhart hatte seine Frau während der Schwangerschaft geheiratet. Kennengelernt hatten sie sich in einer Diskothek in der City. Frau Meinhart war Einzelkind und stammte aus einer bürgerlichen Familie. Ihr Vater arbeitete als Lehrer, die Mutter war Krankenschwester. Sie hatte sich unbezahlten Urlaub genommen und kümmerte sich um die Enkeltochter.

„Ich weiß so gar nichts von Ihrem Mann, ich meine über seine Angehörigen." Tine schlug die Beine übereinander und versuchte, einen gelassenen Eindruck zu erwecken.

„Legen Sie das Mandat nieder? Muss ich mir einen anderen Anwalt suchen?" Auf dem Hals von Frau Meinhart bildeten sich rote Flecken. Ihr Gesicht war schmaler als beim letzten Besuch, die Jeans saß lockerer.

So viel zu dem Plan, besonnen zu wirken. Gescheitert auf ganzer Linie. „Wie kommen Sie denn auf die Idee? Ich lasse Sie doch nicht im Stich. Ich möchte in Erfahrung bringen, wer ein Interesse daran hat, dass das Treiben Ihres Mannes nicht bekannt wird. Gewöhnlich ist das eine Person, die ihm nahe gestanden hat. Oder jemand aus seiner Firma. Normalerweise thematisiere ich derartige Bedrohungen nicht. Ich hätte Sie damit gar nicht belästigt. In diesem Fall denke ich, es wäre hilfreich, den Vorgang in das Verfahren einzuführen. Schließlich erhöht das die Glaubwürdigkeit der Zeuginnen." Tine drehte sich zu Josefine um, die bisher geschwiegen hatte. „Meine Referendarin hat von vier weiteren Angestellten aus dem Betrieb schriftliche Aussagen vorliegen. Ich werde dem Gericht aufzeigen, dass Ihr Mann gewalttätig war und Sie missbraucht hat."

Frau Meinhart schloss die Augen. Eine Träne kullerte über ihre Wange. „Ludgers Eltern leben nicht mehr. Er hat noch einen Bruder, Ronald, der ist ein paar Jahre jünger. Ich kenne ihn kaum, habe ihn das erste und einzige Mal auf unserer Hochzeit gesehen. Er ist nicht verheiratet. Ich habe keine Ahnung, ob er eine Freundin hat. Bei uns zu Hause war er nie, jedenfalls nicht, wenn ich da war. Ludger hat nie viel von ihm gesprochen. Ich glaube, er hatte Angst vor ihm." Sie putzte sich lautstark die Nase. „Ich weiß nicht mehr, was ich sagen soll. Es mag sein, dass mir mein Mann etwas vorgespielt hat."

„Was macht Ihr Schwager beruflich?"

Ihre Mandantin sah sie hilflos an. „Er arbeitet auch in der Firma. Vielleicht ist er nach dem Tod von Ludger dort Chef. Nach meiner Verhaftung hatte ich andere Dinge im Kopf, ich habe keine Ahnung, was da jetzt läuft. Das klingt für Sie merkwürdig, aber Ludger hat zu Hause nicht über die Arbeit gesprochen. Er wollte die Füße hochlegen und fernsehen. Ich war nur gefragt, wenn's ums Kochen für die ab und zu bei uns stattfindenden Geschäftsessen ging. Irgendwie hatte ich auch nie Energie für andere Sachen, außer meiner Tochter." Sie schüttelte den Kopf. „Ronald hat sich nie blicken lassen. Nicht einmal, als Alina zur Welt kam. Ich wollte ihn einladen, das hat Ludger verboten."

„Das könnte ein Motiv sein", sagte Tine und wandte sich Josefine zu. „Was denken Sie?"

„Äh, ich ... keine Ahnung", stotterte Josefine.

„Hat eine der Frauen, mit denen Sie gesprochen haben, den Bruder erwähnt?"

„Nein, ich habe nichts Derartiges gehört. Ich werde die Aufzeichnungen noch einmal durchsehen, aber ich bin mir sicher, dass der Name nicht fiel", beteuerte Josefine und rutschte auf ihrem Stuhl hin und her. „Wenn sich Ihr Verdacht als richtig erweist, muss eine der Damen ihm erzählt haben, was wir vorhaben." Sie fuhr sich durch die Haare. „Es kann nur eine von denjenigen sein, die sich bisher nicht gemeldet haben. Die übrigen haben ihre Geschichte niedergeschrieben. Dort war nur von ihrem Mann die Rede." Sie deutete auf die Mandantin.

„Wie viele Namen standen denn auf Ihrer Liste?", fragte Tine. „Ich habe die genaue Anzahl nicht mehr im Kopf."

„Sechs Frauen. Zwei haben sich nicht gerührt. Ich gehe davon aus, dass sie sich schämen und nicht vor Gericht aussagen wollen."

„Vielleicht hat eine Ronald Meinhart informiert. Möglicherweise stellt sich die Situation auch ganz anders dar und der Mann hat nichts mit dem Fall zu tun." Tine seufzte. „Letztlich kann es uns in diesem Verfahren egal sein. Da ich den Vorfall angezeigt habe, wäre es hilfreich, wenn Sie", Tine sah Josefine an, „einen Aktenvermerk verfassen, den ich an die Polizei, beziehungsweise an die in der Sache ermittelnde Staatsanwaltschaft weiterleite. Sollen die sich darum kümmern." Tine sah auf die Mandantin. „Wie weit sind Sie denn mit Ihren Aufzeichnungen?"

„Fast fertig", murmelte Frau Meinhart.

„Sehr gut."

„Was meinen Sie? Werde ich nach der Gerichtsverhandlung aus dem Gefängnis entlassen?" Frau Meinharts Augen schimmerten verdächtig.

„Ich gebe mein Bestes. Mehr kann ich nicht versprechen." Tine hielt dem Blickkontakt stand. „Versuchen Sie, sich nicht so viele Sorgen zu machen. Wir haben ausführlich besprochen, dass Sie umfänglich aussagen. Der Tathergang ist klar. Zeigen Sie dem Gericht und der Staatsanwaltschaft, dass Ihr Leben und das Ihrer Tochter bedroht war. Sie waren in einer Ausnahmesituation. Sozusagen unter einer Glocke. Sie wussten sich nicht anders von Ihrem Peiniger zu befreien, als ihn zu erschießen."

„So war es, glauben Sie mir." Frau Meinhart presste die Hände ineinander. „Er hätte mich umgebracht. Ludger war zu allem fähig, wenn man ihn gereizt hat. Dass er mich schlug, konnte ich ertragen. Als er Alina anbrüllte und prügelte ... Ich musste sie schützen, ich ..." Sie zitterte und verknotete ihre Finger, bis die Knöchel weiß hervortraten.

Tine legte ihre Hand auf den Arm der Mandantin. „Bitte beruhigen Sie sich. Ich bin zuversichtlich, dass die vom Gericht bestellte Gutachterin zu dem Ergebnis kommt, dass Sie aus Ihrer Sichtweise nicht anders handeln konnten. Sie haben in Notwehr agiert."

Wenige Minuten später standen Tine und Josefine vor

dem Tor des Gefängnisses. Schweigend liefen sie zu Tines Porsche, den sie im Parkverbot abgestellt hatte.

„Sie sind heute so still. Ist Ihnen eine Laus über die Leber gelaufen oder ist es die Furcht vor der Prüfung?" Tine startete den Motor und fuhr in Richtung Messe.

„Wieso haben Sie nichts von der Bedrohung erzählt?", sagte Josefine, die starr nach vorn sah.

„Ich wollte Sie nicht beunruhigen", antwortete Tine leichthin. „Für Sie besteht überhaupt keine Gefahr. Außerdem wissen Sie es nun."

„Darum geht es nicht."

„Worum denn dann? Ich bekomme so viele Drohbriefe, die zähle ich schon gar nicht mehr. Manche Menschen können ihren eigenen Frust nur auf diese Art und Weise bekämpfen. Das wird Ihnen als Strafverteidigerin ab und zu passieren. Es gibt kein Mittel, um sich davor zu schützen."

„Das hier hat aber eine andere Qualität. Oder informieren Sie automatisch bei jeder Drohung die Polizei?"

Touché. Tine überlegte sorgfältig ihre Antwort. „Es ist nichts passiert", sagte sie schließlich. „Ich bin okay und habe den Vorfall angezeigt, weil ich die Sache im Gerichtsverfahren verwenden will. Die Idee ist, den Richtern vor Augen zu führen, dass das Opfer nicht nur die eigene Frau misshandelt hat. Da hilft ausnahmsweise die Bedrohung meiner Person. Wir sind uns selbstverständlich darüber einig", Tine drehte den Kopf zu Josefine hin, „dass Selbstjustiz grundsätzlich zu verurteilen ist. Die Verteidigungsstrategie läuft darauf hinaus, das Gericht davon zu überzeugen, dass Frau Meinhart aus ihrer Sicht in ihrer Situation keine andere Wahl blieb."

„Klar."

„Sie sind immer noch beleidigt."

„Ich dachte, wir wären ein Team."

„Das sind wir doch auch, aber ich bin Ihre Chefin. Schon vergessen?"

„Trotzdem. Das fühlt sich nicht richtig an."

Tine fuhr in die Tiefgarage unter dem Büro. Sie wandte sich Josefine zu. „Vielleicht haben Sie recht. Ich hätte es Ihnen erzählen sollen."

„Weiß Frau Lindner Bescheid?"

„Noch nicht."

„Ich will gern bei Ihnen arbeiten …"

„Aber?"

„Ich möchte ernst genommen und angemessen beteiligt werden. Zumindest, wenn es sich um wichtige Dinge handelt und ich mit dem entsprechenden Fall betraut bin."

Tine war beeindruckt von der Ernsthaftigkeit, mit der Josefine sprach. Hatte sie einen Fehler begangen? „Okay, ich denke über Ihren Einwand nach. Wie Sie wissen, bin ich seit vielen Jahren allein tätig. Ich trage die Verantwortung und bin es nicht gewohnt, mich im Team abzustimmen." Sie musterte ihre Referendarin, die stur geradeaus sah. „Reicht das als Entschuldigung?"

Josefine fuhr zusammen. „Natürlich, sorry."

„Haben Sie schlechte Erfahrungen gemacht?"

„Hab ich", antwortete Josefine und sah Tine an. „In dem Anwaltsbüro, in dem ich vorher war, durfte ich Akten bearbeiten, die seit Monaten vor sich hin gammelten, sprich, die niemand erledigen wollte. Nach eindeutigen Vorgaben."

„Das ist doch völlig normal. Ich meine, Sie sind Referendarin und keine Volljuristin. Abgesehen davon würden Sie als junge Anwältin nicht umgehend mit den wichtigsten Fällen im Büro beauftragt werden. Sie können nicht erwarten …

„Schon klar“, fiel ihr Josefine ins Wort. „Ich wurde behandelt wie eine Idiotin, wie ein kleines Kind, und bekam nur Anweisungen, durfte nichts selbstständig entscheiden. Ich wurde nicht einmal nach der Meinung zu den einzelnen Sachverhalten gefragt und hatte nie Kontakt zu Mandanten.“

„Mhm.“ So ganz verstand Tine nicht, wo das Problem lag. Schließlich war das der übliche Gang der Ausbildung. Sie zuckte mit den Schultern.

„Es war die Kanzlei meines Vaters.“

„Oh, das wusste ich nicht. So genau habe ich ihren Lebenslauf nicht gelesen.“ Tine lachte kurz auf.

Josefine verzog keine Miene. „Nein, woher auch. Er hat einen anderen Nachnamen als ich. Inzwischen bin ich heilfroh darüber.“

„Und er spielt Golf, nehme ich an.“

„So ist es.“ Über das Gesicht von Josefine glitt ein feines Lächeln. „Hervorragend kombiniert.“

„Ihr Vater ist nicht der Grund, warum Sie nicht mehr auf dem Golfplatz anzutreffen sind, oder?“

Josefine griff sich mit beiden Händen in die Haare, um sie zu einem Pferdeschwanz zusammenzubinden. „Mein Erzeuger spielt zusammen mit seinen Kanzleikollegen in einem der vornehmsten Golfclubs der Stadt. Unsere Familie ist dort Mitglied. Seitdem ich Jura studiere, ist es sein Wunsch, dass ich in seine Fußstapfen trete, was für mich überhaupt nicht in Frage kommt. Strafrecht empfindet er als das letzte Gebiet, womit sich anständige Juristen beschäftigen sollten. Familienrecht gehört nahezu in dieselbe Kategorie. Alles zu emotional für ihn. So ein Frauenzeugs." Josefine kicherte hysterisch, hatte sich aber schnell unter Kontrolle.

„Verstehe. In welchen Rechtsgebieten arbeitet er denn?"

„Internationales Wirtschaftsrecht. Kartellrecht. Gesellschaftsrecht. Alles Themen, mit denen ich gar nichts am Hut habe."

„Weiß Ihr Vater, was Sie für Pläne haben?"

„Ich habe versucht, es ihm zu erklären. Erfolglos. Er hat mir gar nicht zugehört. Denkt wahrscheinlich, dass das ein Spleen von mir ist, der sich legen wird."

„Er könnte recht haben."

„Sie nehmen mich nicht ernst", rief Josefine aus und fasste nach dem Türgriff.

„Doch. Aber Vorstellungen verändern sich im Laufe des Lebens. Das erlebe ich gerade an mir selbst. Ich habe in der nächsten Woche eine Platzreifeprüfung, um mich auf Golfplätzen bewegen zu können, und leichtes Muffensausen, ob ich das schaffe. Wenn mir das jemand im letzten Jahr prophezeit hätte ..." Tine grinste.

„Sie veräppeln mich. Das ist nicht vergleichbar."

„Vielleicht nicht. Und doch ..." Tine fing den Blick von Josefine auf. „Hören Sie, meine Liebe: Ich bin froh, dass Sie im August bei mir als Anwältin anfangen. Daran hat sich nichts verändert. Und ich denke nach wie vor, dass Sie eine großartige Strafverteidigerin werden. Konzentrieren Sie sich auf die mündliche Prüfung und alles andere wird sich finden. Ist das ein Deal?" Sie hielt Josefine die Hand hin.

„Wenn ich weiterhin in der Meinhart-Sache tätig sein darf und Sie mich nicht ausschließen."

„Sowieso."

„Okay." Josefine ergriff ihre ausgestreckte Hand und schüttelte sie.

„Haben Sie seit dem Vorfall Angst?", fragte Josefine und drückte auf den Fahrstuhlknopf.

Tine ließ sich mit der Antwort Zeit. „Das Wort Angst trifft es nicht. Ich bin vorsichtiger geworden, gehe nicht allein auf dunklen Wegen und sage dem Taxifahrer, dass er warten soll, bis ich im Haus bin. Und ich versuche, das Pfefferspray greifbar zu haben, was mir im Durcheinander meiner Handtasche nicht gelingt." Sie griff nach dem Schlüsselbund und öffnete mit dem Chip die Bürotür. „Wenn ich vor etwas Panik habe, dann ist es die Platzreifeprüfung in der nächsten Woche. Stellen Sie sich die Peinlichkeit vor, wenn ich da durchfalle. Ich würde mich nie mehr in den Golfclub trauen." Sie kicherte.

„Das glaube ich Ihnen nicht. Wegen der Prüfung ... Machen Sie sich keine Sorgen. Die bestehen wirklich alle."

„Ihr Wort in Gottes Ohr. Obwohl ich mir nicht sicher bin, ob das schmeichelhaft ist, was Sie gerade gesagt haben."

„Guten Morgen, die Damen." Charlotte hob den Kopf. „Wer macht sich Sorgen?"

„Ich", antwortete Tine. „Aber wohl grundlos. Weil auch der untalentierteste Trottel die Golfprüfung schafft. Das meint unsere Referendarin hier. Sie kennt sich aus, spielt seit ihrer frühsten Kindheit Golf." Tine sah zu Josefine hin. „Wenn jeder durchkommt, sollte mir das ebenfalls gelingen."

„Klar“, sagte Charlotte und verzog das Gesicht zu einem Lächeln. „So unsportlich bist du gar nicht.“

„Heute ist der Tag der Komplimente. Eigentlich wollte ich gleich auf die Anlage fahren und üben. Das kann ich mir nun ersparen und dir ein paar Schriftsätze diktieren.“

„Kommt gar nicht in Frage“, protestierte Charlotte. „Bevor ich es vergesse. Der Staatsanwalt in der Meinhart-Sache hat zweimal angerufen. Er bittet dringend um einen Rückruf. Vielleicht will er mit dir trainieren.“ Sie kicherte. Josefine schüttelte genervt den Kopf.

„Sehr witzig.“ Auf dem Weg in ihr Büro überlegte sie, was Wichtiges geschehen sein könnte. Gab es Neuigkeiten im gemeinsamen Fall? Wollte er sich mit ihr treffen? Eine Einladung zum Essen bei seinem Lieblingsitaliener? Tine, rief sie sich selbst zur Ordnung. Welchen Grund gibt es für ein Date? Die Hauptverhandlung steht vor der Tür und alles, was er in der Sache sagen wird, wird er im Gericht von sich geben. Er wird dich nicht vorab informieren. Warum sollte er? Vermutlich handelte es sich um Banalitäten. Bleib realistisch. Was war los mit ihr? Wieso spekulierte sie auf ein Rendezvous mit Alexander? Den sie sowieso nicht mochte. Jedenfalls nicht als Staatsanwalt.

Tine las alle Telefonnotizen von Charlotte durch und beantwortete ein paar E-Mails. Dann griff sie zum Hörer.

„Wolff“, ertönte es knapp und barsch am anderen Ende der Leitung.

„Rechtsanwältin Bogen hier. Sie baten um einen Rückruf.“

„Danke, dass Sie sich endlich melden. Ich habe mir Sorgen gemacht.“ Sein Tonfall klang nicht mehr so angespannt.

„Sorgen? Um mich? Warum? Ist etwas passiert?"

„Fragen, die Sie mir beantworten sollen. Ich habe Ihre Anzeige vor mir liegen."

Es dauerte eine Sekunde, bevor Tine wusste, wovon der Mann sprach. „Wieso ist das auf Ihrem Schreibtisch gelandet? Hat man Sie auch noch für einfache Bedrohungen abgeordnet? Ich dachte, Sie kümmern sich um Tötungsdelikte." Tine bemühte sich um einen sachlichen Tonfall und kritzelte Spiralen auf ihren Schreibblock.

„Wenn es sich um Sie handelt, bin ich für alle Delikte zuständig", antwortete Herr Wolff mit fester Stimme.

Tine starrte auf ihren Bildschirm, ohne etwas zu lesen. Ihr Herz fuhr Achterbahn.

„Der sachbearbeitende Kollege hat mich angerufen, weil ihm bekannt ist, dass ich in unserer gemeinsamen Sache tätig bin. Hat es noch weitere Bedrohungen gegeben? Benötigen Sie Polizeischutz?"

„Nein, danke der Nachfrage." Tine sah auf das Gekritzel und versuchte fieberhaft, einen vernünftigen Gedanken zu fassen. „Etwas Gutes hat das Ganze doch, finden Sie nicht?" Sie legte ihre Beine auf den Schreibtisch und schubste versehentlich einen Leitzordner zu Boden.

„Ich verstehe Sie nicht …"

„Sorry, hier ist eine Akte hinuntergefallen. Nun dürfte Ihnen klar sein, dass das Opfer kein Unschuldslamm war."

„Immer im Angriffsmodus, Frau Anwältin", sagte Herr Wolff und lachte. „Ich bin außerordentlich froh darüber, dass Ihnen nichts passiert ist. Das soll auch so bleiben, schließlich möchte ich Sie zu meinem Lieblingsitaliener einladen. Ich hoffe, dass Sie vorsichtig sind und keinerlei Risiken auf sich nehmen. Habe die Polizei gebeten, in dem Viertel öfter Streife zu fahren."

„Das ist nicht nötig. Ich bin in der Lage, auf mich aufzupassen."

„Davon bin ich überzeugt", antwortete Alexander leichthin. Mit ernster Stimme fuhr er fort: „Trotzdem möchte ich Sie bitten, mir bei dem geringsten weiteren Vorfall sofort Bescheid zu geben. Scheuen Sie sich nicht, die Polizei zu verständigen, Sie haben Ihr Handy doch immer mit. Ich bin wirklich beunruhigt."

„Haben Sie Angst, dass ich nicht zum Gerichtstermin erscheine, oder sind Sie den Anwälten auf der Gegenseite gegenüber stets so zuvorkommend?"

Ein erneutes Lachen ertönte am anderen Ende der Leitung. „Diesen besonderen Service erweise ich nur besonderen Damen. Im Ernst. Bitte passen Sie auf sich auf. Wir haben immerhin eine Verabredung nach Abschluss des Verfahrens."

„Haben wir die?"

„Ja. Was macht das Golfspiel? Haben Sie die Platzreifeprüfung bestanden?"

„Ich weiß nicht, was Sie das angeht", antwortete Tine und strich mit dem Kugelschreiber die Kringel mit heftigen Bewegungen durch.

„Also nicht. Keine Bange, die besteht jeder. Ich muss mich verabschieden, habe einen Termin. Wir sehen uns spätestens im Gericht und bitte seien Sie vorsichtig."

Tine nahm den Hörer vom Ohr. Der Typ hatte einfach aufgelegt. Schon wieder.

16

„Seid ihr bereit, Ladys?“ Ian hatte die Hände in die Hüften gestützt und sah sie aufmerksam an.

Cecilia nickte, Julia verdrehte die Augen und Tine sah in ihrer Westentasche nach, ob sie genügend Golfbälle und Tees eingesteckt hatte. Die kleinen Holzdinger neigten dazu, auseinanderzubrechen. Bälle versanken im Teich oder verschwanden auf Nimmerwiedersehen. Es gab so viele Möglichkeiten, wie man sich selbst unnötige Hindernisse in den Weg stellen konnte.

„Ich will ein begeistertes Ja hören“, sagte Ian. Er hob beide Arme so, als würde er dirigieren.

„Ja“, riefen alle im Chor, in Tines Ohren klang es eher lahm als enthusiastisch.

„Wunderbar, wer von euch fängt an?“

Tine und Julia sahen wie auf ein geheimes Kommando zu Cecilia hin. Sie war die Nervenstärkste. Es würde ihr nichts ausmachen, die Erste zu sein. Abgesehen davon hatte sie ein Händchen für das Golfspiel. Der Erfolg war ihr sicher.

„Wenn ihr einverstanden seid, kein Problem.“ Cecilia trug ihre sackartige Pumphose mit einem ausgewaschenen Poloshirt von undefinierter Farbe. Ihr Aussehen war Cecilia definitiv gleichgültig. Etwas, wofür Tine sie bewunderte. Sie schritt zielstrebig zum Abschlag, legte einen Golfball zwischen die Markierungen und schlug, ohne vorherigen Probeschwung, den Ball locker in hohem Bogen auf das Fairway.

„Du hast es einfach drauf“, sagte Julia und klatschte sich mit ihr ab. „Dagegen sehen wir eher alt aus. Wer nicht wagt, hat schon verloren, nicht wahr, meine Liebe? Möchtest du zuerst dein Talent unter Beweis stellen, oder soll ich es probieren?“ Julia grinste Tine an. Wie immer war sie farblich perfekt aufeinander abgestimmt gekleidet. Helle Baumwollhose und ein orangefarbenes Poloshirt, passend zu ihren Sneakers im gleichen Farbton. Dazu eine weiße Kappe. Tine hatte gelernt, dass es Kleidervorschriften im Golfsport gab. Mit T-Shirt und Jeans auf dem Golfplatz zu erscheinen, war unpassend. Derartige Hosen waren grundsätzlich verpönt, es sei denn, es handelte sich um sauteure Designerteile. Vor dem Golfclub wies ein Schild mit entsprechenden Bildern auf diese Etiketteregel hin. Insgeheim gefiel Tine die Kleiderordnung. Letztendlich beleidigte es ihren Sinn für Ästhetik, in der Freizeit Männer mit unterhemdähnlichen T-Shirts und Badeshorts, begleitet von Socken in Sandalen, anzusehen. Die Erkenntnis behielt sie lieber für sich. Ansonsten drohte eine Diskussion mit Cecilia über innere Werte.

„Mach du“, sagte sie zu Julia und beobachtete, wie die den Ball auf ein orangenes Tee setzte. Ob sie bei der Auswahl auf die Farbe geachtet hatte? Bestimmt gab es auch Bälle im passenden Ton. Julia absolvierte im Zeitlupentempo und konzentriert einen Probeschwung. Sie drehte sich zu Ian um, der sie nicht aus den Augen gelassen hatte.

„Sieht gut aus“, rief er ihr zu.

Julia holte erneut aus, traf den Ball, der flach nach vorn schoss und circa dreißig Meter entfernt auf dem Fairway landete. „Wenigstens nicht im Wasser", schrie sie und reckte die Faust in den Himmel.

„Den Teich habt ihr für mich übrig behalten", sagte Tine und trottete zum Abschlag.

„Wenn du so denkst, wird der Schlag genau dort hingehen. Fokussiere die Mitte der Bahn. Der Körper folgt dem Geist", behauptete Cecilia und blinzelte ihr zu. „Nur Mut, du schaffst das."

Tine brauchte zwei Anläufe, bis der Ball auf dem Tee liegenblieb. Ihre Hände zitterten wie schon die letzten Male und sie hoffte, dass man das aus der Entfernung nicht bemerkte. Egal, es handelt sich hier um ein lächerliches Golfspiel. Es ist völlig wurscht, ob du triffst oder nicht. Die Welt wird sich in jedem Fall weiter bewegen. Sachte holte sie aus und bemühte sich, an alles zu denken, was Ian ihr beigebracht hatte. Drehen, heben und schlagen. Der Ball tat ihr den Gefallen und erhob sich in die Luft. Mit offenem Mund verfolgte sie, wie er in großem Bogen in den etwa dreißig Meter entfernten Teich flog. Na bravo. Ein Golfball weniger. Noch schlechter konnte es nicht anfangen.

„Das war prinzipiell ein guter Schuss", meinte Ian und reckte beide Daumen in die Höhe. „Pech, dass er im Wasser gelandet ist. Was machst du als Nächstes? Wie lautet die Regel?"

Das war einfach. Sie hatte die Möglichkeit, erneut vom Abschlag zu spielen oder bis zum Hindernis vorzurücken. Wie man es auch betrachtete, sie kassierte einen Strafschlag. Cecilia gab ihr einen aufmunternden Klaps auf die Schulter und Tine eilte zum Teich, wo sie einen anderen Ball auf einer imaginären Linie zur Fahne fallen ließ. Sie fokussierte das Ziel. Bloß nicht wieder in den Tümpel schießen. Fortuna war auf ihrer Seite. Tine beförderte den Ball ohne Wasserkontakt auf das Fairway. Mit zwei flachen Schlägen erreichte der Ball das rettende Grün. Nicht elegant, aber effektiv. Gut gemacht, gratulierte sie sich selbst.

Cecilia schaffte es mit dem dritten Schlag, in der Nähe der Fahne zu liegen. Julia benötigte vier.

„Ich bin stolz auf euch", sagte Ian, der sie beobachtete. „Jetzt einputten und ihr habt das erste Loch gemeistert."

Die Regel besagte, dass die am weitesten von der Fahne entfernt liegende anfing. Das war Tine. Sie hob ihren Ball auf und drehte ihn so, dass der darauf angebrachte Pfeil in die richtige Richtung zeigte. Das sollte nach Expertenmeinung beim Einlochen helfen. „Bitte tu mir den Gefallen und peile das Loch an", flüsterte sie ihm zu und legte ihn sanft hin.

„Mit wem redest du?", schrie Julia.

„Ruhe", rief Ian und sah sie mahnend an. „Niemand bewegt sich und alle bemühen sich, die Spielerin nicht zu stören."

„Schon gut", maulte Julia, verzog das Gesicht und stützte sich auf ihrem Putter ab.

Tine schlug nach dem Ball und verfolgte, wie der Kurs auf die Fahne nahm. Er wurde langsamer und plumpste, wie durch ein Wunder, mit der letzten Umdrehung ins Loch. Wow.

„Super", kreischte Cecilia und hüpfte auf sie zu. Beide klatschten sich ab.

„Du hast den Ball verhext", rief Julia. „Den genauen Wortlaut, bitte? Das versuche ich auch."

„Ihr seid schon verrückte Hühner!“ Ians Gesicht leuchtete in der Sonne. „Herzlichen Glückwunsch, Tine. Das war ein super Putt.“

Julia und Cecilia brauchten jeweils zwei Versuche, um einzulochen. Ian lächelte beifällig und schrieb etwas auf seinen Block. Auf den nächsten vier Löchern gab es keine Wasserhindernisse, aber Sandbunker. Das war günstig, da der Ball nicht mehr im Wasser verschwinden konnte. Cecilia spielte wie entfesselt. Ihre Schläge landeten punktgenau auf dem Fairway, nicht einer verlor sich im hohen Gras, Gebüsch oder im Bunker. Im Gegensatz dazu trafen Julia und Tine pro Loch mindestens einen der Sandbunker. Auch eine Leistung. Ian machte sich Notizen, ohne die Miene zu verziehen. Tines Hände zitterten nicht mehr. Ihr Herz hüpfte vor Aufregung und sie genoss die Spannung.

„Wenn ich nicht bestehe, ist es kein Beinbruch“, raunte sie Julia zu, nachdem ihr Ball sich zum zweiten Mal in einem Bunker vor dem Grün eingegraben hatte. „Ich bin froh, dass ich mich getraut habe, mit Golf anzufangen. Das macht so viel Spaß.“

„Stimmt, hätte ich auch nicht gedacht“, sagte Julia. „Matthias hatte recht. Und sei nicht so eine Unke. Hier fällt niemand durch.“

Auf dem Grün des letzten Lochs gaben sich alle die Hände. Ian eilte voran ins Büro, die Freundinnen ließen sich Zeit.

Tine ging dicht neben Cecilia her. „Du hast so großartig gespielt. Golf ist deine Sportart. Du musst auf jeden Fall weitermachen.“

„Ich glaube nicht, dass ich mir die Mitgliedsbeiträge leisten will. Abgesehen davon wollte ich ausprobieren, ob meine Energie beim Golf fließen kann." Sie blieb stehen und lachte ihnen zu. „Es hat funktioniert. Wenn ich im Flow bin, fliegen die Bälle. Golf hat eine Menge mit Yoga zu tun. Hilft gegen Beschwerden in den Wechseljahren."

„Jaja", meinte Julia. „Vergiss es. Ich fange trotzdem nicht mit Yoga an und nehme weiterhin Hormone. Du kannst doch für wenig Geld Fernmitglied eines Clubs werden. Für mich ist das eine erstklassige Option, solange ich mit Matthias um die Welt ziehe und ein paar Monate im Jahr nicht in Deutschland bin. Wir müssen unbedingt zusammen auf dem großen Platz spielen. Sonst hätte sich der ganze Aufwand nicht gelohnt."

„Stimmt, das wäre eine Alternative. Schreib mir bei Gelegenheit auf, wo genau Matthias Mitglied ist." Cecilia sah beide nachdenklich an.

„Kommt ihr bitte zu mir ins Sekretariat", rief Ian, der vor der Tür des Golfbüros stand und winkte.

„Ups", sagte Julia und lachte. „Den hatte ich vergessen."

Ian saß hinter dem Schreibtisch und trug irgendetwas in ein Formular ein.

„Wollt ihr gar nicht wissen, ob ihr bestanden habt?", fragte er mit gespielt strenger Stimme.

„Klar, ist aber nicht mehr so wichtig", antwortete Tine und stellte überrascht fest, dass sie das nicht nur so sagte. Von Belang war, dass sie etwas Neues gewagt und zum vorläufigen Abschluss gebracht hatte.

„Herzlichen Glückwunsch, ihr drei. Ihr habt die Platzreifeprüfung erfolgreich abgelegt. Das bedeutet nicht, dass ihr Golf spielen könnt, Cecilia ausgenommen." Ian blinzelte ihnen zu. „Ihr müsst weiter intensiv trainieren und Unterricht nehmen. Nach Möglichkeit am besten bei mir." Er erhob sich und schüttelte jeder die Hand.

„Nach Möglichkeit", sagte Julia und lachte.

„Das ist mein Geschäftsmodell", antwortete Ian ungerührt und händigte allen eine Urkunde aus.

Tine suchte seinen Blick. „Ich bin dabei und melde mich bei dir."

Vor dem Gebäude fielen sich alle um den Hals. „Wir haben es geschafft, das muss gefeiert werden", redeten Julia und Tine durcheinander. Cecilia schwieg.

„Zur Belohnung des Geleisteten gebe ich einen aus", rief Julia überschwänglich. „Einen Sekt für jede von euch, auch für dich Cecilia. Mit Kräutertee kommst du heute nicht durch."

„Keine Sorge, ich hatte nicht vor Tee zu trinken." Cecilia lachte scheppernd auf und schlug Julia auf den Rücken.

Im Clubrestaurant bestellte Julia drei Gläser der Hausmarke.

„Guten Abend, die Damen", ertönte eine bekannte Stimme hinter Tines Rücken. Sie fuhr zusammen. Fast hätte sie ihr Getränk umgestoßen. „Es gibt etwas zu feiern, so wie Sie strahlen. Ich vermute, Sie trinken auf Ihre bestandene Platzreifeprüfung. Herzlichen Glückwunsch, dann werden wir uns sicher ab und zu auf dem Platz treffen."

„Mich und Cecilia eher nicht. Meine Freundin Tine wird in den Club eintreten, nicht wahr?" Julia hob erneut das Glas und verbeugte sich leicht in ihre Richtung.

Tine drehte sich bewusst langsam um. Alexander

Wolff stand in Golfermontur vor ihr: blau-grün karierte Hose, dunkelblaues Poloshirt. Die passende Kappe hielt er in der Hand. Er sah sie nachdenklich an. „Das würde mich außerordentlich freuen, liebe Frau Bogen. Wenn wir den gemeinsamen Fall beendet haben, lade ich Sie zu einer Golfrunde ein und zeige Ihnen unseren wunderschönen Platz hier. Entschuldigen Sie mich, die Herren dort warten." Er deutete auf drei Männer, die an der Theke saßen. „Ich wünsche noch einen schönen Abend."

„Der steht auf dich", sagte Julia.

„Und er sieht sexy aus", fiel Cecilia ein.

„Wollt ihr mich verkuppeln?" Tine trank hastig einen Schluck Sekt.

„Er gefällt dir doch", behauptete Julia und prustete los.

„Ihr seid unglaublich. Ich verstehe nun, was Mona gemeint hat." Tine wusste nicht so recht, ob sie mitlachen sollte.

„Eine Golfrunde zu zweit kann so romantisch sein", trällerte Julia. „Das Suchen des Balles miteinander im Gebüsch oder im Unterholz, die liebevollen Anweisungen zum richtigen Spiel …"

„Ich bin mir nicht sicher, ob es die Partnerschaft fördert, wenn der eine dem anderen ständig erklärt, wie man es besser macht", mischte sich Cecilia mit ernsthafter Stimme ein.

„Stimmt auch wieder. Das Belehren während des Spiels ist nicht erlaubt, haben wir ja gelernt."

Tine bekam einen Schluck Sekt in die falsche Kehle und hustete. „Ich fasse es nicht", stieß sie hervor, nachdem sie wieder sprechen konnte. „Noch einmal speziell für euch: Der Mann ist Staatsanwalt und mein Gegner im nächsten Prozess."

„Na und? Dienst ist Dienst und Schnaps ist Schnaps." Julia gab nicht auf.

„Komm mir nicht mit so uralten Sprüchen."

„Wenn du uns sagst, dass du ihn weder attraktiv findest, noch an ihm interessiert bist, lassen wir dich in Ruhe. Versprochen. Du kennst doch den Film ‚Staatsanwälte küsst man nicht'. Robert Redford spielt mit. Da konnte die Anwältin auch nicht widerstehen. Sie haben sogar später zusammen eine Kanzlei eröffnet."

„Robert würde ich nicht von der Bettkante stoßen", sagte Cecilia lakonisch.

„Ich auch nicht", antworteten Tine und Julia gleichzeitig. Sie kicherten.

„Vertrau deinem Gefühl", sagte Cecilia. „Das ist wie beim Golf, wenn du im Flow bist. Nicht nachdenken, nur spüren und annehmen."

„Hör auf die Expertin", meinte Julia und prostete Tine zu.

„Ist ja schön, dass ihr euch beide einig seid."

„In Liebesdingen immer."

Später im Bett dachte Tine an den Nachmittag. Sie rekelte sich wohlig und spielte im Geiste erneut auf dem Übungsplatz. Es juckte sie in den Fingern. Am liebsten würde sie morgen wieder Golf spielen. Ihre Gedanken wanderten zu Alexander Wolff und sie stellte sich vor, wie sie mit ihm nach einer Golfrunde auf der Clubterrasse etwas trank. Und danach … hör sofort auf. Ihr fiel auf, dass sie den Freundinnen nicht widersprochen hatte. Der Staatsanwalt war definitiv ein attraktiver Mann. Und er war ihr nicht gleichgültig.

17

„Heute ist Josefines großer Tag." Tine war seit acht Uhr morgens im Büro. Bis zum Nachmittag wollte sie so viel Papierkram wie möglich erledigen. Am frühen Abend war sie mit Ian zu einer Golfstunde verabredet. In Hamburg waren Schulferien, die Zahl der Gerichtstermine war überschaubar. Zeit, sich den Aufgaben zu widmen, die in den hektischen Arbeitsphasen auf der Strecke geblieben waren. Und Zeit zum Ausmisten. Charlotte und sie genossen eine frisch aufgebrühte Tasse Kaffee zusammen mit einem Franzbrötchen. Damit es optisch mehr hergab, hatte Charlotte das Gebäck in winzige Teile geschnitten.

„Sie wird das mit Bravour bestehen", sagte Charlotte, die ein schwarz-weiß geblümtes Sommerkleid trug. Kleine Perlenohrstecker zierten ihre Ohren.

„Sind die neu?" Tine fasste sich an ihr rechtes Ohr. „Zu unscheinbar, oder?"

„Hochzeitstaggeschenk von meinem Mann." Charlotte biss in das letzte Stück des Teilchens.

„Wie aufmerksam."

„Normalerweise vergisst er den regelmäßig", brummte sie undeutlich.

„Okay. Und dieses Mal?"

„Habe ich es ihm in seinen elektronischen Kalender

getippt, weil ich einen Tisch in unserem Lieblingsrestaurant reserviert hatte."

„Hervorragende Strategie."

„Finde ich auch. Die Ohrringe sind für meinen Geschmack etwas zu bieder, aber frau kann ja nicht alles haben." Sie wischte sich mit einer Serviette den Mund ab.

„Mir gefallen sie."

Das Telefon läutete. Charlotte hob den Hörer ab und meldete sich. Mit gerunzelter Stirn lauschte sie. Sie antwortete ein paar Mal mit „verstehe" und schrieb sich eine Telefonnummer auf, bevor sie sich verabschiedete. „Ärger im Paradies."

„Bitte keine Verhaftung an diesem herrlichen Sommertag."

„Das war Herr Lorenz, der sich vor dem Termin mit dir treffen will. Du sollst ihn zurückrufen. Ich hab mir gedacht, dass du momentan nicht mit ihm sprechen willst." Charlotte schob ihr den Zettel mit der notierten Nummer zu.

„Stimmt, danke. Hat er einen Grund genannt?"

„Irgendwie ist ihm zu Ohren gekommen, dass du bedroht worden bist. Die Geschichte kann er nicht ignorieren. Bevor er sie den Medien anbietet, will er deine Story hören."

„Auf gar keinen Fall", sagte Tine mit Nachdruck. „Das würde mir noch fehlen. Ich rufe ihn nachher an."

„Ich dachte mir so etwas." Charlotte trank den letzten Schluck Kaffee und schob den Becher zur Seite. „Ich habe dir übrigens verziehen, dass du mir erst Tage später von dem Vorfall erzählt hast."

„Danke", sagte Tine. Sie fühlte sich seltsam befangen, wie immer, wenn es sich um persönliche Dinge handelte.

„Mir war nicht bewusst, dass dir das wichtig ist. Ich meine, mir ist schon klar, dass ich …“ Sie verhedderte sich und wusste nicht mehr weiter.

„Du bist so eine taffe Anwältin, wenn es um die Interessen deiner Mandanten geht“, sprang Charlotte ihr zu Hilfe. Sie hatte die Lesebrille über die Haare geschoben, ihre grünen Augen sahen sie warmherzig an. „Privat verhältst du dich merkwürdig. Wie kommst du auf die verrückte Idee, dass es mich nicht interessiert, dass du persönlich bedroht wirst? Wir kennen uns seit Jahren, verbringen unendlich viel Zeit miteinander, jetzt duzen wir uns sogar …“

„Schon gut, du hast recht. Es war ein Fehler und kommt nie wieder vor. Ich hoffe …“ Tine wagte ein zaghaftes Lächeln. „… dass es keinen weiteren Anlass geben wird. Ich erzähle lieber von den positiven Erlebnissen. Und ich wollte niemanden beunruhigen.“

„Papperlapapp. Entweder man hat ein Vertrauensverhältnis oder eben nicht. Nimm den Rat einer älteren Dame an: Du darfst dich nicht so verschließen.“

„Jawohl, Mami.“ Tine erhob sich und nahm den Notizzettel an sich. „Immerhin habe ich deinen letzten Vorschlag berücksichtigt und begonnen, mich sportlich zu betätigen. Nach der Arbeit bin ich mit meinem Golfpro verabredet. Klingt das nicht dynamisch?“

Charlotte winkte ab. „Vergeblicher Ablenkungsversuch. Ist das Mindeste, nachdem du den Sommerurlaub verschoben hast. Denk doch mal an dich und nicht nur an die Mandanten.“

„Ich kann mich nicht erholen, solange Frau Meinhart im Untersuchungsgefängnis sitzt.“

„Das wär schon gegangen. Der Prozess hätte ein paar

Wochen später angefangen. Niemand ist unersetzlich und wenn du krank wirst, gibt es eine Vertretung."

„Ich bin froh, dass das Gericht uns diesen frühen Termin ermöglicht hat. Der Urlaub läuft nicht weg. Zwischendurch reagiere ich mich auf der Driving Range und dem Übungsplatz ab." Tine wandte sich zur Tür.

„Hast du schon auf dem großen Platz gespielt oder darfst du das nicht?"

„Ich darf schon, aber ich habe mich noch nicht getraut. Allein macht das auch keinen Spaß. Ich sollte mir überlegen, ob ich im Club Mitglied werden will."

„Ach so. Ich dachte, du hast dich schon entschieden. Herr Wolff spielt auch in dem Verein, oder?"

Tine verließ kommentarlos das Zimmer ihrer Mitarbeiterin. Seit dem Zusammentreffen im Clubrestaurant nach der Platzreifeprüfung hatte sie Alexander Wolff nicht mehr gesprochen, geschweige denn gesehen. Aus professioneller Sicht war das in Ordnung, es gab vor dem Prozess mit ihm nichts zu bereden. Ihre Gefühle schob sie in die hinterste Ecke. Gott sei Dank gab es genügend unerledigte Vorgänge, denen sie sich widmen konnte. Den Zettel mit der Telefonnummer von Herrn Lorenz legte sie in ihren Bürokalender. Dafür war später noch Zeit.

Auf dem Weg zum Golfclub klingelte Tines Handy. Ein Anruf aus dem Büro. Sie nahm das Gespräch über die Freisprechanlage an.

„Josefine hat angerufen. Sie hat die Prüfung mit einem guten ‚Befriedigend' bestanden. Die ist genauso verrückt wie du. Weißt du, was sie mich allen Ernstes gefragt hat?" Charlotte klang verwundert.

„Wie schnell sie Anwältin werden kann?"

„Ganz genau."

Tine lachte. „Sie will unbedingt an der Meinhart-Sache als Rechtsanwältin mitarbeiten. Das wird ihr nicht gelingen, so zügig klappt das mit der Zulassung nicht. Ist kein Weltuntergang, sie wird mir als Assessorin zur Seite stehen."

„Was ist aus der jahrzehntelang bewährten Tradition geworden, erst einmal das Ergebnis zu genießen und zu feiern, bevor man sich in die Arbeit stürzt?"

„Da spricht die Richtige. Ich muss dich doch jedes Jahr auf deinen Urlaubsanspruch hinweisen."

„Das ist etwas ganz anderes. Ich bin älter ..."

„Haha. Mir predigst du, dass ich mich um mein privates Leben kümmern und verreisen soll und du ..."

„Ich bin gern zu Hause, und ich habe ein Privatleben."

„Aha, so kann man das auch sehen. Josefine wird sich mit ihren Freunden amüsieren. Wenn ich mich recht erinnere, braucht man sowieso eine längere Zeit, um zu realisieren, dass man das Examen geschafft hat. Du hast ihr hoffentlich gesagt, dass sie sich von dem Stress erholen soll und wir sie nicht vor nächster Woche erwarten. Besser noch übernächster."

„Habe ich ihr verkündet. Wird aber nichts nützen." Charlotte räusperte sich.

Tine bog in die Auffahrt zum Golfclub ein. „Ich muss aufhören. Wir sprechen uns morgen. Und, Charlotte ..."

„Ja?"

„Stell den Anrufbeantworter ein und mach endlich Feierabend."

18

„Wie ist es ausgegangen?“

„Was meinst du?“

„Hat er sich bei dir gemeldet?“

„Wer?“

„Na, der Staatsanwalt“, sagte Julia und fing damit an, Tine knallroten Nagellack aufzutragen.

„Du willst es nicht verstehen. Ich fange nichts mit einem Vertreter der Anklagebehörde an. Auch nicht, wenn er ein Supergolfer ist.“ Tine saß Julia an einem Tisch in deren Kosmetikstudio gegenüber. Normalerweise ließ sie sich von einer der Angestellten ihre Nägel auf Vordermann bringen. Heute Abend hatte Julia den Job übernommen. Später waren sie mit Cecilia und Mona zum Essen verabredet.

„Mich täuschst du nicht. Du hast eine Schwäche für ihn.“

Tine seufzte. „Er ist mir nicht unsympathisch, aber …“

„Aha, ich hatte also recht.“ Triumphierend sah Julia sie an.

„Nichts weißt du, ich kenne mich selbst nicht aus.“ Tine wedelte mit den Fingern. „Komm, ich stehe kurz vor einem wichtigen Verfahren und habe keine Zeit für derartige Dinge.“

„Mit derartigen Dingen meinst du Sex, Liebe, Gemeinsamkeit, Vertrautheit und andere Nebensächlichkeiten."

„Du kannst ganz schön anstrengend sein."

„Du bist nicht die Einzige, die das behauptet. Damit schreckst du mich aber nicht ab." Julia schraubte das Fläschchen zu und schob es in eine Schublade unter dem Tisch.

„Das macht es nicht besser."

„Hast du für den Prozess die passende Garderobe ausgewählt?"

„Julia!" Tine bemühte sich um einen ernsthaften Tonfall. „Dir ist schon bekannt, dass ich im Gerichtssaal eine Robe trage?"

Julia hob die Augenbrauen. „Da wird unglaublich viel Presse sein. Du ziehst die Robe erst kurz vor Beginn an und nach der Verhandlung rennst du nicht damit über den Flur. Also noch einmal: Was wirst du anziehen?"

Tine schüttelte den Kopf. „Soll ich die Journalisten beeindrucken oder den Staatsanwalt?"

„Idealerweise beide, meine Liebe."

„Wenn es dich beruhigt: Ein neues Kostüm ist in meinen Kleiderschrank gewandert."

„Hoffentlich ist es nicht schwarz."

„Nein, das wäre, psychologisch betrachtet, ungeschickt. Ich will gewinnen und muss Optimismus ausstrahlen. Ich habe mich für einen freundlichen Rotton entschieden. Darunter trage ich eine weiße kurzärmlige Bluse. Reicht dir das an Information?"

„Sehr gut. Dann gehst du noch zum Friseur."

„Nein. Ich werde nicht vor jedem neuen Prozess zum Friseur rennen. Bin ja kein Fernsehstar. Gefällt dir mein

Styling nicht?“ Tine hatte seit zwei Wochen helle Strähnen und ihr Haar war stufiger geschnitten.

„Doch, ist schon okay.“

„Das klingt nicht so begeistert.“

„Wenn du meine ehrliche Meinung hören willst: Die Haare sind zu lang. Mindestens zehn Zentimeter ab, das würde dir deutlich besser stehen.“

„Findest du?“

„Dein Gesicht käme vorteilhafter zur Geltung.“

„Ich trage diese Frisur seit Ewigkeiten.“ Tine betrachtete sich im Aufstellspiegel, der vor ihr stand.

„Weiß ich doch. Trotzdem, es wird Zeit für eine Veränderung. Soll ich dir die Haare schneiden, wir haben noch eine Stunde.“

Tine sah Julia verdutzt an.

„Ich habe vor vielen Jahren eine Lehre zur Friseurin absolviert, ich kann das. Vertrau mir. Ansonsten besorge ich dir eine Perücke.“

„Eine Mut machende Alternative.“ Tine überlegte ein paar Sekunden. Warum nicht? „Wenn es blöd aussieht, greife ich auf dein Angebot zurück. Also los.“

„Wirklich?“ Julia sprang auf und umarmte Tine von hinten. „Du wirst sehen, das wird super. Komm mit nach drüben, ich wasche dir die Haare.“

Wenige Minuten später beobachtete sie, wie sich Julia, mit einer Schere, Kamm und einem Rasiermesser bewaffnet, an die Arbeit machte. Sie hatten den Raum gewechselt: Tine saß vor einem großen Spiegel. Julia hatte einen Hocker herbeigeholt.

„Machst du das öfter?“

„Ab und zu. Ich will nicht aus der Übung kommen.“

Tine schloss die Augen, als Julia die ersten

Haarsträhnen abschnitt. Jetzt gab es kein Zurück mehr. 2019 war offensichtlich das Jahr der Veränderung. Das Golfspiel, die Freundschaft zu Julia, Cecilia und Mona und nun noch eine neue Frisur. Fehlte der passende Mann und ihr Leben wäre völlig auf den Kopf gestellt. Träum weiter, meine Liebe.

„Du kannst aufwachen."

Das Licht blendete. Sie blinzelte. War sie zwischendurch eingeschlafen? So schnell konnte Julia doch nicht fertig sein. Tine riss die Augen auf und schluckte. Die nassen Haare lagen dicht am Kopf und gingen ihr knapp bis über das Kinn. Das waren definitiv mehr als zehn Zentimeter.

„Äh, findest du nicht, dass es ein wenig, äh, kurz geraten ist?"

„Nein, es ist perfekt. Ich hole den Föhn, du wirst staunen."

Tine fuhr sich mit der Hand an die Haarspitzen. Wieso war ihr Hals auf einmal so nackt? Wie lange würde es dauern, bis das nachgewachsen war?

„Du siehst aus wie ein verschrecktes Kaninchen. Gib mir ein paar Minuten." Julia schaltete den Föhn ein und fing an, die Haare über eine Rundbürste in Form zu trocken. Tine kniff die Augen zusammen und überließ sich der Freundin. Als das Geräusch verstummte und Julia mit einem Pump-Haarspray der Frisur den letzten Schliff gab, beschloss Tine, sich der Situation zu stellen. Es war sowieso nicht mehr zu ändern. Zaghaft öffnete sie die Augen und musterte sich. Aus dem Spiegel sah ihr eine neue Tine entgegen. Ihr Gesicht wirkte schmaler, irgendwie apart. Sie drehte den Kopf vorsichtig von einer Seite zur anderen und zurück. Die Haare waren vorne länger. Nicht zu kurz, um sie hinter die Ohren zu stecken, was sie sofort ausprobierte.

„Recht so, meine Liebe?“ Julia sah sie gespannt an.

„Mhm, ich versuche, mich daran zu gewöhnen. Aber ja …“ Tine beugte sich näher zum Spiegel hin. Der Schnitt schien jugendlich und unkompliziert. Sie würde zukünftig morgens weniger Zeit auf das Haaretrocknen verwenden müssen. Ihr Gesicht verzog sich zu einem leisen Lächeln.

Julia klatschte in die Hände. „Es gefällt dir. Ich wusste es.“

Tine stand auf, zog das Handtuch von den Schultern und legte es auf den Stuhl. Sie umarmte Julia und drückte sie an sich. „Vielen Dank, dass du hartnäckig geblieben bist. Ohne dich wäre ich nie auf die Idee gekommen, die Frisur zu verändern.“

„Kein Problem. Schließlich ist es mein Beruf, Menschen zu verschönern. Ich bin neugierig, was die anderen sagen werden.“

„Bist du wirklich bedroht worden?“, fragte Mona. Sie und Cecilia hatten Tines Frisur gebührend bewundert. Immer wieder fasste Tine sich an den Hals. Es würde dauern, bis sie mit der Luftigkeit an der Stelle vertraut wäre.

„Äh, wie kommst du darauf?“ Tine sah Mona verblüfft an. Sie hatte den Freundinnen kein Wort von dem Vorfall mit den beiden Männern erzählt.

„Steht heute im Abendblatt. Ein ausführlicher Bericht über deinen Prozess. Der beginnt ja schon am Freitag. Der Journalist hat erwähnt, dass du im Vorfeld massiv bedroht worden bist. Stimmt das? Das muss furchtbar für dich gewesen sein.“

„Diese kleine Ratte“, sagte Tine wütend. „Er hatte mir versprochen, das für sich zu behalten.“

„Was ist geschehen?“, fragte Cecilia mit aufgerissenen Augen und tastete nach ihrer Hand. „Das musst du uns doch sagen. Du darfst das nicht allein mit dir abmachen.“

Tine schluckte und drückte die aufsteigenden Tränen weg. Das hier war etwas völlig Neues. „Äh … es war nicht so schlimm, wie es sich anhört.“

„Das glaube ich dir nicht“, sagte Mona und beugte sich zu ihr hin. „Aus Erfahrung will ich dir sagen, dass es sich besser anfühlt, wenn man darüber spricht.“

„So etwas Ähnliches hat meine Mitarbeiterin auch behauptet. Warum sind auf einmal alle beleidigt, dass ich den Vorfall für mich behalten habe? So wichtig ist es nicht.“

„Weil wir dich gernhaben und für dich da sind.“ Cecilia drückte ihre Hand, die sie die ganze Zeit nicht losgelassen hatte.

„Ihr bringt mich zum Weinen“, erklärte Tine und löste sich behutsam von Cecilias Griff. „Das hat nicht mal mein Ex geschafft.“

„Wieso? Was war denn mit dem?“, fragte Julia und beugte ihren Kopf zur Seite.

„Wirklich, Julia, das interessiert doch jetzt nicht.“ Cecilia funkelte sie wütend an.

„Mich schon. Erzähl mal.“

Tine verspürte einen heftigen Drang zu kichern. Das passierte ihr in Gegenwart der Freundinnen öfter. Mit gepresster Stimme sagte sie: „Ich habe ihn mit einer anderen bei mir im Schlafzimmer erwischt. Der Klassiker sozusagen.“

„Ach du liebe Güte." Mona schlug die Hände vors Gesicht.

„Hoffentlich hast du beide sofort rausgeschmissen." Cecilia tastete wieder nach ihrer Hand. Tine wich ihr geschickt aus.

„Keine Sorge, innerhalb von zehn Minuten waren sie verschwunden."

„Na dann …" Julia sah sie auffordernd an.

Tine seufzte und berichtete in wenigen Worten von den Ereignissen vor ihrer Haustür.

„Das war nach unserem letzten Treffen hier. Nicht zu fassen, dass du nichts gesagt hast." Cecilia hatte ihre Stirn in Falten gelegt.

„Sorry, kommt nicht wieder vor. Ich werde mich bessern."

„Erhältst du nun Polizeischutz?", fragte Mona.

„Ach nein, wo denkst du hin. Dafür hat die Polizei gar keine Kapazitäten. Ich habe in meiner Handtasche aufgeräumt. Dann finde ich das Pfefferspray nächstes Mal." Sie hob ihre Tasche vom Boden auf und präsentierte den Frauen die Spraydose. „Alles im grünen Bereich."

„Du solltest einen Selbstverteidigungskurs belegen", sagte Cecilia. „Bei uns im Studio wird das angeboten."

„Nein danke. Mir reicht das Golfspiel völlig. Mehr Aktivitäten bekomme ich nicht geregelt."

„Weiß Alexander Bescheid?", fragte Julia.

„Ihr duzt euch?"

Julia wirkte für einen Moment schuldbewusst. „Letztes Wochenende habe ich mit ihm und Matthias auf dem großen Platz gespielt. Allerdings nur neun Loch. Das musst du unbedingt versuchen. Wie wäre es, wenn wir uns verabreden? Ich …"

„Lenk bitte nicht ab."

„Ich hätte es dir schon erzählt …"

„Aha. Wann denn?", unterbrach Tine sie.

„Spätestens nach Abschluss des Prozesses."

„Soso."

Cecilia kicherte. „Julia versucht sich als Kupplerin."

„Kann mich bitte mal jemand aufklären? Wer ist Alexander und was hat er mit Tines Verfahren zu tun?" Mona schüttelte verwirrt den Kopf.

„Alexander Wolff ist der Staatsanwalt in der Meinhart-Sache. Er spielt im selben Club Golf und hat sich in Tine verschossen", sagte Julia absichtlich langsam.

„Okay." Mona sah immer noch so aus, als würde sie nur Bahnhof verstehen. „Magst du ihn?"

Tine konnte nicht mehr an sich halten. Sie fing an zu prusten. „Ihr seid unglaublich", japste sie.

19

Vor dem Gerichtssaal lauerte die Presse. Tine grüßte die angereisten Damen und Herren freundlich und begab sich zu ihrem Sitz. Frau Meinhart wurde von zwei Beamtinnen hereingeführt. Blitzlichtgewitter prasselte auf beide ein. Tine gab ihrer Mandantin die Hand und zog sich in aller Ruhe die Robe an, wobei sie sich bewusst war, dass sie geknipst wurde. Angesichts der Sommertemperaturen entledigte sie sich vorher ihrer roten Kostümjacke. Schließlich wollte sie unter dem schwarzen Talar nicht ersticken. Sie riskierte einen Blick zu den Plätzen der Staatsanwaltschaft. Alexander Wolff war in Begleitung einer jungen Frau erschienen, vermutlich eine Referendarin. Tine ging mit schnellen Schritten auf sie zu, gab ihnen zur Begrüßung die Hand und sah Herrn Wolff kurz in die Augen. Bloß kein langer Blickkontakt. Dieses Blau …

Eine Justizangestellte wies die Presse darauf hin, dass die Zeit für Aufnahmen beendet sei, und Fotografen und Kameraleute verließen den Raum. Der Zuschauerraum war voll besetzt. Josefine saß vorn und winkte ihr zu. Auf der Pressebank war jeder Stuhl belegt. Einige ihr bekannte Lokalreporter waren gekommen. Herr Lorenz hatte sich in einer Ecke niedergelassen und schrieb auf einem Laptop. Der übliche Hype bei Prozessbeginn. In der Regel verebbte das Interesse der Medien nach einigen Sitzungen. Die meisten Journalisten würden erst wieder zur Urteilsverkündung erscheinen.

Die Tür zum Beratungsraum öffnete sich. Alle erhoben sich von ihren Plätzen. Beim Schwurgericht, einer Kammer des Landgerichts, die für vorsätzliche Tötungsdelikte, also für versuchten und vollendeten Mord sowie Totschlag zuständig war, urteilten fünf Menschen. Neben dem Vorsitzenden Richter Karsten traten hintereinander vier Personen in den Saal. Die Männer waren in der Überzahl, von den Laienrichterinnen arbeitete eine als Krankenschwester, die andere war Lehrerin. Die Richter waren dieselben wie bei der Haftprüfung.

Der Vorsitzende eröffnete die Verhandlung. Tine bemerkte, dass Frau Meinhart mit den Fingern auf den Tisch klopfte und strich ihr beruhigend über den Arm. Der Richter wandte sich an Frau Meinhart und stellte ihr Fragen zu ihrer Person, die sie mit zittriger Stimme beantwortete. Das dauerte wenige Minuten. Im Anschluss daran hatte der Staatsanwalt seinen Auftritt, die Anklageschrift musste verlesen werden.

Herr Wolff erhob sich schwungvoll und griff nach einem zusammengehefteten Stück Papier. Mit sonorer Stimme begann er, vorzulesen. Tine lehnte sich zurück und beobachtete das Mienenspiel der Zuschauer. Die meisten lauschten gespannt, einige sahen aus dem Fenster. Vermutlich hatten sie mehr Action und Spannung erwartet. Eine Gerichtsverhandlung im wahren Leben unterschied sich deutlich von der im Fernsehen. Glücklicherweise.

Die Staatsanwaltschaft klagte ihre Mandantin wegen Totschlags an. Herr Wolff führte aus, dass Frau Meinhart ihren Mann mit seiner eigenen Pistole erschossen hatte. Sie habe hinter der Tür gestanden und ohne Warnung auf ihn gefeuert.

Ihre Mandantin fing an zu weinen. Tine reichte ihr ein Tempotaschentuch. „Sie kennen die Anklage doch. Das ist eine Formalität, das Gericht spricht das Urteil, nicht der Staatsanwalt“, flüsterte sie ihr ins Ohr. Frau Meinhart wischte mit dem Tuch über die Augen und verschmierte ihr Make-up. Tine deutete ihr mit einer Geste an, sich die verlaufene Farbe abzuwischen. Herrn Wolff war ein schauspielerisches Talent nicht abzusprechen. Als er fertig war, warf er Tine, bevor er Platz nahm, einen kurzen bedeutungsschweren Blick zu. Gehörte das zu seiner normalen Performance? Tine versuchte, ihn zu ignorieren, und richtete ihre Aufmerksamkeit auf den Vorsitzenden.

„Sie hatten angekündigt, dass die Angeklagte zur Sache aussagen wird. Bleibt es dabei?“, fragte Herr Karsten.

„Ja, Herr Vorsitzender.“

„Frau Meinhart, ich belehre Sie hiermit darüber, dass Sie nicht verpflichtet sind, auszusagen, und dass ein Schweigen nicht gegen Sie verwandt werden kann. Ihre Verteidigerin hat erklärt, dass Sie bereit sind, sich zur Sache einzulassen. Ist das richtig?“

„Ja“, wisperte Frau Meinhart und fiel noch mehr in sich zusammen.

„Sprechen Sie bitte etwas lauter, damit wir Sie verstehen können.“

„Okay“, antwortete Frau Meinhart mit kräftigerer Stimme und räusperte sich. Sie wirkte konzentriert. Tine hatte mit ihr in diversen Gesprächen die Vor- und Nachteile einer Aussage besprochen. Sie hatte ihr zu einer umfassenden Einlassung geraten. Das Gericht sollte von ihr mit eigenen Worten alles über die von Gewalt geprägte Ehe erfahren. Dazu gehörte auch, den genauen Ablauf des fraglichen Abends zu schildern.

Stockend begann ihre Mandantin zu erzählen, wie sie ihren Mann kennengelernt hatte, wie sie schwanger wurde und er sofort nach Kenntnis davon darauf bestanden hatte, sie zur Ehefrau zu nehmen.

„War die Eheschließung auch Ihr Wunsch?“, fragte der Vorsitzende.

„Ja“, antwortete Frau Meinhart, ohne zu zögern. „Meine Tochter sollte nicht unehelich zur Welt kommen.“

„War es eine Liebesheirat?“

Die Mandantin stockte einen Augenblick, bevor sie langsam weiterredete. „Ich war verliebt in ihn. Anfangs. Nachdem das Kind da war, hat sich alles verändert.“ Frau Meinhart beschrieb, dass ihr Mann häufig aggressiv von der Arbeit nach Hause kam und sie ihm nichts recht machen konnte. Er meckerte über das Essen und es kam vor, dass er den vollen Teller auf den Boden schmiss. „An dem Tag, als Alina sechs Monate alt wurde, hat Ludger mich das erste Mal geohrfeigt. Weil ich ihm das aufgewärmte Gericht vom Vortag aufgetischt habe. Wenige Minuten später entschuldigte er sich. Am nächsten Morgen bekam ich von ihm einen riesigen Blumenstrauß.“ Frau Meinhart schluckte und hustete. Sie enthüllte emotionslos, dass die Aggressionen zunahmen, sie beschimpft und beleidigt wurde.

„Warum haben Sie sich nicht von Ihrem Mann getrennt?“, schaltete sich Herr Karsten ein.

„Er hat gesagt, dass er mir Alina wegnimmt. Ich sei eine schlechte Mutter, das Gericht würde mir nicht glauben. Abgesehen davon hatte ich kein eigenes Geld." Frau Meinhart sah auf ihre zusammengeballten Hände.

„Sie hätten mit der Tochter in ein Frauenhaus flüchten können."

„Ich kann mir heute auch nicht erklären, warum ich das nicht getan habe, Herr Vorsitzender", flüsterte sie. „Ich war wie paralysiert. Ludger hatte mich vollkommen in seiner Gewalt."

Frau Meinhart berichtete mit monotoner Stimme, dass ihr Mann sie nach der Geburt der Tochter zum Sex gezwungen hatte. „Ein paar Monate später hat er das Interesse verloren. Ich nahm an, dass er eine Geliebte hat, und war froh darüber." Tränen flossen ihr ungehemmt über die Wangen. Aus dem Zuschauerraum ertönte ein lautes Aufstöhnen. Eine junge Frau hielt sich eine Hand vor den Mund.

Die Krankenschwester, Tine hatte den Namen vergessen, beugte sich vor und flüsterte etwas, was von der Verteidigerbank aus nicht zu verstehen war. Der Vorsitzende runzelte die Stirn und drehte sich zu ihr hin.

„Ich möchte der Angeklagten eine Frage stellen", sagte sie mit heller Stimme und schob mit beiden Händen in einer nervösen Geste die Haare hinter die Ohren. Herr Karsten wirkte überrascht und erteilte der Schöffin das Wort.

„Hat Ihr Mann sich um die Tochter gekümmert?"

Frau Meinhart überlegte, bevor sie antwortete. „Alina ging ihm oft auf die Nerven, er hat sie aber nie geschlagen oder so … Er verlangte, dass sie in ihrem Zimmer bleiben soll. Wenn Besuch kam, hat er sie vorgeführt und gelobt. Gutgelaunt war er charmant. In so einer Stimmung hat er mit Alina sogar gespielt. Das hat nie lange angehalten und änderte sich von einer Sekunde auf die andere. Man wusste bei ihm nicht, woran man war. Es gab Tage, an denen er sich normal verhalten hat, an anderen hat er uns wie den letzten Dreck behandelt." Frau Meinhart stieß das Ende des Satzes trotzig hervor.

Der Vorsitzende sah auf seine Uhr und unterbrach die Sitzung für die Mittagspause bis halb drei.

Draußen war es angenehm warm, zu schade, um die Pause in geschlossenen Räumen zu verbringen. „Was halten Sie davon, wenn wir uns ein schattiges Plätzchen im Café in ‚Planten un Blomen' suchen? Ich habe Hunger!" Tine warf Josefine einen aufmunternden Blick zu. „Ein bisschen Bewegung zwischen den Blumenbeeten ist sicher nicht verkehrt."

Josefine, die einen hellgrauen Leinenblazer zu einer schwarzen Baumwollhose trug und richtig chic aussah, funkelte Tine vorwurfsvoll an. „Dass Sie jetzt ans Essen denken können!"

„Was spricht dagegen?"

„Ich krieg keinen Bissen runter."

„Dann trinken Sie eben was. Wenn ich nichts in den Magen bekomme, streikt mein Gehirn. Das wäre für den Fortgang der Verhandlung nicht förderlich, nicht wahr?" Tine schlug ihrer zukünftigen Mitarbeiterin freundschaftlich auf die Schulter. „Los, lassen Sie uns gehen. Der Appetit kommt beim Speisen." Sie hob abwehrend die Hand. „Und fangen Sie gar nicht erst damit an, mit der Mandantin mitzuleiden. Sie gewinnen so nichts. Wir geben unserer Bestes bei der Verteidigung, mehr ist nicht drin. Sonst sind Sie nach kurzer Zeit ein emotionales Wrack. Vertrauen Sie einer erfahrenen Kollegin."

Sie schlenderten in Richtung des Parks. „Sie haben recht", sagte Josefine. „Es wird eine Weile dauern, bis ich so abgeklärt bin wie Sie."

„Na, das hoffe ich doch. Ich bin schließlich ein paar Jährchen älter und mache den Job schon viele Jahre."

Minuten später saßen sie im Parkcafé und hatten einen Salat und eine Flasche Mineralwasser vor sich. „Genau das Richtige für heiße Sommertage", sagte Tine und spießte eine Tomatenscheibe auf. „Wenn ich zu schwer esse, werde ich müde. Das Grünzeug ist auch besser für meine Figur."

„Was ist Ihr Eindruck? Wie wirkt Frau Meinhart auf das Gericht?"

Tine seufzte und legte die Gabel, die sie auf halber Höhe zum Mund geführt hatte, zurück auf den Teller. „Das vermag ich noch nicht zu sagen. Ich finde, dass sie ihre Sache authentisch präsentiert. Sie erscheint ehrlich und hat sich nicht beirren lassen. Die Frage der Schöffin war passend. Ich hatte das Gefühl, dass sie sich in Frau Meinhart hineinversetzt hat. Aber mein Eindruck kann täuschen." Sie griff nach der Gabel und fing an zu essen. Josefine löste ihren Pferdeschwanz und band ihn erneut zusammen. Den Salat hatte sie bis jetzt nicht angerührt.

„Los, fangen Sie an. In einer guten halben Stunde müssen wir zurück sein."

Nach der Mittagspause setzte der Vorsitzende die Befragung von Frau Meinhart fort, die nicht mehr so angespannt war. Vielleicht hatte sie sich an die

Atmosphäre im Saal gewöhnt. Sie schilderte dem Gericht die häusliche Situation. „Sie müssen sich vorstellen, dass wir, Alina und ich, auf Zehenspitzen gingen, wenn Ludger zu Hause war. Ich hatte meiner Tochter eingeschärft, den Papa niemals zu stören. Sie hat schnell begriffen, dass sie bei seiner Anwesenheit am besten in ihrem Zimmer aufgehoben war. In der Woche hat sie nie viel von ihm mitbekommen, weil er früh zur Arbeit aufbrach und abends spät, oft erst um Mitternacht, nach Hause kam." Frau Meinhart starrte auf den Boden.

„Wie war es an den Wochenenden?", fragte Herr Karsten.

Ihre Mandantin hob langsam den Kopf. „Ich bemühte mich, ihm aus dem Weg zu gehen, war mit Alina auf dem Spielplatz oder bei meinen Eltern. Er brauchte mich als Köchin und Putzfrau. Wenn er Geschäftsfreunde eingeladen hat, musste ich mir ein ausgeschnittenes Kleid anziehen und so tun, als wären wir das perfekte Paar. Bei diesen Gelegenheiten wurde Alina den Gästen vorgezeigt."

Herr Wolff meldet sich zu Wort. „Aus den Vernehmungsprotokollen geht hervor, dass Sie mit ihrem Mann regelmäßig in den Urlaub gefahren sind. Nach Sylt, Mallorca und in die USA."

„Ja, das ist richtig."

Der Staatsanwalt notierte etwas und flüsterte mit seiner Referendarin.

„Wenn vorerst keine Nachfragen zu dem, was Sie uns erzählt haben, mehr bestehen, bitte ich Sie, den Verlauf der Tatnacht zu schildern", fuhr Herr Karsten mit der Vernehmung fort.

Tine nickte ihrer Mandantin auffordernd zu.

„Ludger ist an dem Abend betrunken nach Hause gekommen. Alina war schon im Bett und hat geschlafen. Ich habe ferngesehen."

„Um welche Uhrzeit war das?"

„Das muss so gegen elf Uhr gewesen sein. Die Nachrichten waren vorbei." Frau Meinhart sah Tine, wie um Bestätigung heischend, an.

„Erzählen Sie uns mit Ihren eigenen Worten, was genau passiert ist."

„Ludger hatte heftiger getrunken als sonst. Er stolperte ins Wohnzimmer und band sich seine Krawatte los, die er zu Boden schleuderte. Er sah mich so merkwürdig an."

„Was meinen Sie damit?"

„So, als würde er mich zum ersten Mal bewusst ansehen. Es war richtig unheimlich. Ich bin aufgestanden und wollte an ihm vorbei ins Schlafzimmer. Er hielt meinen Arm fest und zischte leise, dass es keine Trennung geben würde. Ich fragte, wovon sprichst du? Er warf mir vor, beim Anwalt gewesen zu sein. Wegen der Scheidung. Plötzlich schrie er, dass ich ihn nicht verlassen dürfe. Eher bringt er mich um. Ich war in Panik und habe ihn angefleht, mich loszulassen. Immer wieder habe ich beteuert, dass ich keine Scheidung will. Der Krach hat Alina aufgeweckt, sie stand auf einmal in der Tür. Ludger hat getobt und gebrüllt, dass sie sofort ins Bett verschwinden soll, sonst würde er dafür gewaltsam sorgen. Ich hatte große Angst, weil er das Kind doch vorher nie angefasst hat. Irgendwie ist es mir gelungen, mich von ihm loszureißen. Ich bin zu Alina gelaufen, habe sie an der Hand zurück in ihr Zimmer gebracht und ihr eingeschärft, dortzubleiben." Frau Meinharts Stimme verlor sich, sie fing an zu zittern und es flossen erneut Tränen.

„Brauchen Sie eine Pause?" Herr Kramer sah sie an.

War da eine Spur von Mitleid in seinem Blick?, überlegte Tine. Sie holte aus ihrer Handtasche ein neues Paket mit Tempos und schob es zu Frau Meinhart hin. Es dauerte eine Weile, bis die sich ein Tuch herausgefischt hatte. Geräuschvoll schnäuzte sie sich.

„Es geht schon." Hilflos sah sie zur Richterbank.

„Was ist passiert, nachdem Sie bei Ihrer Tochter im Kinderzimmer waren?"

„Ich habe sie ins Bett gelegt und ihr gesagt, dass sie sich nicht rühren soll. Papa und ich hätten Streit, kein Grund zur Sorge. Am nächsten Tag wäre wieder alles in Ordnung." Frau Meinhart stieß einen Laut aus, der zwischen Gelächter und Verzweiflung angesiedelt war. „Wenn ich gewusst hätte …"

„Fahren Sie bitte fort."

„Ich bin ins Badezimmer gegangen, um mir die Zähne zu putzen. Ludger ist mir nachgekommen. Er hatte eine Flasche Whiskey in der Hand und beobachtete mich im Türrahmen. Er beleidigte und beschimpfte mich, zwischendurch trank er. Ich bat ihn, den Raum zu verlassen. Das hat nichts genützt. Er hat weiter aus der Flasche getrunken. Dann ist er mit erhobener Hand auf mich losgegangen." Frau Meinhart stockte und schnäuzte sich. Alle Prozessbeteiligten schwiegen und Tine konnte hören, dass jemand hinter ihr tuschelte.

„Seine Augen waren blutunterlaufen. Er sah furchtbar aus und schwankte. Es war wie in einem Horrorfilm. Er brüllte die ganze Zeit, dass eine Scheidung nicht in Frage käme, er würde mich nicht gehenlassen. Er ist über den Badezimmerteppich gestolpert, die Flasche ist ihm aus der Hand auf die Fliesen gefallen und zerbrochen.

Ludger brüllte und griff nach den Scherben. Dadurch war er abgelenkt und ich konnte fliehen. Im Schlafzimmer habe ich die Pistole aus seiner Nachttischschublade genommen." Frau Meinhart zögerte. „Er kam mir nach und fluchte lauthals. Ich hielt die Waffe so, dass er sie sehen konnte. Ich schrie, dass er mich in Ruhe lassen soll. Er hat gelacht und gesagt, dass ich mein blaues Wunder erleben würde. Er kam näher, eine Scherbe hatte er in der Hand, ich hab abgedrückt. Es knallte und er ist umgefallen. Ich, ich …" Ihre Mandantin legte den Kopf auf die Arme und schluchzte.

Im Zuschauerraum hörte Tine ein Raunen. Eine Frau, vielleicht dieselbe wie heute Morgen, rief: „Dieses Schwein. Geschieht dem Mann ganz recht."

„Ruhe bitte", befahl der Vorsitzende. „Ich verweise Sie sonst des Saales."

Tine bemerkte, dass Herr Wolff eifrig schrieb. Sie konnte sich lebhaft vorstellen, dass er den einen oder anderen Schwachpunkt in der Einlassung ihrer Mandantin gefunden hatte. Frau Meinhart weinte weiter, sie bewegte sich nicht. Tine rüttelte sie sachte an der Schulter. „Geht es? Fühlen Sie sich in der Lage, Fragen zu beantworten?" Keine Reaktion. Tine suchte den Blick des Vorsitzenden und schüttelte leicht den Kopf. Der sah erst auf seine Armbanduhr, danach rechts und links zu den Richterkollegen.

„Ich schlage vor, dass wir uns vertagen. Fortsetzung der Hauptverhandlung ist nächsten Dienstag. Ich wünsche allen ein erholsames Wochenende." Er erhob sich und verließ zusammen mit den anderen Richtern den Raum. Tine stand auf. Ihre Mandantin hatte sich nicht beruhigt, geschweige denn gerührt. Sie seufzte leise und beugte sich zu ihr hin. „Sie haben Ihre Sache ausgezeichnet gemeistert, für heute ist hier Schluss. Ich komme Sie am Montag früh besuchen." Frau Meinhart ließ nicht erkennen, ob sie sie verstanden hatte.

Eine der beiden Justizbeamtinnen trat auf Tine zu und tauschte einen verständnisvollen Blick mit ihr. „Gehen Sie mal in Ihr Wochenende, Frau Anwältin. Ich kümmere mich um Frau Meinhart." Mit lauter Stimme redete sie weiter: „Stehen Sie bitte auf. Ich bringe Sie zurück."

Frau Meinhart richtete sich auf und sah Tine aus rotunterlaufenen Augen an. Ihr Gesicht schimmerte nass.

„Ich werde Sie am Montag aufsuchen", wiederholte Tine. „Die Beamtin führt Sie in Ihre Zelle." Tine packte ihre Sachen zusammen und machte sich auf die Suche nach Josefine, die vor dem Gerichtssaal auf sie gewartet hatte.

„Puh", sagte sie, als sie sie erreichte. „Jetzt noch mal kurz ins Büro, dann haben wir uns das Wochenende wirklich verdient."

„Die arme Frau. Sie tut mir so leid."

„Es bleibt abzuwarten, ob das Gericht das ebenfalls so sieht. Am Dienstag wird sie vom Staatsanwalt gegrillt werden. Immerhin ist die Gutachterin zu dem Ergebnis gekommen, dass Frau Meinhart vermindert schuldfähig war."

Josefine schnaubte. „Hoffentlich nützt das wenigstens etwas. Der Staatsanwalt wird sich davon nicht beeindrucken lassen."

„Ihnen ist sicher aufgefallen, dass die Geschichte der Mandantin nicht mit den Ergebnissen der Spurensicherung übereinstimmt. Es gab keine Scherben im Schlafzimmer und die Leiche wies drei Einschusslöcher auf."

„Klar“, antwortete Josefine. „Wenn man in Todesangst ist, dann blendet man Details aus, vergisst sie hinterher. Deshalb ist man doch nicht gleich eine Lügnerin.“

„Ich bestreite das nicht. Es wird trotzdem im nächsten Termin nicht einfach.“

„Haben Sie den Schwager der Mandantin im Zuschauerraum gesehen? Er hat Sie immer wieder hasserfüllt angeschaut. Wetten, dass er hinter der Bedrohung steckt?“

„Nein, darauf habe ich nicht geachtet. Obwohl ich ihn mir neulich im Netz angesehen habe. Mich wundert, dass er nicht als Nebenkläger auftritt. Immerhin ist er der Bruder des Opfers. Als Prozessbeteiligter könnte er selbst Fragen oder Beweisanträge stellen. Woher wissen Sie, wie der Mann aussieht?“ Tine sah ihre Referendarin an.

„Ich habe ihn gegoogelt. Warum sollte er am Verfahren teilnehmen? Wenn er für die Bedrohung verantwortlich ist, arbeitet er lieber mit kriminellen Methoden. Er wird sich nicht an die Justiz halten.“

„Da haben Sie auch wieder recht. Wir bewegen uns im Bereich der Spekulation. Abgesehen davon wird man dem Bruder, sollte er wirklich der Täter sein, die Straftat wahrscheinlich nie nachweisen können. Ist prima, dass Sie im Zuschauerraum sitzen, so können Sie ihn beobachten.“

„Wünsche den Damen ein erholsames Wochenende“, ertönte neben Tine die bekannte sonore Stimme von Alexander Wolff. Sie zuckte zusammen. Der Typ hatte die Gabe, sich ihr unbemerkt zu nähern. Mit zusammengeknüllter Robe unter dem Arm, in der Hand den Griff eines schwarzen Rollkoffers, wirkte er lässig.

„Hat Sie die Einlassung von Frau Meinhart überzeugt?“, fragte ihn Josefine unverblümt.

Tine hob ihren linken Arm. „Darf ich Ihnen meine neue Mitarbeiterin vorstellen? Das ist Frau Josefine Jost, die mich zukünftig als Anwältin unterstützen wird. Frau Jost hat gerade ihr zweites Staatsexamen bestanden und brennt darauf, ihre Fähigkeiten unter Beweis zu stellen." Sie wandte sich Josefine zu. „Wir verabschieden uns nun ins Wochenende und reden erst wieder im Gerichtssaal über den Fall."

„Ich freue mich, Sie kennenzulernen", sagte Herr Wolff und lächelte. „Gute Anwältinnen kann der Rechtsstaat immer gebrauchen." Er hielt Josefine seine Hand hin, die diese zögernd nahm. „Herzlichen Glückwunsch zum bestandenen Staatsexamen."

„Danke."

„Sieht man sich am Wochenende auf dem Golfplatz?" Herr Wolff fokussierte Tine, die dem forschenden Blick nicht auswich. Die Farbe der Krawatte passte perfekt zu den blauen Augen. Jetzt ist es gut, rief sie sich zur Ordnung.

„Vielleicht. Wir treffen uns nächste Woche hier wieder. Ein schönes Wochenende für Sie." Tine beugte sich zu ihrem Koffer und bewegte sich schnellen Schrittes in Richtung Ausgang. Josefine und Herr Wolff folgten ihr.

„Der Staatsanwalt ist ein Idiot. Und voreingenommen dazu. Wie kann er die Frau wegen Totschlags belangen?" Josefine saß auf ihrem Lieblingsplatz, dem Schreibtisch gegenüber von Charlotte. Die Fenster waren sperrangelweit offen. Tine hatte ihre hochhackigen Sandalen ausgezogen. Sie lehnte barfuß am Türrahmen, eine Flasche Wasser in der Hand.

„Weswegen hätten Sie die Frau denn angeklagt?"

„Ich hätte sie überhaupt nicht angeklagt. Das war doch eindeutig Notwehr."

„Das Opfer hatte drei Kugeln im Körper. Das Gericht hat übrigens die Anklage ohne Änderungen zur Hauptverhandlung zugelassen."

„Ach, das ist der übliche Weg. Sich möglichst keine Arbeit schaffen. Hat man uns schon in der Arbeitsgemeinschaft beigebracht."

„Kommen Sie mal wieder runter!" Tine trank einen Schluck Wasser. Es war noch ziemlich heiß. „Natürlich tut Ihnen die Mandantin leid. Mir übrigens auch. Trotzdem dürfen Sie den professionellen Blick nicht verlieren. Bewahren Sie die nötige Distanz, sonst können Sie nicht gut verteidigen. Wie oft muss ich Sie daran erinnern?"

„Am Dienstag geht es weiter, nicht wahr?", fragte Charlotte, die ein graues Leinenkleid trug. Von ihren Ohren baumelten längliche rote Gebilde, die aus drei hintereinander aufgezogenen Vierecken bestanden.

„Ja. Ich fahre Montagfrüh kurz zu Frau Meinhart ins Untersuchungsgefängnis und nach Wandsbek zum Gericht. Sie wissen schon, die Sache mit dem Heiratsschwindler. Chic siehst du aus. Hast du Theaterkarten?"

„Nein, Norbert und ich sind zu einer Gartenparty eingeladen. Eine Freundin wird sechzig."

„Sie hat Glück mit dem Wetter. Man kann in Hamburg nie vorhersagen, wie es wird."

Josefine ließ ein leises Seufzen erklingen. Tine wandte sich ihr zu. „Wir sehen uns am Montag um acht Uhr im Gefängnis. Gehen Sie nach Hause und gönnen Sie sich ein freies Wochenende."

Josefine schüttelte unwillig den Kopf. „Darf ich nicht noch bleiben? Ich meine …"

„Raus hier“, unterbrach Tine sie. „Ich schätze Ihren Einsatz sehr. Für Sie gibt es hier nichts zu tun. Habe ich mich klar ausgedrückt?“ Tine versuchte, einen strengen Gesichtsausdruck aufzusetzen, und wies mit dem Finger zur Eingangstür. „Los jetzt.“

Widerwillig erhob sich Josefine und schlurfte aus dem Raum. Wenige Sekunden später fiel die Tür ins Schloss.

Charlotte und Tine sahen sich an. „Die Kleine ist etwas übermotiviert“, sagte Charlotte und grinste.

„Besser übermotiviert als gar kein Esprit. Wenn sie begreift, dass sie nicht die Einzige ist, die die Weisheit mit Löffeln gefressen hat, werden wir uns prima verstehen.“ Tine schob ihren Rock hoch und setzte sich.

„Wie warst du denn so in dem Alter?“

„Ziemlich ähnlich.“ Tine fiel in das Gelächter von Charlotte ein.

„Ist Herr Wolff wirklich so unmöglich?“

„Ach was, bisher hat er im Verfahren so gut wie nichts gesagt. Außer der Verlesung der Anklageschrift natürlich. Josefine hat sich auf ihn eingeschossen.“

„Hast du deine Meinung über ihn geändert?“

„Wieso?“

„Mir war so, als hättest du dich anfangs über ihn aufgeregt. Vor dem gemeinsamen Golfspiel.“

„Fang nicht erneut damit an.“ Tine rutschte vom Schreibtisch hinunter. „Der Mann erledigt seinen Job. Nicht mehr und nicht weniger.“

„Du musst es ja wissen.“

Tine verließ das Büro kurz vor halb acht. Sie hatte eine Reihe von E-Mails abgearbeitet. Nicht alle Nachrichten die im Laufe der Woche die Kanzlei erreichten, konnten von Charlotte bearbeitet werden. Sie fuhr das Verdeck des Porsches herunter und genoss den leichten Fahrtwind im Gesicht. Abkühlung. Die Menschen saßen draußen, Straßencafés und Wiesen waren bevölkert. Ihre Gedanken flogen zu Till und Robert, die auf Sylt perfektes Wetter erlebten. Da wäre sie auch gern. Überhaupt: Charlotte amüsierte sich mit ihrem Mann auf einer Party, Julia und Cecilia vergnügten sich an diesem lauen Sommerabend mit ihren Kerlen in der City. Gab es jemand, den sie anrufen konnte? Sie brauchte Gesellschaft. Sollte sie sich einen Hund anschaffen? Du bist völlig verrückt, argumentierte sie weiter mit sich, während sie darauf wartete, dass sich das Garagentor in ihrem Wohnhaus öffnete. Wer wird sich um das Tier kümmern, wenn du arbeitest? Auf den Golfplatz kann man keinen Vierbeiner mitbringen. Wie wäre es mit einer Katze?

Tine sah sich sorgfältig um, bevor sie mit dem Wagen in die Tiefgarage fuhr. Nichts Auffälliges. Alles war wie immer. Ein Abend mit einem kühlen Glas Weißwein und Nudeln aus der Mikrowelle erwartete sie, gepaart mit dem neuesten Thriller von Karin Slaughter. Warum fühlte sich das, worauf sie sich früher gefreut hatte, auf einmal so falsch an?

20

„Ich hab vorhin ein Bild von dir in der Zeitung gesehen. Schickes Kostüm, was du anhast. Ist das neu? Deine Frisur ist anders. Steht dir hervorragend. Treibst du den Aufwand wegen der Presse oder gibt es einen bestimmten Grund für den Wandel?"

„Danke für die Komplimente. Was genau meinst du? Ich zieh mich hoffentlich immer geschmackvoll an. Oder?" Tine legte ihre Beine auf den Terrassentisch. Am anderen Ende der Leitung war Till, der aus der Kupferkanne in Sylt anrief. Dort saß er mit Robert bei Kaffee und Kuchen, während sie bei dem herrlichen Wetter in der Stadt ausharrte.

„Was macht der Staatsanwalt? Der sieht richtig schnuckelig aus. Lustige Idee, euch nebeneinander abzubilden."

„Haha. Besonders witzig ist die Schlagzeile ‚Wer wird gewinnen? Die blonde Star-Verteidigerin oder der routinierte Staatsanwalt?'. So was von typisch. Bei Frauen ist es die Schönheit, beim Mann die Erfahrung. Wenn ich mein Ziel erreiche, dann nur, weil ich gut aussehe. Nur dass du Bescheid weißt." Tine stoppte. Heute Vormittag hätte sie nach dem Blick in die Zeitung am liebsten auf etwas eingeschlagen. Sie atmete tief ein und aus.

„Du kennst doch die Journaille. Außerdem gibt es

keine negative Werbung, Hauptsache, du wirst erwähnt. Ist wichtig für das Geschäft."

„Über mangelnde Beschäftigung kann ich wirklich nicht klagen. Ich wäre lieber mit dir und Robert auf der Insel. Für welchen Kuchen habt ihr euch entschieden?"

„Robert isst Rhabarberkuchen, ich habe Apfel gewählt. Natürlich mit Schlagsahne. Heute Abend treffen wir uns mit Freunden im Sansibar. Hast du nicht Lust, für ein paar Tage hochzukommen?"

„Lust habe ich jede Menge, aber keine Zeit. Hätte sich für dieses Wochenende auch nicht gelohnt. Ich muss Montag früh ins Untersuchungsgefängnis, um mit der Mandantin zu sprechen, am Dienstag geht es weiter. Sicher kann ich im September ein paar Tage an der Nordsee verbringen."

„Du machst zu wenig Urlaub, meine Süße", bemerkte Till mit undeutlicher Stimme. Vermutlich hatte er ein Stück Kuchen im Mund. „Denk an deine Gesundheit."

„Vielleicht fahre ich gleich zum Golfclub", hörte sich Tine zu ihrem eigenen Erstaunen sagen.

„Super Idee. Du hast mir nicht auf meine Frage geantwortet. Bist du mit dem Staatsanwalt weitergekommen? Habt ihr zusammen Golf gespielt?"

„Einmal aus Versehen."

„Wie kann man aus Versehen miteinander spielen?"

„Es hat sich so ergeben", antwortete Tine und biss sich auf die Lippe. Hätte sie doch nicht mit dem Golfthema angefangen.

„Aha. Ich bin gespannt auf den Mann. Sexy anzusehen ist er jedenfalls."

„Wenn du das sagst …" Tine sah genervt auf die Alster. Wenn Till sich etwas in den Kopf gesetzt hatte, war er nicht zu bremsen. „Hör mal, ich muss auflegen. Ich melde mich später noch einmal. Grüß Robert von mir und esst nicht so viel Kuchen, ihr beiden. Das muss man nach dem Urlaub alles abtrainieren."

„Ciao, meine Süße. Und denk daran: Nur die Liebe macht das Leben wirklich lebenswert."

Tine drückte das Gespräch weg und seufzte. Sie stand auf und schlenderte gedankenverloren zum Balkongeländer, auf das sie sich mit den Händen aufstützte. An diesem schönen Sommertag war die Alster voll mit Booten. Weiße Segel flatterten im Wind, zwischen den Schiffen suchten sich die Alsterdampfer ihren Weg. Tine schloss die Augen und genoss die Sonne auf der Haut. Sie wünschte sich auf die Insel. Warum war sie so ruhelos? Ihr derzeitiger Thriller fesselte sie nicht. Sie hatte keine Lust, sich in ihren Akten zu vergraben. Im Laufe des Tages war sie einkaufen gegangen, hatte Delikatessen nach Hause getragen, Lachs, Kaviar und frischen Spargel. Aber sie war nicht hungrig. Irgendwas stimmte nicht mit ihr. Sie würde doch nicht etwa krank werden?

Das Handy klingelte. Unbekannter Teilnehmer. Unschlüssig nahm sie das Telefon in die Hand. Notdienst hatte sie dieses Wochenende nicht. „Bogen."

„Hier spricht Alexander Wolff."

„Woher haben Sie die Nummer?", fauchte sie ihn an.

„Ich wünsche Ihnen auch einen guten Tag. Um Sie zu beruhigen, ich habe die nicht auf illegalem Wege erhalten, wie Sie vielleicht vermuten. Matthias Gerner hat sie mir gegeben."

Der Lebensgefährte von Julia. Der würde sie ordentlich die Meinung geigen.

„Bitte legen Sie nicht auf, okay?"

„Ich höre."

„Können wir noch einmal von vorn anfangen?"

Tine versuchte, ihr heftig klopfendes Herz zu ignorieren. „Wie meinen Sie das?", fragte sie mit freundlicherer Stimme.

„Wir tun so, als würden wir uns nur vom Golfplatz her kennen und klammern unsere berufliche Verbindung aus."

„Aha." Tine dachte fieberhaft nach. Offenbar wollte Alexander mit ihr etwas Privates besprechen. Was konnte das sein? Und wieso duzte sie ihn in ihren Gedanken? „Das wird schwer möglich sein. Dank des heutigen Artikels weiß jeder in der Stadt Bescheid ... Wir stehen im derzeit umstrittensten Prozess auf unterschiedlichen Seiten."

„Sie ärgern sich, weil Sie auf Ihr Aussehen reduziert werden. Würde mir auch so gehen."

„Hat man Sie schon einmal in Ihrer Karriere auf Ihr Äußeres reduziert?"

„Nein. Noch nicht. Angesichtes meines Alters und des natürlichen Verfalls bin ich davon überzeugt, dass das nicht mehr passieren wird." Er lachte.

Tine war angenehm überrascht. Der Mann hatte nicht nur Humor, er verstand auch ihren Unmut. „Okay. Ich blende für einen Moment unseren Prozess aus. Weshalb rufen Sie an?"

„Ich möchte mich mit Ihnen treffen."

„Jetzt?"

„Wenn Sie Zeit haben, sehr gern. Ansonsten heute Abend."

Tine blieben die Worte im Halse stecken. Sie starrte auf die Alster, ohne etwas zu sehen.

„Wie stellen Sie sich das vor?", brach es aus ihr heraus.

„Wir können uns nicht privat zusammen zeigen. Erst recht nicht nach diesem Artikel."

„Höre ich da eine Spur von Bedauern?", erkundigte er sich in einem liebevollen Ton. „Ich muss Sie sehen und ich will nicht länger warten."

Tines Herz raste. Sie benötigte ihre volle Konzentration, um einigermaßen intelligente Antworten zu formulieren. „Wie soll das funktionieren? Wollen wir uns verkleiden, damit uns niemand erkennt?" Sie kicherte nervös.

„Das wird nicht nötig sein. Bei meinem Lieblingsitaliener wird uns keiner belästigen. Heute Abend um sieben?"

„Sie sind sich Ihrer Sache ganz schön sicher."

„In wichtigen Dingen immer. Der Italiener heißt ‚Da Giulia' und ist in Eppendorf. Wenn Sie mir Ihre Adresse geben, hole ich Sie ab."

„Das wird nicht erforderlich sein. Ich finde allein hin, sofern das Restaurant im Netz existiert."

„Wunderbar. Ich freue mich auf Sie. Bis nachher."

Tine starrte das Handy an. Hatte sie gerade eine Verabredung mit Alexander zum Abendessen getroffen? War sie völlig geisteskrank? Wenn die Presse davon Wind bekäme, wäre sie geliefert. Wer garantierte ihr denn, dass der Staatsanwalt nicht Kontakte zur Journaille unterhielt und alles nur ein Trick war? Unruhig lief sie von einer Seite der Terrasse zur anderen. „Wo ist dein Mut zum Risiko geblieben?", murmelte sie. Schlimmstenfalls wird es ein todlangweiliger Abend und du wirst von Blitzlichtgewitter empfangen, wenn du das Lokal verlässt. Bestenfalls … sie stoppte den Gedanken. Hast du dich eben nicht noch gelangweilt?

Sie googelte den Namen des Restaurants. Auf den Bildern war zu erkennen, dass der Gastraum klein war. Eine Speisekarte gab es nicht, auch keinen Hinweis auf eine Außengastronomie. Da die Hitzewelle der vergangenen Tage abgeklungen war, war das nicht tragisch. Drinnen war man geschützter vor den Blicken Dritter. Es sieht so aus, als plantest du, hinzugehen, meine Liebe.

Ihr Handy meldete sich erneut. Julias Bild tauchte auf dem Display auf.

„Julia“, sagte Tine. „Ich habe vor wenigen Augenblicken an dich gedacht.“

„Ja, hm …“, druckste die herum, „ich weiß nicht, wie ich es dir sagen soll …“

„Matthias hat seinem Freund Alexander meine Handynummer gegeben.“

„Oh Gott, hat der etwa schon angerufen?“

„Hat er.“

„Was wollte er denn?“

„Lenk bitte nicht ab. Wieso hat dein Freund ihm meine Nummer gegeben?“ Tine bemühte sich um einen vorwurfsvollen Tonfall.

„Du weißt doch, wie Männer sind“, wiegelte Julia ab. „Er hat Matthias bequatscht. Ich habe ihn bereits zur Rede gestellt und er hat hoch und heilig versprochen, dass so etwas nie wieder vorkommt. Erzähl endlich.“

„Der Schaden ist eingetreten, insofern braucht Matthias kein Versprechen mehr abzugeben.“ Tine wollte Julia schmoren lassen.

„Christine Bogen, wenn du mir nicht sofort berichtest, was passiert ist, dann …“

„Dann …“, unterbrach Tine ihre Freundin.

„Spreche ich kein Wort mehr mit dir. Sagen wir, für

die nächsten zwei Wochen." Julia kicherte. Das war so ansteckend, dass Tine ebenfalls losprustete.

„Okay. Er will mit mir essen gehen."

„Was? Wann?"

„Heute Abend. In ein italienisches Restaurant namens ‚Da Giulia'. Das ist in Eppendorf."

„Ich weiß, wo das ist, war aber noch nie drin."

„Ich kenne es nicht."

„Hat er gesagt, warum er dich treffen will? Ich dachte, dass man während eines Gerichtsverfahrens nicht unbedingt privaten Kontakt pflegt. Oder ist es geschäftlich? Wollt ihr einen Deal aushandeln?"

„Wie kommst du auf so eine Idee?" Tines Blick fiel auf den Zeitungsartikel über den Prozess und die Fotos von Alexander und ihr. Auf dem Bild strahlte er Zuversicht aus. Sie wirkte eher genervt.

„Ein Rendezvous, wie romantisch. Was ziehst du an? Das rote Kostüm steht dir übrigens prima, du siehst richtig klasse auf den Aufnahmen aus."

„Du hast den Artikel gelesen", stellte Tine fest und starrte das Foto von Alexander an.

„Sowieso. Und die Sendung gestern Abend im Lokalfernsehen. Da kam deine neue Frisur richtig gut zur Geltung. Die macht dich optisch jünger."

„Aha. Immerhin eine positive Nachricht."

„Vertrau mir. Ich bin die Fachfrau. Also …"

„Also was?"

„Das rote Kostüm kannst du heute Abend nicht anziehen. Das wäre zu formell. Etwas Frauliches, Weiches …"

„Bequemes", fiel Tine ihr ins Wort. „Es ist Wochenende. Ich werde in meinem Kleiderschrank etwas

Passendes finden. So wichtig ist das nicht. Ist ja kein Date. Und erst recht nichts Romantisches."

„Was ist es denn?"

„Äh …" Tine überlegte für einen Moment. „Eine Zusammenkunft zwischen zwei Golfspielern."

„Ach so, ihr werdet euch über eure sportlichen Ziele austauschen. Schon klar. Ich erwarte einen vollständigen Bericht, wie ihr den Ball ins Loch befördert. Muss jetzt auflegen. Wir hören uns."

Tine schmunzelte, während sie das Gespräch Revue passieren ließ. Wie vertraut sie im Umgang mit Julia war. Seit dem gemeinsamen Golfkurs war ihr Verhältnis intimer geworden. Wie beste Freundinnen. Ihr fiel der Abend mit ihr, Mona und Cecilia ein. Alle drei hatten innerhalb von Monaten eine neue Liebe gefunden. Das machte ihr Hoffnung.

Kurz vor fünf stand sie noch vor dem Kleiderschrank. Auf ihrem Bett türmten sich Sommerkleider neben leichten Oberteilen. Julia würde sich kaputtlachen. Sie war eben doch nicht abgeklärter als ihre Geschlechtsgenossinnen. Egal. Erst eine Dusche, später die endgültige Entscheidung. Schließlich war das heute eine private Verabredung und kein wichtiges geschäftliches Treffen. Wem machst du hier etwas vor?

Pünktlich um sieben Uhr stieg Tine vor dem Restaurant aus einem Taxi. Nach einigem Hin und Her hatte sie zu einer schwarzen Leinenhose und einem schlichten weißen Leinenhemd gegriffen, das sie mit einer bunten Kette aus Holzsteinen aufgepeppt hatte. Dazu frischlackierte dunkelrote Fingernägel und hellrote Sandaletten. Über dem Arm trug sie ihre Lieblingshandtasche aus braunem weichem Wildleder, am Handgelenk die Rolex. Für den Fall, dass es wider Erwarten abkühlte, hatte sie vorsichtshalber einen beigefarbenen Kaschmirschal eingesteckt.

Sie öffnete die Holztür zum Lokal. Auf der Fensterglasscheibe zog sich über die gesamte Breite der Name ‚Da Giulia'. Tine war der Laden bis heute nie aufgefallen, obwohl sie die Straße kannte. Das Kosmetikstudio von Julia war fußläufig entfernt. Drinnen wurde sie von einem appetitanregenden Duft nach frisch gebackenem Brot empfangen. Der Speiseraum war klein, wenige Holztische unterschiedlicher Größe waren in unregelmäßigen Abständen verteilt. Tines Magen knurrte leise und ihr fiel eine Ermahnung ihrer Mutter ein. *Nie mit leerem Bauch zum ersten Rendezvous. Eine Dame stopft sich nicht in Gegenwart des Herrn mit Essen voll.* Sie wischte den Gedanken fort. Auf welche merkwürdigen Ideen ihr Gehirn doch kam.

Bevor sie sich im Raum umsehen konnte, stand Alexander auf. Er hatte einen Tisch in der hintersten Ecke gefunden und kam auf sie zu.

„Ich freue mich, dass Sie gekommen sind." Er hielt ihr seine Hand hin. Mit festem Händedruck umfasste er sie länger als üblich. Er trug eine graue Baumwollhose und ein weißes Poloshirt. Um die Schultern hatte er einen weiß-grau gestreiften Pullover geschlungen.

Tine folgte ihm zu dem Zweiertisch. Ein buntes Windlicht leuchtete neben einer Glasvase mit einer orangefarbenen Ranunkel darin. Das Ambiente wirkte auf Tine schnörkellos und unterschied sich von den überladenen teuren Restaurants, in die sie ab und zu von dankbaren Mandanten eingeladen wurde.

Sie ließ sich von Alexander den Stuhl zurechtrücken und nahm ihm gegenüber Platz.

„Vorweg einen Aperitif? Ein Glas Champagner? Oder etwas anders? Und bevor wir hoffentlich einen interessanten Abend verbringen werden: Die Rechnung geht auf mich. Ich lade Sie heute ein."

„Gut. Ich nehme die Einladung an und wähle den Champagner. Sie auch? Oder gehören Sie zu den Männern, die lieber ein Bier trinken?"

„Sie haben mich durchschaut. Mit einer Flasche Wein bin ich zu ködern, aber dieses Prickelwasser ..." Er lächelte sie an und Tine konnte nicht anders, als zurückzulächeln.

Eine junge Frau näherte sich dem Tisch. „Guten Abend, Signora." Sie nickte ihr freundlich zu. „Darf ich Ihnen etwas zu trinken bringen?"

„Für die Dame ein Glas Champagner und für mich bitte vorweg ein Bier. Das sardische aus der Flasche."

„Sofort." Die Frau verschwand in Richtung Küche.

„Sind Sie öfter hier?"

„Ein alter Freund von mir hat mich hier eingeführt. Wir haben zusammen studiert, er isst hier seit Jahren. Er ist übrigens Rechtsanwalt. Vielleicht kennen Sie ihn sogar: Er heißt Moritz Löwe."

„Tut mir leid. Der Kollege ist mir nicht bekannt. Ein Strafverteidiger?"

„Gott bewahre, nein. Er ist Fachanwalt für Steuerrecht."

„Ach so. Sie wissen doch, es gibt Rechtsanwälte wie Sand am Meer in Hamburg. Viel zu viele, wenn Sie mich fragen."

„Sie brauchen keine Angst vor Konkurrenz zu haben."

„Die habe ich nicht. Mir tun die jungen Kollegen und

Kolleginnen leid, die sich auf dem Anwaltsmarkt behaupten müssen." Tine erinnerte sich deutlich an die ersten Berufsjahre. Es war nicht leicht gewesen, sich über Wasser zu halten.

„Haben Sie nicht genauso angefangen?"

„Ja", antwortete sie überrascht. „Sie haben sich gut vorbereitet."

„Wenn ich mich für jemand interessiere, ist das selbstverständlich." Wieder lächelte er ihr zu. Tines Herzschlag beschleunigte sich. Ob er das Pochen hörte? Das war definitiv ein Flirt. Wollte sie das wirklich?

Die Frau erschien mit den Getränken. „Möchten Sie schon bestellen oder lieber etwas warten?"

„Ich habe der Dame gar nicht erklärt, wie das bei Ihnen mit dem Essen funktioniert. Geben Sie uns bitte ein paar Minuten."

„Natürlich."

„Jetzt haben Sie mich neugierig gemacht", sagte Tine.

„Lassen Sie uns erst anstoßen." Alexander hob sein Bierglas und tippte damit gegen ihr Getränk. „Auf einen schönen Abend."

Sie sahen sich in die Augen. Dieses Blau, als wenn darin der Himmel eingefangen worden wäre. Oh Gott, Tine, jetzt wirst du auch noch kitschig. Sie verschluckte sich. Der Mann stand auf der Gegenseite. Trotzdem hatte sie lange nicht mehr dieses aufregende Prickeln verspürt. Und das hatte nichts mit dem Champagner zu tun. Es war wunderbar, sich als Frau begehrt zu fühlen. Sie würde den heutigen Abend genießen, schwor sie sich. Über Konsequenzen konnte sie morgen nachdenken.

„Verraten Sie mir Ihre Gedanken", sagte Alexander, der sein Glas in der Hand hielt und sie neugierig ansah.

„Das ist eine typische Frauenfrage", wich Tine aus. Großer Gott, hoffentlich würde sie nicht rot werden.

„Nein, ein Klischee. Ich würde von Herzen gern wissen, was in Ihrem Kopf gerade vorgegangen ist. Auch wenn es nicht schmeichelhaft für mich ausfällt."

„Ich habe gelernt, dass Männer diese Frage nicht schätzen. Sie befürchten, dass Frauen nur hören wollen, dass man an sie denkt. Sozusagen der einzige Gedanke, der einem männlichen Wesen in Anwesenheit einer Dame gestattet ist. Wenn sie erzählen, was ihnen tatsächlich durch den Kopf geht, ist die Partnerin beleidigt." Tine wich seinem Blick aus und drehte den Stil ihres Glases.

„Ich bin nicht Männer und nicht gekränkt, wenn ich nicht im Mittelpunkt stehe", sagte Alexander mit vorwurfsvollem Tonfall. „Im Übrigen habe ich Sie gefragt."

„Stimmt. Ich habe zu keiner Zeit angenommen, dass Sie ständig im Mittelpunkt stehen möchten", antwortete Tine bewusst leichtfertig. Das Spiel beherrschte sie auch.

„Ich merke, Sie antworten nicht auf meine Frage. Abgesehen davon haben Sie vermutlich recht. Menschen neigen dazu, sich regelmäßig Bestätigung zu holen. Sei es vom Partner, sei es im beruflichen Umfeld, über das wir heute nicht sprechen wollen." Nachdenklich sprach er weiter: „Wir Männer sind tatsächlich ab und zu nachlässig, wenn es sich um die Bedürfnisse von Frauen handelt. Sie wissen schon: Blumen mitbringen, an Geburts- und Hochzeitstage denken."

„Jetzt verallgemeinern Sie", sagte Tine und sah erneut in seine Augen.

„Touché".

„Wollten Sie mir nicht etwas über die Speisen hier erklären? Meine Gehirnzellen sind aufs Essen eingestellt."

„Endlich eine Frau, die zugibt, dass sie gern isst“, sagte Alexander und schmunzelte. Tine hätte sich ohrfeigen können. Sie hatte sich als verfressenes Geschöpf geoutet, die selten eine Mahlzeit ausließ. Wie romantisch war das denn? Ist es nicht völlig gleichgültig, was Alexander von dir denkt? Und stimmt es nicht auch, dass du eine leidenschaftliche Esserin bist? Nicht umsonst hast du nie in Kleidergröße achtunddreißig gepasst.

„Hier gibt es keine Speisekarte, sondern drei Hauptgerichte“, fuhr Alexander fort. „Eines mit Fleisch, eines mit Fisch und ein Vegetarisches. Die Auswahl richtet sich nach der Jahreszeit. Giulia wird uns gleich verraten, was im Angebot ist.“

„Das klingt gut“, sagte Tine. „Besser nur ein paar Gerichte als ein ellenlanges Menü. Restaurants, in denen endlos viele Speisen offeriert werden, erwecken bei mir Misstrauen. Abgesehen davon, dass ich mich dann nur schwer entscheiden kann.“

„Ach. Ich habe angenommen, dass Sie eine Frau von schnellen Entschlüssen sind.“

„Bin ich sonst auch.“

Sie schwiegen und Alexander gab der Kellnerin ein Zeichen.

„Wir sind so weit. Womit verwöhnen Sie uns heute?“, fragte er sie. „Das ist übrigens die Inhaberin, Giulia. Ihr Mann, Salvatore, steht in der Küche und zaubert die schmackhaften Gerichte für uns. Giulia, darf ich Ihnen Frau Bogen vorstellen?“

Tine war überrascht. Die Frau sah so jung aus. Nie im Leben hätte sie gedacht, dass ihr das Restaurant gehörte.

„… außerdem haben wir gegrillte Dorade auf

Ofengemüse mit Rosmarinkartoffeln oder Zitronen-Risotto mit Spinat und Ricotta …"

„Entschuldigen Sie", unterbrach Tine Giulia. „Ich habe den Anfang verpasst. Was mit Lamm …"

„Lammkoteletts mit gebratenem Spargel, Erbsenschoten und Kartoffelgratin", sagte Giulia und strahlte sie an.

„Ich entscheide mich für das Fleisch", bemerkte Alexander. „Was passt von den Vorspeisen dazu?"

„Salvatore hat Bresaola-Rucola-Röllchen mit Parmesan gemacht, alternativ kann ich Ihnen einen grünen Spargelsalat anbieten."

„Für mich den Spargelsalat und die Dorade", sagte Tine. „Es klingt alles lecker."

„Ich nehme die Bresaola-Röllchen. Welchen Wein wollen wir dazu trinken? Rot oder weiß? Die alte Regel, dass man zu Fisch Weißwein genießen soll, ist schon lange out."

„Für mich einen roten. Was empfehlen Sie?" Tine sah Giulia an.

„Wie wäre es mit einem Turriga, einer Mischung aus mehreren Trauben, unter anderem von Cannonau? Der passt hervorragend zum Lamm. Alternativ hätte ich einen Cagnulari."

„Ich gestehe, dass mir keiner der beiden etwas sagt. Woher kommen die?"

„Das sind Weine aus meiner Heimat Sardinien."

Tine wandte sich Alexander zu. „Trinken Sie Rotwein?"

„Lassen Sie uns den Turriga versuchen. Der hat mir das letzte Mal ausgezeichnet gemundet." Er nickte Giulia zu. „Und bitte eine große Flasche Wasser dazu. Still oder mit Kohlensäure?"

„Lieber still für mich."

„Okay."

„Wissen Sie, woher diese Regel mit dem Weißwein zum Fisch kommt?", fragte Tine.

„Ich hab gelesen, dass man früher fettreichen Nordseefisch gegessen hat. Fett verträgt sich nicht mit der Gerbsäure im Rotwein. Angeblich ist das der Grund. Aber man sollte sich nie starr an Gebote klammern."

„Das sagt ein Staatsanwalt."

„Es freut mich, dass ich Sie überraschen kann."

Giulia näherte sich mit einem Krug Wasser und dem Wein. Sie goss Alexander einen Schluck des Turriga ein. Alexander schwenkte den Inhalt leicht und roch daran, bevor er kostete. Ein Lächeln glitt über sein Gesicht. „Ausgezeichnet. Ich bin gespannt, ob er Ihnen schmeckt." Giulia schenkte Tine ein und füllte Alexanders Glas auf. Sie verteilte das Wasser.

„Stoßen Sie bitte noch einmal mit mir an."

Die dunkelrote Farbe der Trauben harmoniert mit meinen Fingernägeln. Auf welche merkwürdigen Bilder du kommst, schoss es ihr durchs Gehirn. Bewusst langsam ließ sie sich den Wein auf der Zunge zergehen. „Außerordentlich lecker." In ihrem Bauch breitete sich Wärme aus. Gleichzeitig verlangsamte sich ihr Verstand. War das Einbildung? Sie drehte die vor ihr stehende Flasche so, dass sie das hintere Etikett lesen konnte. „Vierzehneinhalb Prozent. Nicht schlecht. Bevor ich weitertrinke, muss ich dringend etwas essen. Ansonsten fange ich an zu lallen und erzähle schmutzige Geschichten." Sie schlug sich mit der Hand auf den Mund. „Das hätte ich besser nicht sagen sollen." Irgendetwas hatte der Mann an sich, was sie zur Offenheit trieb. Oder war sie etwa schon betrunken?

„Das klingt aufregend. Soll ich nachschenken?" Alexander fasste kurz nach ihrer Hand. „Spaß beiseite. Ich bezweifle stark, dass Sie selbst in schmutzige Geschichten verwickelt waren."

Tine wurde einer Antwort enthoben. Giulia stellte Schälchen mit Oliven, Brot und zwei verschiedenen Dips auf den Tisch. Kaum hatte sich die Frau entfernt, griff Tine in das Brotkörbchen und zerteilte eine Scheibe mit den Fingern, bevor sie sich die in den Mund schob. Alexander beobachtete sie und wirkte amüsiert. Egal. Die zweite Hälfte bestrich sie mit der Olivenpaste und biss hinein. Sie trank Wasser. Besser.

„Wie gefällt Ihnen das Golfspiel?" Alexander hatte sich eine Olive auf eine Gabel gespießt.

„Anfangs konnte ich der Sportart nichts abgewinnen, inzwischen bin ich ein Fan. Obwohl ich mich dämlich anstelle. Das haben Sie ja mitbekommen. Hauptsache, ich bin an der frischen Luft. Wie lange spielen Sie schon?"

„Sehr viele Jahre. Golf ist ein Ausgleich zur Bürotätigkeit. Ich mag den Wettkampf."

„Wettkampf? Ich dachte, beim Golf spielt man für sich und nicht gegen andere?"

„Das ist doch das Faszinierende. Man steht sich selbst im Weg. Ist man gedanklich bei den Akten, klappt es nicht und man könnte vor Wut in den Schläger beißen. Denkt man, dass man den Dreh raushat, fliegen die nächsten Bälle ins Aus. Golf funktioniert nur, wenn man locker und entspannt ist. Wie in so einer Art Flow."

Tine hörte ihm erstaunt zu. Nie hätte sie vermutet, dass Alexander das Wort ‚Flow' in den Mund nehmen würde. „Sie klingen wie meine Freundin Cecilia. Sie ist Yogalehrerin und beherrschte von Anfang an den Schwung. Angefangen hat sie, weil sie ausprobieren wollte, wie Geist und Körper sich voneinander abspalten. Oder so ähnlich.“ Tine schüttelte den Kopf.

„Da hat Ihre Freundin unbedingt recht. Ich praktiziere seit einiger Zeit Tai-Chi.“ Alexander bemerkte ihren fragenden Blick und ergänzte: „Das ist eine chinesische Technik, die aus der Selbstverteidigung kommt. Eine Abfolge von langsamen fließenden Bewegungen mit meditativem Charakter.“

„Sie würden hervorragend mit Cecilia harmonieren.“

„Vielleicht. Noch lieber will ich mich mit Ihnen verstehen.“

„Warum?“, schoss es aus Tines Mund.

Giulia tauchte hinter ihrem Rücken mit den Vorspeisen auf und stellte sie behutsam auf den Tisch. Die Frau hatte definitiv das Talent, geräuschlos aufzutreten.

„Guten Appetit“, wünschte sie, bevor sie sich zurückzog.

„Mhm“, entfuhr es Tine. Sie betrachtete den Spargel, der zusammen mit Cocktailtomaten, Rucola und Parmesan serviert wurde. „Erst der exquisite Wein und jetzt das hier. Ich fange an zu begreifen, warum Sie dieses Restaurant ausgesucht haben.“ Sie nahm das Besteck und spießte sich ein Stück Tomate auf die Gabel.

„Ich mag Sie“, sagte Alexander.

Tine legte die Gabel, die schon auf halber Höhe zum Mund war, wieder auf den Teller. „Sie kennen mich doch überhaupt nicht.“

„Ich weiß genug, um zu erkennen, wann ich verliebt

bin.“ Alexander zerschnitt eines der Bresaola-Röllchen und schob sich ein Teil in den Mund.

„Wie bitte?“ Tine traute ihren Ohren nicht. Hatte er gerade verliebt gesagt?

„Das schockiert Sie vielleicht“, sagte Alexander nach einer kurzen Pause. „Ich habe gelernt, dass ein Leben schnell vorbei sein kann. Ich bin fünfundfünfzig Jahre alt und möchte mich nicht von zu vielen Konventionen beeinträchtigen lassen. Zumindest im privaten Bereich bin ich für Offenheit.“

Tine wusste nicht, was sie sagen sollte. Der Mann hatte nicht mehr alle Tassen im Schrank. Oder er war wirklich gnadenlos ehrlich.

„Sie brauchen mir nicht zu antworten. Und das ist kein Trick, um Sie ins Bett zu zerren. Obwohl …“ Alexander zwinkerte und widmete sich seiner Vorspeise.

„Wow“, sagte Tine und schob den Spargel auf dem Teller hin und her. Erinnere dich an deinen Vorsatz, den Abend zu genießen. Du sitzt mit einem attraktiven Mann am Tisch, der dir vor wenigen Sekunden seine Verliebtheit gestanden hat. Du findest ihn begehrenswert und könntest dir vorstellen, eine Affäre mit ihm zu beginnen, wenn er einen anderen Job hätte. Sie atmete tief durch und hob ihr Rotweinglas.

„Sie überraschen mich.“

„Ich hoffe positiv.“

„Na ja …“ Tine ließ sich bewusst Zeit. „Sie sind ein gutaussehender Mann, sportlich, haben eine ordentliche Ausbildung absolviert, obwohl man über den gewählten Beruf streiten kann.“ Sie zwinkerte ihm zu. „Und Sie sind Single. Jedenfalls gehe ich davon aus. Alles Punkte, die für Sie sprechen.“

Alexander hatte seinen Teller geleert und lauschte ihr mit aufgestütztem Kopf. „Weiter, ich bin auf das Ergebnis Ihrer Argumentation neugierig.“

„Leider sind wir wie Feuer und Wasser, Sie verstehen schon. Wir können nicht …“

„Vergessen Sie doch mal diesen Fall.“, unterbrach er sie. „Ich kann den zum jetzigen Zeitpunkt nicht abgeben, hätte es sonst längst getan.“ Zwischen seinen Augenbrauen bemerkte Tine eine Zornesfalte, die sich sofort glättete.

Es prickelte in ihrem Unterleib. Etwas, was sie lange nicht erlebt hatte. „Sie hätten einen anderen Kollegen in die Verhandlung geschickt? Meinetwegen?“

„Natürlich. Ich räume meinem Privatleben eine höhere Priorität ein als dem beruflichen Dasein.“

Tine spielte mit dem Essen auf ihrem Teller. Für den Moment war ihr der Appetit vergangen. „Ich weiß gar nicht mehr, wie das funktioniert“, sagte sie schließlich. „Mein Leben bewegt sich zum größten Teil zwischen Büro und Gericht. Abends reicht es oft nur zu einem Thriller und einer schnellen Mahlzeit. Also habe ich mit dem Golfspiel angefangen. Meine Mitarbeiterin hat mich zur Ärztin kommandiert, die mir Bewegung verordnet hat.“ Warum erzählte sie das alles?

„Man kann es lernen“, sagte Alexander mit sanfter Stimme.

„Was meinen Sie?“

„Auf sich zu achten, auf den Körper zu hören und sich selbst Vergnügen zu gönnen. Nirgendwo steht geschrieben, dass man sich bis zur völligen Erschöpfung verausgaben muss, bevor man eine Belohnung verdient hat.“

„Hmm."

„Die Zahl derjenigen, die Hilfe von Ihnen erwarten, wird nicht versiegen. Ich kenne mich mit derartigen Gegebenheiten aus. Wenn man keine Grenzen zieht, wird man ausgesaugt. Menschen in einer Notsituation nehmen selten Rücksicht, sie sehen nur sich allein. Wir würden uns auch so verhalten."

Tine riss die Augen auf. „Woher wissen Sie das alles?"

„Meine Frau hat bis zu ihrem Tod in einem Frauenhaus gearbeitet." Alexanders Gesicht verdunkelte sich und er stürzte sein Wasser hinunter.

„Oh."

„Entschuldigen Sie bitte. Ich kann gar nicht erklären, was in mich gefahren ist, ich wollte Sie nicht belehren. Nicht an unserem ersten gemeinsamen Abend." Er sah sie durchdringend an. „Sie essen gar nichts. Hoffentlich habe ich Ihnen nicht den Appetit verdorben."

Tine sah auf den Spargelsalat, der Teller war halbvoll. „Nein", antwortete sie zögernd. „Ich bedanke mich für Ihre Offenheit." Vorsichtig schob sie sich ein Stück Spargel in den Mund und kaute langsam. Der nussige Geschmack harmonierte perfekt mit dem Parmesan. Sie verzehrte schweigend den Rest der Mahlzeit, bevor sie mit einem leichten Seufzer den Teller zur Seite rückte. „Kein Wort mehr von der Arbeit. Erzählen Sie mir etwas von sich."

Beim Hauptgang beschrieb Alexander humorvoll, auf welche Art und Weise bei Golfturnieren gemogelt wurde. „Ich bin mit Männern über den Platz gegangen, die sich absichtlich ein Loch in die Hosentasche geschnitten hatten, um an passender Stelle einen Ball fallenzulassen, wenn der gespielte nicht gefunden wurde. Beliebt ist auch das falsche Zählen, natürlich zum eigenen Vorteil."

„Das glaube ich nicht. Man betrügt sich doch selbst."

„Unterschätzen Sie nicht die Wirkung des Golf-Handicaps. Für manche Menschen ist das wichtiger als das Evangelium. Je niedriger, umso bedeutender fühlen sie sich."

„Ich gestehe, dass ich das mit der Rechnerei noch nicht verstehe. Ich bin froh, dass ich die Platzreife habe, der Rest ist egal."

„Warten Sie ab. Wenn bei Ihnen der Ehrgeiz geweckt ist, jagen Sie den Punkten hinterher. Das ist vollkommen in Ordnung. Ich schätze den Wettkampf, sofern er mit fairen Mitteln geführt wird."

„Golf ist eben ein Abbild des wahren Lebens. Überall wird gelogen und betrogen."

„Trotzdem ist es ein wunderbares Vergnügen. Ich freue mich auf unsere erste gemeinsame Golfrunde auf dem großen Platz."

„Ob das ein Genuss wird, wage ich zu bezweifeln."

„Wir haben alle mal angefangen", sagte Alexander sanft, während Giulia die Teller abräumte.

„Möchten Sie noch ein Dessert?"

„Ich muss leider passen, ich bin pappsatt." Tine widerstand der Versuchung, sich über den Bauch zu streichen.

„Vielleicht einen Espresso? Oder einen Digestif?"

Sie hatten die Flasche Wein ausgetrunken. Tine fühlte sich angenehm beschwipst, so watteweich. „Einen Espresso für mich, danke."

Alexander bestellte zwei und die Rechnung gleich mit. Wenige Minuten später brachte Giulia das Gewünschte. Tine genoss den herben Kaffeegeschmack. Der perfekte

Abschluss nach dem köstlichen Essen. Hier war sie sicher nicht zum letzten Mal gewesen.

„Haben Sie Lust auf einen kleinen Spaziergang zur Alster oder soll ich Sie zurückbringen?"

Tine zögerte. „Sie müssen mich nicht zu meiner Wohnung begleiten, ich bin schon groß."

„Daran zweifele ich nicht. Trotzdem liefere ich Sie vor Ihrem Haus ab. Das ist im Abendprogramm inbegriffen, Einspruch abgelehnt."

„Auch ein Staatsanwalt darf nach diesem Weingenuss kein Auto mehr lenken."

„Das würde mir selbst im Traum nicht einfallen. Ich hatte vor, ein Taxi zu bestellen."

Tine gab sich innerlich einen Ruck. Denk an deinen Vorsatz. „Ich nehme die Einladung an und schlage vor, dass wir bis zum Literaturhaus fahren. Von dort können wir an der Alster bis zu meinem Haus zu Fuß gehen."

„Abgemacht."

Alexander zahlte und sie verließen das Lokal, um draußen auf das Taxi zu warten.

Der Taxifahrer ließ sie an der Alsterperle raus. Sie spazierten an der Alster in Richtung Feenteichbrücke. Es hatte sich abgekühlt und Tine legte sich den Schal um ihre Schultern. Die Luft war klar, vom Wasser wehte ein leichter Wind. Alexander lief dicht neben ihr her.

„Ist Ihnen kalt?"

„Nicht wirklich."

Von Weitem näherte sich ein Pärchen, händchenhaltend. Sie blieben mitten auf dem Weg stehen und küssten sich. Tine und Alexander wichen aus. Die Turteltäubchen umarmten sich seelenruhig und ließen sich nicht stören.

„So ungerührt ist man, wenn man jung ist“, sagte Tine und lachte.

„Glauben Sie das ernsthaft?“ Alexander stoppte und drehte sich zu ihr hin. Ohne Vorwarnung zog er sie zu sich heran. Bevor sie zurückweichen konnte, drückte er sie besitzergreifend an sich und hauchte so nah an ihrem Ohr, dass sie seinen Atem auf ihrer Haut verspürte: „Darf ich?“

Tine empfand Geborgenheit. Seltsam. Ihre Lippen fanden sich zu einem Kuss. Er schmeckte nach Rotwein und Kaffee. Sie ließ sich ein Stück gegen ihn fallen und ging in der Berührung vollkommen auf. Wie lange war es her, dass sie so geküsst worden war? Wieso hatte sie vergessen, dass ihr Körper vor Verlangen vibrieren konnte?

Zögernd lösten sie sich voneinander. Tine rückte von Alexander ab. Was war da gerade geschehen? Hatte sie einen nahezu wildfremden Mann geküsst? Einen Staatsanwalt noch dazu?

„Und?“, fragte Alexander und nahm ihre Hand.

„Und was?“

„Ich habe mich eben wie Mitte zwanzig gefühlt, übermütig und ungerührt sozusagen. Sie auch?“

Tine konnte sein Gesicht nicht sehen. Machte er sich über sie lustig? In ihr hallte der Kuss nach, ihr Körper kribbelte und sie sehnte sich nach einer Fortsetzung. Das würde sie niemals zugeben.

„Ich auch“, sagte sie leichthin und entzog ihm ihre Hand.

„Wie wäre es mit einer Wiederholung?“, fragte er und zog sie erneut in die Arme. Es war schon jetzt vertraut. Ihre Münder berührten sich und seine Zunge drängte sich gegen ihre.

Er ließ sie los. „Sie haben sich in mein Herz gestohlen."

Tine war dankbar, dass es dunkel war. Alexander hätte alles in ihren Augen abgelesen. Sie wusste nicht, was sie antworten sollte, und suchte schweigend nach seiner Hand. Langsam nahmen sie ihren Weg wieder auf. Das Herz schlug ihr bis zum Hals, während sie sich bemühte, einen Fuß vor den anderen zu setzen. Wann hatte sie sich zuletzt so lebendig gefühlt? Sie kicherte. Was für komische Gedanken sie hatte.

„Darf ich mitlachen?"

„Mir ist soeben aufgefallen, dass ich mich voller Energie fühle."

„Ich betrachte das mal als Kompliment", antwortete Alexander.

„So etwas erlebe ich sonst nur im Gerichtssaal, wenn ich mit dem Staatsanwalt streite."

„Ich hoffe, dass ein Kuss vom Staatsanwalt mehr Endorphine auslöst als ein Aufeinandertreffen in einem öden Justizgebäude."

Sie überquerten die Feenteichbrücke. Tine wandte sich nach rechts, Richtung Hofweg. Ob sie Alexander mit hineinnehmen sollte? Auf gar keinen Fall, ermahnte sie sich selbst. Wenige Minuten später standen sie vor ihrem Haus.

„Eine beneidenswerte Wohnlage", sagte Alexander. „Von oben hat man sicher einen wunderbaren Ausblick auf die Alster."

Ob das der Wink mit dem Zaunpfahl war? „Stimmt. Wo wohnen Sie?"

„Ich lebe in einer Wohnung in der Nähe vom Tennisstadium. Auf der anderen Seite der Alster. Nach dem Tode meiner Frau habe ich unser Haus in Wellingsbüttel verkauft. Es war für mich zu groß und zu vollgestopft mit Erinnerungen."

„Das verstehe ich." Tine wühlte in ihrer Handtasche nach dem Hausschlüssel. Mit einem leichten Seufzen förderte sie ihn schließlich zu Tage. „Ich nehme mir immer vor, das Teil an einer bestimmten Stelle zu lagern, und vergesse es jedes Mal." Unschlüssig wartete sie mit dem Schlüssel in der Hand auf dem Gehweg. Nun verabschiede dich endlich.

Alexander kam ihr zuvor. „Darf ich Sie zum Abschied küssen?"

Tine machte einen Schritt auf ihn zu und ließ sich, zum dritten Male heute Abend, in seine Arme sinken. Daran könnte sie sich gewöhnen, dachte sie. Ein Begehren regte sich in ihrem Unterleib. Vor ihrem inneren Auge tauchten Bilder von ihr auf, nackt, sich mit Alexander im Bett wälzend. Stopp. Sie überlies sich dem Kuss und genoss ein letztes Mal das überwältigende Gefühl der Nähe.

Schwer atmend lösten sie sich voneinander.

„Ich verlasse Sie ungern", sagte Alexander und trat einen Schritt zurück. „Passen Sie gut auf sich auf, meine Liebe, bis zu unserem nächsten Wiedersehen."

Tine empfand einen Hauch von Enttäuschung. Er verhielt sich wie ein wahrer Gentleman, leider. Tine räusperte sich. „Staatsanwälte küsst man nicht. Bei Ihnen habe ich eine Ausnahme gemacht. Wir sehen uns vor Gericht."

„Aber klar doch!" Er warf ihr eine Kusshand zu und verblieb vor der Tür, bis sie sich mit dem Schlüssel in den Flur hineingelassen hatte. Während sie auf den Fahrstuhl wartete, fiel ihr ein, dass sie sich noch siezten. Im

Hinblick auf die kommenden Tage sicher die richtige Entscheidung. Warum fühlte es sich für sie trotzdem nicht so an?

21

Die Jeans saß locker auf den Hüften, selbst das weiße T-Shirt wirkte zu groß für Frau Meinhart. Sie schien weiter abgenommen zu haben.

„Sie essen zu wenig", sagte Tine und musterte ihre Mandantin besorgt, die in ihren Kleidern fast ertrank. „So miserabel ist die Küche hier nicht. Denken Sie an Ihre Tochter. Die braucht Sie dringend."

Frau Meinhart strich sich mit der linken Hand über die rechte, bevor sie beide zu Fäusten ballte. „Ich kann einfach nicht mehr. Nachts träume ich von meinem Mann. Ich wache auf und bin sicher, dass mich die Wände erdrücken. Wenn Alina nicht wäre …" Sie verbarg ihr Gesicht hinter den Händen.

Tine merkte, wie Josefine, die neben ihr saß, sich versteifte. „Morgen werden Sie erneut die Fragen des Gerichts und des Staatsanwalts beantworten müssen. Sie haben sich beim letzten Termin ausgezeichnet geschlagen. Seien Sie absolut ehrlich. Sollte Ihnen etwas nicht einfallen, teilen Sie das dem Vorsitzenden mit. Es ist keine Schande, wenn man sich nicht an Details erinnert. Das ist die Regel und geht uns allen so. Kommen Ihre Eltern Sie heute besuchen?"

„Nein, ich habe das abgesagt. Ich will nicht, dass mich Alina so aufgelöst sieht. Glauben Sie, dass Hoffnung besteht? Dass ich hier rauskomme? Dass ich jemals mit meiner Tochter ein normales Leben führen kann?“

Tine seufzte leise. Wie oft hatte sie diese Fragen schon gehört. Es war wichtig, dass die Mandantin nicht den Mut verlor, aber sie dufte ihr nicht einen Ausgang versprechen, der nicht in ihrer Macht stand. „Wir sind auf dem richtigen Weg“, sagte sie schließlich. „Ich bin zuversichtlich, dass das Gericht die Notwehrsituation erkennen und entsprechend würdigen wird. Immerhin hat sich die Sachverständige in unserem Interesse geäußert.“ Tine setzte ein überzeugendes Lächeln auf.

„Richten Sie sich darauf ein, dass Staatsanwalt und Gericht Ihnen morgen keine angenehmen Fragen stellen werden. Wir haben ausführlich darüber gesprochen.“

„Aber ich habe doch alles erzählt.“

Tine wischte den Einwand beiseite. Eine natürliche Reaktion. Der Mensch war so gestrickt, dass er das für ihn Ungünstige ausblendete und sich eigene Wahrheiten strickte. „Warum haben Sie nicht die Polizei gerufen, als Ihr Mann auf Sie losgegangen ist? Warum haben Sie drei Schüsse abgefeuert? Warum haben Sie ihn nicht vorher verlassen und sind zum Beispiel zu Ihrer Familie oder in ein Frauenhaus geflüchtet?“ Tines Tonfall war streng. Josefine rutschte neben ihr auf dem Stuhl hin und her.

„Wir sind hier nicht im Wunschkonzert. Der Staatsanwalt wird nicht zimperlich sein und Frau Meinhart muss vorbereitet sein.“ Tine sprach Josefine an. Die antwortete nicht, verschränkte stattdessen ihre Arme vor der Brust.

„Frau Meinhart, was werden Sie auf diese Fragen antworten?“

Nachdem sie den Ablauf durchgegangen waren, fanden

sich Tine und Josefine vor dem Untersuchungsgefängnis wieder. Die Sonne brannte nicht mehr so heiß wie vor wenigen Tagen. Angenehme vierundzwanzig Grad waren angesagt. Perfektes Golfwetter. Tine schmunzelte über diese absurde Idee. Der Nachmittag war mit Besprechungsterminen von potentiellen Mandanten gefüllt. An die unerledigten Vorgänge auf ihrem Schreibtisch wollte sie lieber gar nicht denken.

„Es ist viel zu schön, um ins Büro zu gehen", sagte Josefine, die ihre schwarze Baumwollhose mit einem rotweiß gestreiften Leinenhemd aufgepeppt hatte. „Hat Frau Meinhart eine Chance?"

„Das erste Mal, dass Sie nicht nach der Arbeit schreien. Ja, sie hat eine Chance. Ich bin sicher, dass sie eine Bewährungsstrafe erhalten wird."

„Der Staatsanwalt wird auf eine Haftstrafe plädieren, die nicht zur Bewährung ausgesetzt wird."

„Das mag sein, trotzdem." Vor Tines Augen erschien das Bild von Alexander, der sie umarmte und leidenschaftlich küsste. Sie …

„… die Mandantin nicht beruhigt."

Tine fuhr zusammen. Das Traumbild verschwand. „Entschuldigung, ich war mit meinen Gedanken woanders. Was haben Sie gesagt?"

Um Josefines Mund erschien ein spöttischer Zug. „Ich wundere mich, dass Sie Frau Meinhart nicht beruhigt haben."

„Ich habe sie in Kenntnis von dem gesetzt, was ich für möglich erachte. Sie soll sich nicht in Sicherheit wähnen. Man weiß nie, was ein Gericht entscheiden wird. Sie muss, so wie wir, bis zuletzt kämpfen. Für sich und ihre Tochter."

Das Lächeln von Josefine erreichte ihre Augen. „Sie haben ‚wir' gesagt."

Tine wunderte sich. „Wir sind doch ein Team. Apropos, wann rechnen Sie mit der Anwaltszulassung?"

„Ah, die sind so langsam. Das wird bis Ende August dauern."

„Nicht so schlimm. Hätte mich auch gewundert, wenn es schneller funktioniert. Wir haben ja Sommerferien." Sie waren bei Tines Wagen angekommen, den sie wie so oft im Parkverbot abgestellt hatte.

„Sie erhalten bestimmt viele Verwarngelder", sagte Josefine und holte den Hinweiszettel des Ordnungsamtes unter dem Scheibenwischer hervor.

„Ach, im Schnitt hält es sich die Waage."

„Davon könnten Sie ein Monatsticket für den HVV zahlen. Oder sich ein Stadtrad kaufen."

„Damit haben Sie recht, aber ... ich liebe meinen Porsche. Fahrradfahren ist nicht so mein Ding."

„Sie sind eine Umweltsünderin."

„Bitte, vergeben Sie mir ... ich habe immerhin darüber nachgedacht, dass das nächste Auto ein Elektroauto wird."

„Ein Elektro-Porsche vermutlich."

„Was sonst? Und bevor Sie mich weiter mit dem öffentlichen Nahverkehr nerven: Haben Sie sich mit Ihrem Vater ausgesprochen? Er ist sicher stolz auf Sie."

Josefines Gesichtsausdruck verhärtete sich. Tine bereute es, dass sie das Thema angesprochen hatte. „Sorry, darauf müssen Sie nicht antworten. Es geht mich wirklich nichts an."

„Schon gut. Keine Veränderung bei ihm. Er ist nach

wie vor der Auffassung, dass ich meine Talente im Strafrecht verschwende." Sie kickte mit dem Fuß einen Stein auf die Straße.

„Und Ihre Mutter?"

„Die ist wie üblich seiner Meinung. Es macht sich deutlich besser im Golfclub, wenn man damit angeben kann, dass die Tochter in einer Wirtschaftskanzlei arbeitet. Offenkundig erquicklicher, als zugeben zu müssen, dass das Kind sich in die Niederungen des Verbrechens verliert." Josefine schnaubte.

„Seien Sie nicht so bitter. Nach meiner Erfahrung ändert sich diese Haltung rasant, wenn man selbst betroffen ist. Nehmen Sie es Ihrem Vater nicht übel. Er wird sich daran gewöhnen, dass Sie eine Karriere als Strafverteidigerin ins Auge gefasst haben."

„Ha, wird er nicht. Eher schafft die katholische Kirche den Zölibat ab."

Tine prustete. Nach einer kleinen Weile fiel Josefine ein. Beide stiegen ein. Tine startete den Motor und setzte ihre Sonnenbrille auf. „Ab ins Büro. Die Niederungen des Verbrechens warten auf uns."

„Herr Lorenz bittet um Rückruf. Er braucht ein Statement von Ihnen, für den morgigen Artikel." Charlotte schob Tine einen Zettel mit einer Telefonnummer hin.

„So langsam sollte ich mir seine Kontaktdaten in mein Handy einspeichern. Der Typ ruft jeden Tag an."

„Er schreibt alle vierundzwanzig Stunden über den Fall", sagte Charlotte. An ihren Ohren baumelten die Ohrringe mit dem Frauenzeichen. Tine hatte sich noch nicht getraut, sie zu fragen, nach welchen Kriterien sie diesen Ohrschmuck auswählte. Ihrer persönlichen Statistik zufolge war es dann der Fall, wenn viele männliche Mandanten angemeldet waren.

„Du magst ihn."

Ihre Mitarbeiterin schob die Lesebrille nach oben, bevor sie antwortete. „Korrekt. Er erinnert mich an meinen Neffen. Jung und ohne Erfahrung. Dafür zielstrebig. Abgesehen davon ist er ausgesucht freundlich und nimmt sich nicht so wichtig. Was man von den meisten anderen Pressemenschen nicht behaupten kann."

„Du hast gewonnen, ich rufe ihn an."

„Lorenz", meldet sich der Journalist nach dem ersten Klingeln.

„Bogen hier. Sie erbaten meinen Rückruf." Tine sortierte mit einer Hand die Vorgänge, die sich erledigt hatten, aus dem vor ihr liegenden Haufen heraus. Um etwaige Rechnungen kümmerte Charlotte sich.

„Danke, dass Sie sich so schnell melden. Gibt es Neuigkeiten?"

„Nicht, dass ich wüsste. Frau Meinhart sitzt nach wie vor in Untersuchungshaft. Morgen geht es mit ihrer Vernehmung vor Gericht weiter." Sie beförderte zwei Aktenordner auf den Boden, mit denen sollte Josefine sich beschäftigen.

„Ich brauche ein paar News."

„Das ist nicht mein Problem, wie Sie wissen."

„Denken Sie, dass es mit dem Staatsanwalt einen Deal geben wird?"

„Wie kommen Sie darauf?" Tine ließ eine Akte zurück auf den Haufen fallen und konzentrierte sich auf das Telefonat.

„Ich habe so etwas munkeln hören.“ Herr Lorenz lachte kurz auf.

„Von wem?“

„Das verrate ich nicht. Stimmt es, dass sich Herr Wolff persönlich in die Ermittlung wegen Ihrer Anzeige eingeschaltet hat?“

Tine ließ sich in ihren Stuhl sinken. „Sie sind außerordentlich gut im Bilde. Haben Sie einen Informanten in der Behörde?“

„Also ist es wahr?“

„Kein Kommentar.“

„Darf ich Sie wenigstens zitieren?“

„Woran hatten Sie gedacht?“

„Irgendwas in der Art, dass Sie optimistisch sind, was das weitere Verfahren angeht. Und, dass Sie sich von Bedrohungen gegen Ihre Person nicht abschrecken lassen.“

Tine überlegt einen Moment, bevor sie ihre Worte mit Bedacht wählte. „Ich bin überzeugt davon, dass meiner Mandantin Gerechtigkeit widerfahren wird. Sie hat in einer Notwehrsituation ihren Mann erschossen.“

„Das ist sowieso klar, interessiert den Leser aber nicht. Ich würde Sie gern mehr in den Fokus rücken. So nach dem Motto: Trotz massiver Angriffe kämpft die Verteidigerin bis zum Letzten, um die Unschuld der Unternehmergattin zu beweisen.“ Er prustete. „Die Menschen wollen den privaten Kontext.“

„Wenn es unbedingt sein muss. Ich gebe Ihnen kein Zitat und werde nicht eine Zeile autorisieren. Meine Situation hat in diesem Verfahren nichts zu suchen. Ihnen ist bekannt, dass es heutzutage nicht selten vorkommt, dass Verteidiger beschimpft oder bedroht werden. Es gibt

Menschen, die meinen, dass man bestimmte Mandate nicht übernehmen soll. Die Dummheit mancher Leute ist halt grenzenlos. Das wäre ein Thema, über das es sich zu berichten lohnt. Es sind die, die sofort nach einem Anwalt brüllen, wenn ihnen nur ein Verstoß wegen zu schnellen Fahrens vorgeworfen wird." Tine merkte, dass sie sich in Rage geredet hatte und bemühte sich, ihre Erregung zu dämpfen. Ruhig sprach sie weiter: „Sollte ich nur einen Satz dazu lesen, dass Herr Wolff sich in die Ermittlung eingeschaltet hat, war es das letzte Mal, dass wir miteinander gesprochen haben. Es war schon nicht in Ordnung, dass Sie gegen die Absprache überhaupt über den Vorfall geschrieben haben. "

„Okay", sagte Herr Lorenz, „das hilft mir. Danke. Ich wünsche eine schöne Woche." Er trennte die Verbindung, bevor Tine reagieren konnte. Sie legte den Hörer auf und ging zum Fenster. Ob es richtig war, dass man morgen über den Angriff auf sie in großem Stil berichtete? Herr Lorenz würde den Stoff auswalzen, daran bestand kein Zweifel. Half es der Mandantin? Woher hatte der Journalist die Information? Hatte jemand von der Polizei geplaudert? Sie sah nach draußen, ohne etwas wahrzunehmen. Frau Meinhart konnte es nicht schaden, argumentierte sie mit sich selbst. Spätestens bei der Zeugenvernehmung der weiteren Opfer würde sich der Charakter des Ehemanns offenbaren. Das wäre der Aufmacher in der Sensationspresse. Wieso sträubte sie sich, das Engagement von Alexander zu erwähnen? Der Mann konnte auf sich aufpassen und brauchte ihre Hilfe nicht. Wenn er sich über interne Vorschriften hinweggesetzt hatte, war das nicht ihre Angelegenheit.

Josefine trat mit einem Ordner unter dem Arm herein. „Störe ich?“, fragte sie und blieb stehen.

„Nein. Gibt es ein Problem?“

„Frau Lindner hat mir die Sache Müller übergeben. Da ist der Termin im September anberaumt. Ich soll den Mandanten zukünftig vertreten.“ Sie sah Tine fragend an.

„Ja …?“

„Ich erreiche den Typ nicht. Weder auf seinem Handy, noch per E-Mail. Der ist schon letztes Mal nicht bei Gericht erschienen.“

„Meinen Sie den Heiratsschwindler?“

„Genau den. Nachdem ich die Akte komplett gelesen habe, komme ich zum Ergebnis, dass unsere Geschlechtsgenossinnen entweder notgeil waren oder dämlich.“

„Eine interessante Verteidigungsstrategie.“ Tine versuchte, sich die Einzelheiten des Falls in Erinnerung zu rufen. Der Mann verfuhr immer nach einer Masche: Er gab Heiratsanzeigen auf, in denen er sich als Unternehmer und Witwer vorstellte, der ins Leben zurückfinden wolle. Dazu wünschte er sich eine begehrenswerte Frau an seiner Seite. Geld spielte keine Rolle, immaterielle Werte seien entscheidend. Sobald er sich das Vertrauen der jeweiligen Damen erschlichen hatte, bat er um ein kurzfristiges Darlehen. Ein kleiner Liquiditätsengpass, sein Geschäftspartner hatte ihn überraschend im Stich gelassen. Die Frauen zahlten alle, niemand schloss mit ihm einen schriftlichen Vertrag. Herausgekommen war die Sache, weil eines der Opfer ihn mit einer Rivalin in einem noblen Restaurant an der Elbe gesehen hatte. Man musste sich das vorstellen: Keine der Damen ging es um das Geld, was sie ihm in den Rachen schmissen. Er wurde angezeigt aufgrund von Eifersucht.

„Herr Müller ist ein Frauenversteher", sagte sie. „Sie haben ihn noch nicht kennengelernt. Er hat die Gabe, zuzuhören. Etwas, was in unserer Zeit nicht selbstverständlich ist. Er sieht einigermaßen ansprechend aus und kleidet sich konservativ. Das kommt bei den Damen an."

Josefine schüttelte den Kopf. „Ich hätte nie gedacht, dass die Fälle in der Realität wirklich vorkommen. Ich fand die während des Studiums völlig unglaubhaft."

„Tja, es gibt nichts, was es nicht gibt. Alles ist möglich. Wahrscheinlich ist Herr Müller auf Tour. Dann hat er keine Zeit, sich um so lästige Dinge wie Gerichtsverfahren zu kümmern. Nachdem er letztens nicht zur Verhandlung erschienen ist, wurde er kurzzeitig eingebuchtet. Er ist einschlägig vorbestraft und riskiert die erste Haftstrafe. Hat er unsere Rechnung bezahlt?"

Josefine setzte sich hin und fing an, in der Akte zu blättern. „Ja, das hat er."

„Gut. Die wichtigste Büroregel ist, dass vor dem Termin das gesamte Honorar gezahlt sein muss. Sonst erscheinen Sie nicht. Ist das verstanden?"

„Jawohl, Chefin." Josefine salutierte scherzhaft. „Das hat mir Frau Lindner eingebläut. Was mache ich denn nun mit dem Mann?"

„Gar nichts. Entweder er meldet sich oder ..." Tine blinzelte Josefine zu. „... er meldet sich nicht."

„Haha."

„Sie können die Menschen nicht zu ihrem Glück zwingen."

22

„Strafverteidigerin kämpft trotz des Angriffs weiter um Millionärsgattin“. Tine hielt nach einem schnellen Frühstück am Zeitungskiosk an, um sich die druckfrische Ausgabe des Morgenblatts zu besorgen. Sie überflog den Artikel und war erleichtert, dass der Name von Alexander nicht auftauchte. Auf dem Foto verließ sie das Gerichtsgebäude mit strenger und angespannter Miene. Es war am letzten Freitag geschossen worden und sicher mit Bedacht ausgewählt. Herr Lorenz beschrieb mit erstaunlich wenig Pathos, dass zwei Männer ihr mit dem Tod gedroht hatten. Er informierte die Öffentlichkeit darüber, dass derartige Situationen für Verteidiger gang und gäbe seien und warf die Frage auf, wer in diesem Fall von ihrem Rückzug profitieren würde. Zwischen den Zeilen konnte man lesen, dass das Opfer nicht so unschuldig gewesen war, wie alle Welt anzunehmen schien.

Tine warf die Zeitung auf den Beifahrersitz und fädelte sich in Richtung Sievekingsplatz ein. Hoffentlich behielt ihre Mandantin heute die Nerven. Wenn Gericht und Staatsanwaltschaft vom Geschehen überzeugt werden konnten, würde die Vernehmung der Zeuginnen vielleicht nicht erforderlich sein. Sie hatte mit Frau Meinhart erörtert, dass eine Freiheitsstrafe von zwei

Jahren auf Bewährung eine Möglichkeit wäre. Natürlich träumte jeder Strafverteidiger von einem Freispruch. Man musste realistisch bleiben. Ihre Mandantin hatte drei Schüsse hintereinander abgefeuert. Sie war nicht aus dem Haus geflohen, sondern hatte sich ihrem Peiniger entgegengestellt. Alles in allem ein Vorgehen, das man auch rechtlich anders als Notwehr bewerten konnte.

Es war so warm, dass sie mit offenem Verdeck fuhr. Im Handschuhfach lag eine Dose Haargel, um die Frisur vor dem Termin in Ordnung zu bringen. Ein alter Beatles-Song lief im Radio. Sie sang mit. Ja, sie freute sich auf den heutigen Tag. Es gab Anwälte, die saßen den ganzen Tag im Büro und diktierten Schriftsätze. Das wäre ihr zu langweilig. Sie brauchte die Auseinandersetzung vor Gericht.

Wie durch ein Wunder fand sie einen Parkplatz in Gerichtsnähe. Wenn das kein gutes Omen für den bevorstehenden Tag war. Vor dem Saal lungerte eine Handvoll Reporter herum, darunter Jonas Lorenz. Einzelne Blitzlichter flammten auf, als sie Tine entdeckten. Sie bahnte sich den Weg durch die Journalistenschar, nickte allen gut gelaunt zu und ignorierte die Fragen, die auf sie einprasselten.

Frau Meinhart saß hinter der Verteidigerbank und stand auf, um Tine zu begrüßen. Sie wirkte nicht mehr so angespannt wie gestern.

„Guten Morgen, Frau Bogen“, sagte sie und beugte sich zu ihr hin. „Haben Sie den Artikel im Morgenblatt gelesen?“

„Ja.“

„Ist das für mich gut?“

Tine verkniff sich ein Lächeln. Es war so wie immer:

Die Mandantin dachte zunächst an ihr eigenes Wohl. „Ich nehme es an. Jeder Prozessbeteiligte wird sich hoffentlich den Kopf zerbrechen, warum ich als Ihre Verteidigerin bedroht wurde. Was soll verborgen werden und weswegen? Vergessen Sie bitte nicht, was wir besprochen haben. Sie brauchen nur die Wahrheit zu erzählen, das reicht aus. Ohne Übertreibungen."

Frau Meinhart nickte. Tine sah sich suchend um. Weder Josefine noch Alexander waren zu sehen. Neben seinem angestammten Platz saß die Referendarin. Sie grüßte sie freundlich. Der Zuschauerraum füllte sich langsam. Trotz der Sommerferien und des schönen Wetters interessierten sich genügend Menschen für dieses Verfahren. Tine scannte die Reihen auf der Suche nach dem Bruder des Getöteten. Er war nicht da.

Wenige Minuten vor neun stürzte Josefine auf sie zu, einen Zettel in der Hand schwenkend. „Guten Morgen", stieß sie atemlos hervor. „Sie glauben nicht, was passiert ist." Tine hob beschwichtigend den Arm und drängte sie ein paar Meter von Frau Meinhart entfernt in eine Ecke. „Nicht vor der Mandantin", raunte sie. „Was ist los?"

Josefine fuhr sich durch ihre Haare, die sie offen trug. Sie tänzelte nervös von einem Fuß auf den anderen. „Marie wurde anonym bedroht. Sie weigert sich, auszusagen. Frau Lindner hat mich eben auf dem Handy angerufen. Ihres ist wohl auf lautlos gestellt. Bitte rufen Sie unbedingt vor Beginn der Verhandlung an."

„Alles klar", flüsterte Tine. Mit schnellen Schritten ging sie zu ihrer Aktentasche und zog ihr Smartphone heraus. „Keine Sorge", sagte sie zu Frau Meinhart, die sie mit Stirnrunzeln ansah. „Ich muss kurz im Büro anrufen, bin gleich da."

Die Tür zum Beratungszimmer öffnete sich, einer der Beisitzer sah hinaus. Er sprach mit der Protokollführerin, bevor er erneut hinter der Tür verschwand. Der Staatsanwalt fehlte noch. Tine stolzierte gemächlich zum Fenster. Bloß nicht den Eindruck erwecken, dass es Schwierigkeiten gab. Die Mandantin war schon aufgeregt genug. Charlotte war sofort am Apparat. „Moin. Wir haben offenbar ein Problem", sagte sie leise und hielt eine Hand seitlich zum Mund, um sich abzuschirmen.

„Ja. Vor einer halben Stunde hat die Psychologin von Marie angerufen. Sie hat ihre Patientin in die Psychiatrie eingeliefert. Marie wurde massiv bedroht. Wer zum Teufel hat gewusst, dass sie im Prozess aussagen wird?"

„Das ist eine interessante Frage", sagte Tine. Auf der Pressebank saßen die Reporter, die vor der Tür gestanden hatten. Jonas Lorenz war nicht darunter. Und wo blieb Alexander?

„Es ist nicht zu ändern", sprach Tine in das Handy. „Ich werde nach der Verhandlung ihre Ärztin anrufen, um zu hören, wie es ihr geht. Mehr ist momentan nicht drin."

„Verstanden", sagte Charlotte. „Viel Erfolg heute."

„Danke. Ich kann die guten Wünsche gebrauchen."

Sie lächelte Frau Meinhart beruhigend zu und winkte Josefine zu sich. „Es bleibt uns leider nichts anders übrig, als abzuwarten, was die Ärztin von Marie sagt. Hoffentlich wird sie trotzdem aussagen. Zumindest sollte sie Anzeige erstatten. Ich werde das mit dem Staatsanwalt besprechen, wenn er die Güte hat zu erscheinen."

Josefine verdrehte die Augen und blieb unschlüssig stehen.

„Haben Sie sich einen Platz im Zuschauerraum geblockt? Es scheint voll zu werden. Ich finde es nach wie vor wichtig, dass Sie den Bruder des Opfers beobachten."

Ohne ein weiteres Wort drehte sich Josefine um und verschwand aus dem Saal. Wenige Sekunden später nahm Tine wahr, dass sie in der hintersten Reihe, in dem für Zuschauer reservierten Teil, einen Stuhl gefunden hatte.

Die Tür zum Beratungsraum öffnete sich. Herr Karsten, noch ohne Robe, trat hinter die Richterbank und winkte Tine zu sich. Heute war scheinbar der Tag der Überraschungen. Hoffentlich war diese positiv. Sie wandte sich an die Mandantin. „Ich bin sofort wieder da. Vermutlich steht der Staatsanwalt im Stau."

„Guten Morgen, Frau Bogen", flüsterte Herr Karsten ihr zu. „Es gibt Schwierigkeiten. Darf ich Sie bitten, mit ins Beratungszimmer zu kommen."

Tine folgte dem Vorsitzenden durch die Tür. Es musste etwas Ungewöhnliches geschehen sein. Normalerweise hatte man als Anwältin keinen Zutritt zum Richterberatungszimmer. Im Raum waren neben den beiden beisitzenden Richtern die Schöffen versammelt. Sie saßen sich an einem ovalen Holztisch gegenüber, der Platz am Kopfende war frei. Tine grüßte sie mit einem Nicken und wartete. Herr Karsten schloss die Tür. „Ich habe vorhin die Nachricht erhalten, dass auf Herrn Wolff ein Anschlag verübt wurde."

Ein Stich durchfuhr sie. Tine musste sich am Tisch festhalten. Sie bemerkte, wie ihre Hände zu zittern anfingen. „Um Gottes willen. Ist er …?"

„Sie sehen bleich aus. Bitte setzten Sie sich." Herr Karsten wies auf den freien Stuhl. Auf wackeligen Beinen wankte Tine an das Tischende und ließ sich fallen. Ihr Herz klopfte wie verrückt.

„Er befindet sich nicht in Lebensgefahr. Zwei Männer haben ihm vor seiner Wohnung aufgelauert und ihn zusammengeschlagen. Es ist ihm gelungen, mit dem Handy Hilfe zu holen, eine Fahndung nach den Tätern wurde eingeleitet."

Tine atmete stoßweise aus. Ihr Herz schlug weiter bis zum Hals. Sie hätte jetzt nicht aufstehen können. „In welches Krankenhaus wurde er eingeliefert?", fragte sie mit bebender Stimme.

Herr Karsten starrte sie kurz an, bevor er antwortete. „Ich glaube nach St. Georg. Warum fragen Sie?"

„Ach, nur so", sagte Tine, deren Gehirn langsam wieder den Betrieb aufnahm. „Meine Mitarbeiterin hat mir vor wenigen Minuten mitgeteilt, dass eine der von mir benannten Zeuginnen massiv bedroht wurde. Sie hält sich derzeit in der Psychiatrie auf. Das ist kein Zufall."

„Bestimmt nicht", schalte sich die Krankenschwester ein.

Herr Karsten seufzte tief auf. „Die Verhandlung wird heute nicht stattfinden. Der nächste Sitzungstag ist für Freitag terminiert. Ich kann nicht sagen, ob Herr Wolff bis dahin auf den Beinen ist. Falls nicht, muss die Staatsanwaltschaft einen Vertreter schicken oder der Prozess platzt. Ich teile das den Anwesenden sofort mit, wollte sie nur vorab informieren."

Tine bedankte sich. Sie setzte vorsichtig einen Fuß vor den anderen. Im Gerichtssaal beugte sie sich zu ihrer Mandantin hin. „Der Termin findet nicht statt. Der Staatsanwalt ist überfallen worden", sagte sie leise und versuchte das Bild von Alexander, der sich auf dem Boden zusammenkrümmte, beiseitezuschieben. Hoffentlich war er nicht schwer verletzt.

„Was?“, rief Frau Meinhart aus. „Glauben Sie, dass …“

„Bitte nicht so laut. Es müssen nicht alle hier im Saal mitbekommen, was passiert ist. Der Vorsitzende wird gleich eine Erklärung abgeben. Und, nein, ich weiß nicht, ob das etwas mit dem Fall hier zu tun hat.“

Frau Meinhart sah sie mit weit aufgerissenen Augen an. „Ich verstehe das nicht“, flüsterte sie.

„Die Verhandlung wird am Freitag fortgesetzt werden. Bis dahin wissen wir sicher mehr.“ Tine verschwieg, dass sie sich auf den Weg zur Klinik machen würde. Vielleicht wusste Alexander, wer ihn attackiert hatte. Womöglich waren es dieselben Täter wie bei ihr? Sei ehrlich, Tine! Du willst dich vergewissern, dass er in Ordnung ist.

Ein Raunen im Saal ließ sie aufmerken. Die Richter des Schwurgerichts erschienen. Die Anwesenden standen auf, Tine eingeschlossen. Vor lauter Aufregung hatte sie ihre Robe noch nicht angezogen. Die junge Frau auf der Seite der Anklagebehörde wirkte völlig konzerniert. Ihr Blick irrte hilflos zu Tine. Offenbar hatte niemand die Referendarin über die Vorgänge informiert.

„Guten Morgen. Ich muss Sie darüber in Kenntnis setzen, dass der Vertreter der Staatsanwaltschaft verhindert ist. Die Verhandlung wird unterbrochen und am kommenden Freitag fortgesetzt.“

Von den Zuschauerrängen ertönte verhaltener Protest, den der Vorsitzende ignorierte. Einige Sekunden später verließen die Richter den Raum. Eine Justizbeamtin näherte sich Frau Meinhart.

„Wir sehen uns am Freitag“, wisperte Tine hastig und winkte Josefine zu sich, die sich nach vorn schob.

„Herr Wolff ist angegriffen worden."

„Wie bitte?", stöhnte Josefine und schlug sich die Hand vor den Mund.

„Pst", antwortete Tine. „Die Presse muss es nicht sofort wissen." Sicher dauerte es trotzdem nur wenige Minuten, bis auch der letzte Pressevertreter die Wahrheit erfuhr.

„Einzelheiten kenne ich nicht. Versuchen Sie augenblicklich, Herrn Lorenz aufzutreiben. Ich fahre in die Klinik und wir treffen uns nachher im Büro."

„Ist er nicht hier?" Josefine drehte sich zur Pressebank um.

„Er ist heute nicht da. Das macht mich stutzig. Rufen Sie ihn an." Tine stopfte hektisch die Akten in ihren Rollkoffer und knüllte die Robe zusammen. Kommentarlos entfernte sie sich aus dem Saal und schob sich an den Presseleuten vorbei zum Ausgang. Sie strahlte sie an, obwohl ihr eher zum Heulen war. Immer den Eindruck erwecken, dass sie die Situation im Griff hatte. Das war ihr Credo.

Draußen beschleunigte sie ihre Schritte. Gott sei Dank stand ihr Auto nicht weit weg. Sie warf den Koffer auf den Beifahrersitz und verzichtete auf das Öffnen des Verdecks. Es war beinahe zehn. In einer Viertelstunde sollte sie die Klinik erreicht haben. Tine drückte das Gaspedal durch. Fast wäre sie mit einem LKW zusammengestoßen, der aus unbekannten Gründen auf der rechten Spur stehenblieb. Nervös trommelte sie auf das Lenkrad. War Alexander von denselben Männern zusammengeschlagen worden, die sie vor ihrem Haus bedroht hatten? Und wenn die Nachricht nicht stimmte? Vielleicht hatte jemand auf ihn geschossen? Mit Sicherheit konnte so schnell nach dem

Vorfall niemand sagen, was wirklich geschehen war. Vor dem Hotel Atlantic überquerte eine Gruppe von asiatischen Touristen die Straße. Tine bremste scharf ab und ließ sie durch. Die älteren Herrschaften bedankten sich mit höflichem Winken und Lächeln. Sie fuchtelte mit der Hand in der Luft, um die Leute zum zügigeren Laufen zu animieren. Der gewünschte Erfolg trat nicht ein. Vermutlich hielten die Urlauber die Geste für eine nette Art der hanseatischen Begrüßung. Ein Paar verharrte mitten auf der Fahrbahn und winkte ihr zu. Tine zwang sich, nicht aufzuschreien.

Im Innenbereich der Klinik war ein Parkplatz vor der Notaufnahme frei. Sie stellte den Wagen ab, ignorierte den Parkscheinautomaten und hastete, die Handtasche über die Schulter geworfen, in das Gebäude. Im Flur angekommen, stoppte sie und atmete tief durch. Man würde ihr keine Informationen zu dem Gesundheitszustand von Alexander geben. Schließlich war sie nicht mit ihm verwandt. Sie musste sich eine glaubhafte Geschichte ausdenken.

Hinter einem Tresen saß eine Dame in ihrem Alter. Sie schien völlig ungerührt von dem Lärm, der um sie herum herrschte.

„Guten Morgen“, sagte Tine. Sie bemühte sich um einen festen Tonfall. Ihre zitternden Hände krallte sie zusammen. „Ich bin auf der Suche nach meinem … äh, Verlobten. Alexander Wolff. Er ist überfallen worden und wurde hier eingeliefert. Könnten Sie bitte mal nachsehen, auf welcher Station er liegt?“

Die Frau beendete in aller Seelenruhe ihre Tätigkeit und speicherte eine Datei, bevor sie sich Tine zuwandte.

„Sie sehen doch, was hier los ist“, sagte die Dame. Sie setzte ihre Lesebrille, die an einer goldfarbenen Kette hing, ab und warf einen kurzen Blick auf Tine. Danach deutete sie vage auf die Menschen hinter Tine. „Ich bin bis jetzt nicht dazu gekommen, alle neuen Patienten computermäßig zu erfassen. Dauernd werde ich gestört. Sie müssen sich gedulden.“ Mit einer energischen Handbewegung schob sie sich die Brille zurück auf die Nase.

Tine drückte die aufkommende Wut gewaltsam hinunter. Mit Beschimpfungen würde sie nicht weiterkommen. Ein kleiner Teil von ihr konnte das Handeln der Frau nachvollziehen. Die Frau war wahrscheinlich überlastet. Ein dickes Fell war hilfreich, wenn man mit Menschen in existenziellen Notlagen arbeitete. Davon konnte Tine ein Lied singen. Trotzdem war Empathie wichtig, von Höflichkeit ganz zu schweigen. Tine versuchte es noch einmal. „Ich verstehe, dass Sie viel zu tun haben, und will Sie gar nicht lange stören. Mir ist klar, dass alle Notfälle bedeutsam sind. Bitte. Mein Verlobter“, dieses Mal kam ihr das Wort deutlich leichter von den Lippen, „ist Opfer eines Gewaltverbrechens geworden und …“

Die Frau sah erneut von ihrem Computer auf. Nun strahlte sie ihre Genervtheit unmissverständlich aus. In gelangweiltem Tonfall dozierte sie: „Ein Gewaltverbrechen, haben Sie gesagt. Da hatten wir heute schon einige Betroffene hier. Das kommt hier öfter vor, wie Sie sicher wissen.“

Tine war kurz davor, die Frau über den Tresen zu zerren. Offenbar spiegelte sich der Gedanke in ihrem Gesichtsausdruck. Die Dame wich zurück und hob beide Hände in Abwehrhaltung. Tine beugte sich vor. „Bitte.

Für mich ist es wichtig. Versetzen Sie sich in meine Situation. Wie würden Sie an meiner Stelle handeln?“ Ihre Stimme klang flehentlich und das war nicht gespielt.

Widerwillig kapitulierte ihr Gegenüber. „Wie war noch mal der Name?“

„Alexander Wolff. Mit zwei ‚f‘ am Ende.“

Mit flinken Fingern gab die Dame die Buchstaben ein.

„Der Patient befindet sich in der zentralen Notaufnahme. Vermutlich wird er dort behandelt oder er wartet auf ein freies Bett auf einer Station. Nehmen Sie einfach Platz. Es wird etwas dauern, bevor wir wissen, wohin er gebracht wurde.“

„Wer ist der zuständige Arzt?“

„Das kann ich Ihnen nicht sagen. Lassen Sie mich bitte weiterarbeiten.“

Mehr Information würde sie hier nicht bekommen. Sie bedankte sich mit einem angestrengten Lächeln und überlegte. Über den Flur hasteten Ärzte und Krankenschwestern. Sollte sie jemand ansprechen? Ihr Blick fiel auf eine dunkelhaarige Frau, die ein Stethoskop um den Hals hatte. In der Hand hielt sie einen Becher, aus dem Dampf aufstieg. Es duftete nach frischem Kaffee. Wie gern würde sie in diesem Moment im Büro sitzen und eine Tasse trinken. Warum schätzte man die einfachen Dinge erst, wenn man sie nicht haben konnte?

„Frau Bogen, was führt Sie denn hierher?“, ertönte die dunkle Stimme von Alexander hinter ihr. Sie fuhr herum und wäre fast mit einem Krankenpfleger zusammengestoßen, der ein leeres Krankenbett vorbeischob. Dahinter wartete Alexander in einem Rollstuhl. Er wurde von einer asiatisch aussehenden Krankenschwester begleitet, die Tine freundlich ansah.

Tines Knie gaben nach. Sie wäre gestürzt, wenn sie sich nicht am Aufnahmetresen festgehalten hätte. Ihr Herzschlag beschleunigte sich.

„Ich habe mir Sorgen um Sie gemacht“, gestand sie und musterte ihn. Über der Stirn und einem Teil der Haare hatte er einen Verband, sein rechtes Auge war geschwollen. Weitere äußere Verletzungen vermochte sie auf den ersten Blick nicht zu erkennen. Alexander trug eine zerknitterte anthrazitfarbene Anzughose mit weißem Hemd, auf dem sich Blutspritzer abzeichneten. Über seinem Schoß lagen die Jacke und ein ehemals weißer Schlips. „Warum sitzen Sie im Rollstuhl?“

„Die Ärztin ist der Meinung, dass ich mich nicht bewegen darf, weil ich eine Gehirnerschütterung erlitten haben könnte. Ich soll stationär aufgenommen werden. Sie schickt der Himmel. Ich nehme an, dass Sie mit diesem umweltfeindlichen Rennauto hier sind.“

„Wieso?“, fragte Tine. Langsam beruhigte sich ihr Puls. Alexander schwebte nicht in Lebensgefahr.

„Würden Sie mich nach Hause fahren?“

„Natürlich nicht“, sagte Tine. „Sie bleiben schön hier und kurieren sich aus. Mit einer Gehirnverletzung ist nicht zu spaßen.“

„Sie erhellen meinen Tag, Liebes, weil Sie sich um mich sorgen. Dafür ertrage ich jede Art von Verwundung.“

„Seien Sie nicht albern.“

Die Krankenschwester räusperte sich vernehmlich. „Darf ich Sie auf Ihr Zimmer bringen? Es tut mir leid, aber ich habe noch andere Patienten, die auf mich warten.“

Alexander drehte vorsichtig den Kopf zur Seite. „Wo muss ich unterschreiben, wenn ich entlassen werden will?“

„Einen Augenblick bitte, ich hole Frau Dr. Froehlich.“ Die Schwester verschwand hinter einer großen Glastür.

„Ich gehe davon aus, dass die Verhandlung abgesagt wurde.“

„Fortsetzung ist am Freitag.“

„Das bekomme ich irgendwie hin.“ Alexander verzog schmerzhaft sein Gesicht, als neben ihm ein kleines Kind anfing, laut nach seiner Mutter zu schreien.

„Sie müssen sich schonen, basta. Die Staatsanwaltschaft Hamburg wird einen Vertreter für Sie organisieren.“

„Das sagen Sie nur, weil so die Chancen steigen, dass Sie das Verfahren gewinnen.“ Er lächelte ihr zu und Tines Herz machte einen Satz. „Das war ein Scherz. Ein Kollege wird sich nie so schnell in die Sache einarbeiten können. Der Prozess würde platzen.“

„Auch okay, solange meine Mandantin auf freien Fuß gesetzt wird.“

„Sie geben nie auf.“

„Nie.“ Tine strich leicht mit ihren Fingern über seine Wange. „Erzählen Sie mir, was passiert ist?“

„Sicher, das ist kein Geheimnis. Zwei Männer haben mir heute Morgen vor der Haustür aufgelauert. Der eine hat sofort zugeschlagen. Ich fiel um wie ein nasser Sack. Da nutzte der von mir absolvierte Selbstverteidigungskurs gar nichts, war einfach zu früh für mich.“ Er verzog sein Gesicht zu einer Grimasse. „Der andere hat mir deutlich mit einem Tritt in den Magen zu verstehen gegeben, dass ich dafür sorgen soll, dass keine Zeuginnen in unserer Sache vernommen werden. Zu dämlich. Ich stehe schließlich auf der dunklen Seite der Macht."

„Wenn Sie dümmliche Witze reißen können, scheint es Ihnen nicht so schlecht zu gehen."

„Sage ich doch. Ich brauche nur ein paar Stunden Erholung auf der Couch und eine Kopfschmerztablette."

„Ich wünschte, ab und zu würde wenigstens einer von Ihrer Sorte mal das befolgen, was ich verordnet habe." Resolut baute sich eine zierliche schwarzhaarige Frau mit einer knallroten Brille vor Alexander auf. „Sie gehören ins Bett, und zwar sofort."

Alexander zuckte zusammen, gab aber nicht auf. „Diese bezaubernde Frau fährt mich nach Hause und kümmert sich darum, dass ich mich hinlege." Er zwinkerte Tine zu.

„Diese Frau wird nichts dergleichen tun. Sie hören brav auf Ihre Ärztin und ich besuche Sie morgen früh. Wenn es Ihnen besser geht, bin ich einverstanden. Vorher auf keinen Fall."

„Eine Frau, ein Wort. Nachdem das geklärt ist, verabschiede ich mich von Ihnen. Ich schaue nachher noch vorbei." Die Ärztin entfernte sich zügig.

„Sie Verräterin", sagte Alexander. Die Krankenschwester umfasste die Griffe des Rollstuhls und sah Tine auffordernd an.

„Ich habe nur Ihr Wohl im Auge." Sie beugte sich zu ihm hinunter und gab ihm einen leichten Kuss auf die Wange. „Schicken Sie mir Zimmernummer und Station per SMS, damit ich Sie finde. Der Drache hier an der Rezeption wird mir keine Auskunft geben." Tine winkte ihm zu und beobachtete, wie die Pflegerin ihn zu einem

Fahrstuhl schob. Sie sah sich suchend nach einer Cafeteria um. Ein schneller Espresso wäre jetzt genau das Richtige.

23

„Haben Sie Herrn Lorenz erreicht?"

„Wie geht es Ihrem Staatsanwalt?", fragte Josefine, anstatt zu antworten.

„Er ist nicht mein Staatsanwalt", konterte Tine. „Er hat ein blaues Auge und wahrscheinlich eine Gehirnerschütterung. Die Typen haben ihm ganz schön zugesetzt."

„Waren es dieselben wie bei Ihnen?"

„Spricht einiges dafür. Was ist mit dem Journalisten?"

„Du siehst blass aus. Soll ich dir einen Kräutertee zubereiten?" Charlotte erschien mit einem Stapel Akten, den sie vor Tines Nase ablud.

„Ich habe gerade einen Espresso getrunken, danke. Der verträgt sich nicht mit Beruhigungstee."

„Kaffee." Charlotte schüttelte den Kopf. „Genau das Richtige, wenn man sowieso auf hundert ist."

„Könnte hier jemand mal zur Abwechslung meine Frage beantworten", maulte Tine und warf einen genervten Blick auf den Aktenturm. „Woher kommen die denn alle? Ich bin davon ausgegangen, ich wäre bearbeitungsmäßig einigermaßen auf dem Stand."

„Das sind die, die ich aus den Tiefen der Aktenschränke gezogen habe. Eine kleine Aufräumaktion wie jedes Jahr in den Ferien. Ich schlage vor, dass die alle abgelegt werden. Wir haben Herrn Lorenz nicht erreicht."

„Verstehe ich nicht. Hoffentlich ist ihm nichts passiert. Was ist mit Marie?“

„Keine Neuigkeiten. Wenigstens habe ich herausbekommen, wo sie liegt und wer sie behandelt. Name und Telefonnummer der Ärztin liegen auf deinem Schreibtisch.“

„Okay.“ Tine dachte ein paar Sekunden nach. „Ich brauche dringend frische Luft. Nimm die Akten wieder mit. Wenn du meinst, die können archiviert werden, nur zu. Ich drehe eine Runde um die Alster und bin später zu Hause zu erreichen.“

„Seit wann gehst du freiwillig zu Fuß?“, fragte Charlotte.

„Seitdem du mir zu mehr Bewegung geraten hast.“

In ihrer Wohnung tauschte Tine das Kostüm gegen eine leichte Baumwollhose nebst T-Shirt. Sie zog sich Sneakers an und steckte sich zwei Zwanzig-Euro-Scheine in die Hosentasche. Fehlte noch die Sonnenbrille und sie wäre für einen Spaziergang rund um die Außenalster gerüstet. Sie griff nach ihrem Smartphone. Fünf Anrufe in Abwesenheit, alle dieselbe Nummer. Klar, sie hatte es nach dem letzten Telefonat im Gericht auf lautlos gestellt. Die Zahlenkombination kam ihr bekannt vor. Unschlüssig hielt sie das Handy in der Hand, bis es ihr einfiel. Jonas Lorenz. Hastig drückte sie auf die Anruftaste. Niemand nahm ab. Sie würde es später erneut versuchen.

Draußen schien die Sonne mit unveränderter Intensität. Tine schlenderte in Richtung Alster. Wie lange war es her, dass sie mitten in der Woche spazieren gegangen war?

Sie wusste es nicht. Die Außenalster hatte sie zuletzt in ihrer Studentenzeit in einem Stück umrundet. Höchste Zeit, es anzugehen. Wenn es ihr zu anstrengend würde, konnte sie ein Taxi zurück nehmen. Schließlich musste man beim Golfspiel auch einige Kilometer gehen. Sie wandte sich gen Winterhude, die Alster auf der linken Seite. Auf dem Wasser waren Segelboote zu sehen, Ruderer bahnten sich den Weg und Touristen bemühten sich auf Tretbooten, den Fluss zu erkunden. In der Ferne schipperten Alsterdampfer. Wo war die Zeit geblieben und was war geschehen, dass sie die Schönheiten vor der Haustür ignoriert hatte?

Ihre Gedanken wanderten zu Alexander. Egal ob klug oder nicht, sie hatte sich regelrecht verknallt in den Mann. Das war ihr seit Jahren nicht mehr passiert. Die Angst, die sie heute Morgen im Gerichtssaal überfallen hatte, war real. Wie grauenhaft wäre es gewesen, wenn sie ihn verloren hätte! Ohne eine Chance, ihn richtig kennen- und lieben zu lernen. Ein Warnschuss. Carpe diem. Du musst die Liebe, die sich dir bietet, annehmen. Wer weiß, wie viel Zeit dir noch bleibt.

Tine überholte eine Frau, die mit der einen Hand einen Zwillingskinderwagen schob und in der anderen ein Handy hielt, in das sie hineinsprach. Tine spürte ein Vibrieren in der Hosentasche. Sie zog das Smartphone heraus, die Nummer von Herrn Lorenz poppte auf. „Bogen“, meldete sie sich und trat auf ein Rasenstück, wo sie stehenblieb.

„Endlich erreiche ich Sie“, ertönte die Stimme des Reporters.

„Warum waren Sie nicht bei Gericht? Wissen Sie schon, was mit Marie passiert ist?“

„Sie hat mir gestern erzählt, dass sie telefonisch bedroht wurde. Man hat die Reifen ihres Autos aufgeschlitzt. Ich bin dann zu ihr gefahren, sie war völlig verwirrt. In der Nacht habe ich ihre Ärztin benachrichtigt. Die hat sie in der Klinik untergebracht." Herr Lorenz holte tief Luft. „Das ist noch nicht alles."

„Lassen Sie mich raten", sagte Tine und bohrte die Spitze ihres Fußes in das weiche Gras. „Sie wurden ebenfalls bedroht."

„Sind Sie eine Hellseherin?"

„Ich kann eins und eins zusammenzählen. Hinzu kommt Ihr Artikel in der Zeitung. Außerdem …", Tine stockte und überlegte einen Moment, bevor sie weitersprach, „ist auf den Staatsanwalt im Meinhart-Verfahren ein Anschlag verübt worden."

„Was? Waren das dieselben Täter wie bei Ihnen?"

Der Mann war schnell. „Ich vermute es."

„Wir müssen uns treffen."

„Ich kann Ihnen keine weiteren Informationen geben."

„Trotzdem, wo sind Sie?"

„Kurz vor Bobby Reich."

„Warten Sie dort auf mich, ich bin in spätestens fünfzehn Minuten da."

„Bis gleich."

Tine spazierte nach links zur Fernsicht-Brücke. In der Mitte blieb sie stehen und lehnte sich über das Geländer. Ein Ruderboot verschwand unter dem Bogen, ein aufgescheuchtes Entenpärchen flatterte ans Ufer. Für einen Augenblick wünschte sich Tine einen Stillstand. Die Realität ausblenden und einfach in den Anblick des Wassers versinken. Sie straffte die Schultern und ging

Schritt für Schritt weiter. Die Terrasse des beliebten Lokals war zur Hälfte gefüllt. Tine sah auf ihre Uhr. Halb zwölf. In ein paar Minuten würden die ersten Mittagsgäste kommen. Sie setzte sich an einen Tisch mit Blick zur Alster, bestellte einen Caesar-Salad und eine Flasche Mineralwasser.

Herr Lorenz schwitzte heftig und erweckte den Eindruck, als sei er zum Restaurant gejoggt.

„Bringen Sie mir bitte eine Flasche Wasser", japste er und ließ sich auf den Stuhl fallen.

Tine probierte von ihrem Essen und wartete, bis sich Herr Lorenz einigermaßen regeneriert hatte. Die Kellnerin servierte die Getränke. „Was ist geschehen? Wer hat Sie bedroht?"

„Keine Ahnung", sagte er und stürzte ein Glas Wasser hinunter. Er warf seine Kappe vor sich auf die Platte und rieb sich über die Stirn. „Ich bekam heute Morgen gegen sieben Uhr einen Telefonanruf auf meinem Festnetzanschluss. Ein Mann mit verstellter Stimme erklärte mir, dass ich es bereuen würde, wenn ich mich weiter mit dem Meinhart-Prozess beschäftige. Ich solle sofort die Stadt verlassen und erst wiederkommen, nachdem, O-Ton, die Nutte verurteilt ist." Herr Lorenz schüttelte den Kopf und goss sich erneut Wasser in sein Glas. „So etwas ist mir noch nie passiert."

„Willkommen im Club. Brechen Sie Ihre Zelte hier nun ab?"

„Wo denken Sie hin. Das kommt überhaupt nicht in Frage, ich bin doch kein Warmduscher. Jetzt wird es erst richtig spannend. Ich hab mit einem Freund telefoniert, dort komme ich für einige Tage unter."

Tine spießte ein Stück Huhn auf und schob es sich in den Mund.

„Was ist mit dem Staatsanwalt? Glauben Sie, er gibt mir ein Interview?"

„Das müssen Sie ihn selbst fragen, frühestens morgen. Heute braucht er seine Ruhe."

„Aha. Woher wissen Sie das denn?"

„Ich konnte ihn kurz sprechen."

Herr Lorenz setzte sein Glas, das er zum Mund geführt hatte, ab und verzog das Gesicht zu einem leichten Grinsen. „Sieh mal an, die Verteidigerin macht sich Sorgen um den Staatsanwalt. Auch eine geile Schlagzeile."

„Unterstehen Sie sich. Vergessen Sie unsere Abmachung nicht. Kein Wort über den Staatsanwalt, es sei denn, er autorisiert das. Was ist mit Marie? Wird Sie aussagen?"

Herr Lorenz winkte nach der Kellnerin und bestellte sich Chicken Wings. „Ich bin mir nicht sicher. Hoffentlich erholt sie sich von dem Schock. Wie lange das dauern wird, kann ich nicht sagen. Marie will Ihrer Mandantin helfen, weil sie einen Schuldkomplex hat. Sie ist davon überzeugt, dass es nicht zu der Tötung gekommen wäre, wenn sie sich frühzeitig gegen ihren Chef gewehrt hätte."

„So was hat sie mir auch zu verstehen gegeben."

„Wer hat Interesse daran, dass sie nicht aussagt? So gewaltig, dass man Sie, mich und sogar den Staatsanwalt bedroht?"

„Und Marie."

Sie schwiegen für einen Augenblick.

„Wie haben die so schnell Ihre Nummer bekommen? Der Artikel ist doch erst heute erschienen."

Herr Lorenz kratzte sich am Kopf, bevor er antwortete. „Ist mir peinlich, aber die Daten stehen im Netz."

„Na ja, aus Fehlern wird man klug." Tine bediente sich erneut von ihrem Salat. „Mich haben die beiden schließlich genauso gefunden und meine private Adresse findet man nicht im Telefonbuch."

„Die mussten Ihnen nur vom Büro aus folgen."

„Stimmt."

Die Bedienung stellte den Teller mit den Chicken Wings und Krautsalat auf den Tisch.

„Es gibt noch mehr Frauen, die ebenfalls vom Opfer belästigt wurden. Ich hoffe, dass die nicht auch in Gefahr sind." Tine beschloss, ihr Gegenüber einzuweihen. „Der einzige Verdächtige, der mir und der Mandantin eingefallen ist, ist der Bruder des Tatopfers. Ronald. Er arbeitet in dem Meinhart-Unternehmen. Meine Mitarbeiterin hat herausgefunden, dass er nun der Boss ist."

„Welche Anhaltspunkte existieren sonst?"

„Keine", gestand Tine. „Von den anderen Frauen wurde er nicht erwähnt."

Herr Lorenz biss in einen Hähnchenflügel und kaute geräuschvoll.

„Mir ist klar, dass das nicht reicht", sagte Tine. „Ist auch nicht meine Baustelle. Ich muss mich um die optimale Verteidigung der Mandantin kümmern. Wenn die Zeuginnen aussagen, dass sie vom Opfer belästigt, teilweise sogar vergewaltigt wurden, stützt das die Einlassung von Frau Meinhart." Sie schob mit dem Messer die letzten Salatblätter auf dem Teller hin und her.

„Wir brauchen ein Motiv." Herr Lorentz sah sie aufmerksam an.

„Es ist Aufgabe der Polizei, das herauszufinden.

Vielleicht will Ronald den Ruf seines verstorbenen Bruders schützen?“

„Möglich wäre es, aber …“

„Mich überzeugt das nicht, aber etwas anderes fällt mir leider nicht ein. Lassen wir das Detektivspiel und warten ab, was unser Freund und Helfer ermittelt. Haben Sie Ihre Bedrohung angezeigt?“

„Bis jetzt nicht. Waren diejenigen, die Ihnen aufgelauert haben, dieselben wie bei Herrn Wolff?“

„Sie wiederholen sich. Ich weiß es nicht“, sagte Tine und seufzte genervt. „Es war dunkel und ich kann die Männer nicht beschreiben. Das wissen Sie. Gehen Sie zur Polizei und machen Sie eine Aussage. Vermutlich läuft die Fahndung nach den Tätern, die heute den Staatsanwalt angegriffen haben, auf Hochtouren.“

Herr Lorenz erhob sich und holte zwei zerknitterte Zehn-Euro-Scheine aus seiner Hosentasche, die er Tine in die Hand drückte. „Sie haben recht. Ich wende mich sofort an die Staatsgewalt. Hoffentlich verhalten die sich kooperativ und geben mir wenigstens ein paar Informationen für meinen Artikel.“ Er nickte Tine grüßend zu und drängte sich zwischen den auf einen freien Platz Wartenden zum Ausgang.

Tine zahlte und nahm ihre Wanderung um die Alster wieder auf. Der Fall Meinhart entwickelte sich komplizierter als zunächst gedacht. Auf der einen Seite war da die Mandantin, die ihren Mann in Notwehr getötet hatte. Andererseits das Tatopfer: Ludger Meinhart hatte seine Mitarbeiterinnen sexuell belästigt, Marie sogar vergewaltigt. Wer verwandte so enorme Energie darauf, diese Tatsache zu vertuschen? Wer schreckte nicht davor zurück, einen Staatsanwalt zusammenschlagen zu lassen?

Sie kickte einen Stein ins Gras, verharrte an Ort und Stelle und atmete bewusst die warme Luft ein und aus. Eine leichte Brise streifte ihr Haar und für einen Moment wünschte sie sich ans Meer. Eine Pause vom Alltag.

Nichts da, ermahnte sie sich. Rätsel sind dazu da, gelöst zu werden. Während sie weiterging, erlaubte sie sich, an Alexander zu denken. Wärme durchströmte sie. Sie hatte sich verliebt und wie es aussah, erwiderte er ihre Gefühle. Wohin das führte, blieb abzuwarten. Wenn sie eines in den letzten Wochen gelernt hatte, dann das: Sie würde sich dieses unverhoffte Geschenk nicht nehmen lassen und jede Sekunde genießen. Hoffentlich war das Meinhart-Verfahren bald zu Ende.

24

Kurz nach sieben parkte Tine ihren Wagen auf dem Parkplatz des St. Georg Krankenhauses. Alexander hatte ihr Station und Zimmernummer mitgeteilt, gefolgt von den Worten „Holen Sie mich hier heraus, meine Liebe".

Sie schmunzelte, während sie sich eilig durch die Klinikflure bewegte. Als sie die Zimmertür erreichte, balancierte ein Krankenpfleger das Tablett mit dem Frühstück hinaus. Alexander ruhte auf dem Bett und trug dieselbe Hose wie am Tag zuvor, zusammen mit dem blutbefleckten Hemd. Ein Krankenhauskittel lag zusammengeknüllt neben ihm.

„Guten Morgen", sagte sie und blieb im Türrahmen stehen. Ihr war merkwürdig befangen zu Mute. „Ich hoffe, ich störe nicht."

„Moin. Wie kommen Sie auf diese dumme Idee. Sie werden sehnsüchtig von mir erwartet. Musste leider mein Outfit von gestern wieder überstreifen." Alexander schwang seine Beine auf die Seite und stützte sich mit einer Hand ab. „Ich muss mir nur die Schuhe anziehen, dann können wir diese heiligen Hallen verlassen." Unsicher tappte er auf Socken auf Tine zu und begrüßte sie mit einem leichten Kuss auf die Wange. „Ich stinke wahrscheinlich wie ein Puma. Wo haben die denn die Sachen hingestellt?"

„Wie wäre es mit dem Schrank", sagte Tine und öffnete den grauen Spind. Sie griff nach einem Paar schwarzen Lederschuhen und hielt sie Alexander hin. „Am besten, Sie setzen sich, sonst fallen Sie mir noch um. Hat man Sie überhaupt ordentlich entlassen?"

Alexander nahm auf einem Besucherstuhl Platz und grinste. „Ich habe meiner Ärztin erläutert, dass ich nach Hause gefahren werde und sich dort jemand um mich kümmert. Sie hat mich gehen lassen, vermutlich ist sie froh, wenn ich weg bin."

„Und wer betreut Sie?"

„Ich schaffe das ausgezeichnet allein."

„Aha."

„Mir geht es gut, ich brauche nur dringend eine heiße Dusche. Und saubere Klamotten."

Sein Jackett über die Schultern gelegt, folgte Alexander ihr bis zum Auto. Etwas ungelenk stieg er auf der Beifahrerseite ein. „Das Teil ist unbequemer als mein Smart, dafür wesentlich teurer in Anschaffung und Unterhaltung."

Tine gab ihm insgeheim recht, aber solange sie es noch einigermaßen elegant in den Wagen schaffte, bliebe sie bei der sportlichen Version. Ein SUV kam für sie nicht in Betracht.

„Sie machen sich nichts aus Sportwagen?"

„Ein Wagen transportiert mich von A nach B. Er darf nicht so viel Sprit verbrauchen und ich bin nicht bereit, Unsummen für so ein Gefährt auszugeben."

„Das sehe ich anders. Ich liebe das Autofahren und die Geschwindigkeit. Vom Geräusch des Motors ganz zu schweigen. Da kommt sofort Freude auf, wenn ich das höre. Wohin darf ich Sie fahren?"

Alexander blinzelte ihr zu. „Eine Frau, die ihr Herz an den Krach von Autos hängt. Mhm." Er schüttelte betont langsam den Kopf. „Gegensätze ziehen sich an. In die Hallerstraße bitte."

„Ach ja, gegenüber dem Tennisstadium."

„Sie haben es sich gemerkt. Das stimmt mich zuversichtlich."

„Sie sind ein Quatschkopf."

Auf der Höhe des Atlantic-Hotels erinnerte sich Tine daran, wie sie gestern völlig panisch auf dem Weg ins Krankenhaus gerast war, voller Sorge um Alexander. Jetzt saß er neben ihr und witzelte. Wie rasch sich Situationen veränderten.

„Sie wirken so geheimnisvoll. Weihen Sie mich in Ihre Gedankenwelt ein?" Alexander legte seine Hand kurz über ihre. Tines Unterleib kribbelte. Wie gern würde sie sich ihrem Gefühl hingeben und alles um sich herum vergessen.

„Ich dachte darüber nach, wie sich von einer Minute auf die andere Umstände wandeln. Gestern früh war ich beunruhigt und heute …"

„Heute?"

„Fahre ich Sie zu Ihrer Wohnung und kann mich wieder auf unseren Fall konzentrieren." Tine verzog ihre Lippen zu einem Lächeln, bevor sie den Wagen beschleunigte und die Kennedybrücke überquerte.

„Zurück in der Realität", sagte Alexander und seufzte übertrieben laut. „Sie reißen mich abrupt aus meinen Träumen, Liebes."

Er hatte wieder ‚Liebes' gesagt. Ob er sie gleich küssen würde? Das wohlige Gefühl in ihren unteren Regionen verstärkte sich. Christine Bogen, der Mann hat eine Gehirnerschütterung erlitten und gehört ins Bett. Deine Mandantin sitzt im Gefängnis und ein Irrer bedroht ihn, dich und die Zeugin. Wie, bitte schön, kannst du jetzt an Sex denken? Sie drückte das Bild in ihrem Kopf zur Seite und bog in die Rothenbaumchaussee ein. „Haben Sie Ihre Angreifer erkannt? Vermutlich läuft derzeit eine Fahndung."

„Es waren zwei jüngere Burschen, einer mit leichtem osteuropäischem Akzent. Das ist das, an was ich mich erinnere. Ich bin kein perfekter Zeuge, weil ich mir Gesichter nicht merke. Eventuell hat einer der Nachbarn oder ein Passant etwas mitbekommen. Es geschah Schlag auf Schlag. Zu meiner Schande muss ich gestehen, dass ich sofort zu Boden gegangen bin. Ich sollte mehr Zeit im Fitnessstudio anstatt auf dem Golfplatz verbringen."

„Und weniger im Büro", hörte sich Tine zu ihrer Überraschung sagen.

„Das aus Ihrem Munde." Alexander gab einen glucksenden Ton von sich.

„Es scheint so, als wären es die, die auch mir aufgelauert haben. Ich wurde allerdings nicht körperlich angegriffen, so wie Sie", fügte sie nachdenklich dazu.

„Dafür bin ich dankbar."

Alexander lotste sie bis zu einem großen Jugendstilbau. Sie parkte vor einer Einfahrt gegenüber und stellte den Motor ab. „Eine Wohnung in einem solchen Haus mit hohen Decken war mein Traum zu Studentenzeiten."

„Möchten Sie mit hochkommen?"

„Haben Sie alles, was Sie brauchen, oder soll ich etwas einkaufen?"

„Ich stelle fest, dass Sie die Frage nicht beantwortet haben“, sagte Alexander und löste den Anschnallgurt. „Ich führe das auf meinen derangierten Zustand zurück, sonst wäre ich beleidigt.“

„Ich habe gleich eine schwere Körperverletzung in Wandsbek, danach diverse Mandantengespräche. Wenn Sie niemanden haben, besorge ich selbstverständlich das Nötige. Sie gehören wieder ins Bett.“

„Allein macht das so gar keinen Spaß.“

„Es geht Ihnen definitiv besser“, sagte Tine und beugte sich zu ihm hinüber. „Sie dürfen mich küssen.“

Alexander schob sich näher zu ihr hin und umfing ihr Gesicht mit beiden Händen. Für einen kurzen Augenblick trafen sich ihre Augen und hielten einander fest. Er berührte ihre Lippen zunächst sanft, testend. Sie öffnete bereitwillig ihren Mund und seine Zunge drängte sich hinein und vereinigte sich mit ihrer. Tine jubilierte innerlich und erwiderte den Kuss, gab sich ihm hin. Hände streichelten ihre Haare, sie reckte sich ihm entgegen. Viel zu schnell lösten sie sich, beide heftig atmend, voneinander.

„Wenn wir nicht in einem Auto säßen, würde ich über Sie herfallen, Liebes“, sagte Alexander und lachte. Mit seinem verrutschten Verband auf den kurz geschnitten Haaren, den dunkelblauen Augen und dem dreckigen Hemd sah er zum Anbeißen aus. Männlich und verletzlich zugleich.

Tine zwang sich, ein Stück zurückzuweichen. Ihr Nacken meldete sich und sie massierte mit der linken Hand die schmerzende Stelle. „Ich bin zu alt und ungelenkig für Liebesspiele im Auto“, sagte sie und grinste ihn bedauernd an.

„Ich stimme Ihnen zu. Es sollte zumindest einen weichen Untergrund geben." Alexander tätschelte ihre Wange und tastete nach dem Türgriff.

„Denken Sie nicht, dass wir uns so langsam duzen sollten?" Tine wollte ihn wider besseres Wissen nicht gehen lassen. Sie würde zu spät zu ihrem Gerichtstermin erscheinen.

„Ich gebe zu, dass mir diese Idee auch gekommen ist, Liebes. Wir warten damit, bis wir das Verfahren hinter uns gebracht haben. Ich ..." Er sah sie zärtlich an. „Sie haben sich in mein Herz geschlichen, Tine. Ich verspreche, dass wir uns viel Zeit füreinander nehmen, wenn das hier vorbei ist. Ich setze mich gleich mit den Beamten von der Kripo in Verbindung. Vielleicht hat man die Täter bereits gefasst. Seien Sie bitte vorsichtig, ich möchte nicht, dass Ihnen etwas zustößt." Er seufzte und stieg ohne weiteren Kommentar aus, schlug die Wagentür zu. Mit bedächtigen Schritten überquerte er die Fahrbahn. Tine sah ihm mit klopfendem Herzen hinterher, bis er im Haus verschwunden war. Nachdenklich startete sie den Motor und wendete. Ihr Mandant wartete sicher schon ungeduldig auf sie.

Josefine stürzte auf Tine zu. „Es gibt gute Nachrichten."

„Die kann ich gebrauchen." Tine warf die Robe auf den Schreibtisch und folgte ihrer Mitarbeiterin zurück in die Teeküche. „Herr Bertram wurde zu einer Haftstrafe ohne Bewährung verurteilt und mein Kopf bringt mich um. Ich muss dringend was trinken." Sie öffnete den Kühlschrank und holte eine Flasche Mineralwasser hervor. „Lassen Sie hören."

„Vorhin hat jemand von der Kripo angerufen. Es sieht

so aus, als hätte man die beiden geschnappt, die Sie bedroht haben. Sie sollen dort vorbeifahren, um sie zu identifizieren."

Tine goss sich ein Glas Wasser ein und trank einen großen Schluck. „Puh, das tut gut. Ich hatte nicht daran gedacht, mir eine Wasserflasche mitzunehmen." Sie betrachtete ihre Mitarbeiterin, die ein schwarz-rot gemustertes Leinenkleid trug. Das erste Mal, dass Tine sie in einem derartigen Kleidungsstück sah.

Josefine war der prüfende Blick nicht entgangen. Sie schüttelte trotzig ihren Kopf. „Sagen Sie nichts, Frau Lindner hat mir gleich gesagt, dass ich mich öfter so anziehen soll." Sie verzog das Gesicht zu einer Grimasse.

„Sie mögen keine Kleider?"

„Nicht wirklich. Ich fühle mich nicht wohl darin. In den Teilen kann ich mich nicht gut bewegen."

„Ich habe nichts gegen Hosen."

„Danke. Ich hatte heute meine erste Besprechung als potentielle Anwältin, da …" Josefine stockte und errötete.

„Ach ja. Das hatte ich vollkommen vergessen, sorry."

„Ist ja kein Wunder, nachdem, was alles passiert ist." Hastig sprach sie weiter: „Ist gut gelaufen, glaube ich wenigstens. Ich habe die Frau beraten und zunächst Akteneinsicht beantragt. Es handelt sich um einen Fall von häuslicher Gewalt."

„Aha." Tine hatte nicht richtig zugehört, da sie gedanklich bei der Festnahme der Männer war. „Hat der Beamte gesagt, dass es dieselben sind, die den Staatsanwalt niedergeschlagen haben?"

Josefine sah für einen Moment irritiert aus. „So direkt nicht. Er klang hocherfreut und deshalb denke ich, dass es die beiden sein werden."

„Vermutlich. Bei Delikten gegen Polizei und Staatsanwaltschaft wird zügiger ermittelt." Tine trank erneut von dem Wasser. „Sagt man landläufig. Haben Sie die Nummer notiert? Ich rufe da gleich mal an. Mit Glück erkennt Marie die Stimme wieder oder Herr Lorenz."

„Was hat der damit zu schaffen?"

„Ach, ich bin gar nicht dazu gekommen, Ihnen das zu erzählen. Er wurde ebenfalls telefonisch bedroht."

Josefine sah sie gespannt an. „Wer steckt dahinter? Ich kann mir nicht vorstellen, dass es der Bruder des Ehemanns ist. Was für ein Motiv soll der denn haben? Er ist nicht verantwortlich für dessen Handeln und langfristig wird der Ruf der Firma sicher nicht beschädigt. Wissen Sie, ob der Prozess am Freitag weitergeht?"

„Davon gehe ich aus. Sie haben recht, es stellt sich die Frage des Motivs."

„Geht es dem Staatsanwalt besser?"

Tine verengte die Augen. „Sie werden es sowieso erfahren, darum kann ich es Ihnen auch sagen. Ich habe Herrn Wolff heute Morgen aus dem Krankenhaus abgeholt und nach Hause gefahren. Es geht ihm den Umständen entsprechend gut." Vor Tine tauchte das Bild von Alexander auf und eine Sehnsucht überkam sie.

„Sie mögen ihn."

„Ja", antwortete sie knapp.

Josefine trippelte nervös von einem Fuß auf den anderen und Tine schüttelte den Gedanken an Alexander ab. Irgendetwas stimmte nicht. „Gibt es noch was?"

„Nein, alles okay."

Endlich fiel der Groschen. „Haben Sie vorhin nicht von häuslicher Gewalt und Akteneinsicht gesprochen? Vertreten Sie die Frau als Nebenklägerin?"

Ein leises Grinsen schlich sich in das Gesicht von Josefine. „Nö. Sie wird beschuldigt, ihren Mann geschlagen zu haben. Mit einer metallischen Kehrschaufel."

„Ach du lieber Gott. Der arme Kerl." Tine schlug sich mit der Hand über den Mund. „Ich nehme das zurück. Natürlich ist unsere Mandantin unschuldig. Sie sehen selbst: Das Leben einer Strafverteidigerin ist abwechslungsreich. Mal steht man auf der einen, mal auf der anderen Seite. Sie machen das schon."

25

Tine verabredete mit dem Ermittlungsleiter bei der Polizei, am nächsten Morgen zu einer Gegenüberstellung ins Präsidium zu kommen. Sie hatte wenig Hoffnung, die Männer wiederzuerkennen. Dafür war es zu schnell gegangen. Sie beschloss, für sich anzunehmen, dass es sich um die Täter handelte, sofern es nur den Hauch einer Ähnlichkeit gäbe. Kein professionelles Verhalten für eine Strafverteidigerin, aber entlastend für die Psyche.

Mit einem Glas Weißwein bewaffnet, setzte sie sich in ihren Liegestuhl auf der Terrasse und genoss die letzten Sonnenstrahlen auf der Haut. Neben ihr lag immer noch der aktuelle Thriller von Karin Slaughter. Sie war über die ersten Seiten nicht hinausgekommen. Zu viele Gedanken. Alexander hatte sich nicht mehr gemeldet, was in ihr gemischte Gefühle auslöste. Rational handelte er richtig, aber … Ihr Handy läutete. Auf dem Display leuchtete das Bild von Julia auf. Hastig nahm sie den Anruf an. „Hallo meine Liebe. Alles okay bei dir?"

„Sicher. Bei dir auch? Lange nichts voneinander gehört. Was macht das Golfspiel? Wollen wir am Samstag zusammen auf den kleinen Platz gehen? Cecilia kommt mit. Es ist mir gelungen, sie zu überreden, sich von dem Umzugsstress eine Pause zu gönnen."

Tine überlegte. Sie hatte Lust, aber …

„Bist du noch dran?"

„Es ist gerade eine Menge zu tun", antwortete sie zögerlich.

„Das ist keine Entschuldigung. Du musst ab und zu an die frische Luft und darfst dich nicht nur hinter den Akten vergraben. Ich hetze dir Cecilia auf den Hals, wenn du nicht mitkommst. Die hält dir einen halbstündigen Vortrag über die Notwendigkeit von Bewegung im Freien." Julia stoppte. „Oder hat es etwas mit einem gewissen Staatsanwalt zu tun? Ich habe in der Zeitung von dem Überfall gelesen. Muss ich mir Sorgen machen?"

„Nein. Es sieht so aus, als hätte die Polizei die beiden Täter gefasst. Morgen früh erfahre ich mehr. Und Alexander …"

„Aha", wurde sie von Julia mit süffisanter Stimme unterbrochen.

„Er ist okay und …", Tine kickte aus Versehen mit einem Fuß das Buch von der Liege und holte tief Luft, „ich bin restlos in ihn verknallt. Wie ein Teenager. Er, glaube ich, auch. Bitte erzähl es außer Cecilia, Mona und Matthias niemandem. Wir müssen das geheim halten, der Prozess läuft schließlich noch."

„Das freut mich total für dich."

„Ich hatte völlig vergessen, wie sich das anfühlt. Schmetterlinge im Bauch und so."

„Ja, einige Dinge ändern sich nicht. Egal, wie alt man ist." Julia stieß einen triumphierenden Schrei aus und Tine zog reflexartig das Handy vom Ohr. Es fühlte sich so neu und gleichzeitig befreiend an. Sie war glücklich, sich mit Julia auszutauschen. Ein Gespräch unter Freundinnen.

„Okay, du hast mich überzeugt. Wann soll ich da sein?“

„So gegen zwei. Ich buche für uns drei eine Startzeit und schicke dir eine SMS. Wir treffen uns auf der Anlage. Muss jetzt auflegen, es klingelt an der Tür. Lass dich nicht ärgern, tschüss.“

Tine starrte auf das Display, als ihr Handy erneut läutete. Unbekannte Nummer. „Bogen“, meldete sie sich und stand auf, um das Buch aufzuheben.

„Jonas Lorenz hier.“

„Ach, Sie sind es. Haben Sie eine neue Telefonnummer?“

„Ich rufe vom Smartphone eines Freundes an. Es gibt Neuigkeiten.“

„Ich hoffe, erfreuliche.“

„Sie wissen sicher, dass man zwei Männer vorläufig festgenommen hat. Es sind die beiden, die den Überfall auf den Staatsanwalt verübt haben.“

„Ja. Um mir das zu berichten, haben Sie mich aber nicht angerufen, oder?“

„Nein. Ich habe Marie in der Klinik besucht.“

„Und?“

„Ich kenne nun das Motiv.“ Tine hörte im Hintergrund Stimmen. Genervt schlug sie nach einer Fliege, die sich auf ihrem Arm niedergelassen hatte.

„Muss ich Ihnen alles aus der Nase ziehen?“

„Nein, entschuldigen Sie bitte. Ich gehe mal kurz in ein anderes Zimmer.“

Es dauerte ein paar Sekunden, bevor er sich meldete. „Bei meinem Freund geht es zu wie im Taubenschlag. Ich bin froh, wenn ich zurück in den eigenen vier Wänden bin. Wo war ich stehengeblieben?“

„Beim Motiv!“ Tine merkte selbst, dass ihre Stimme unwirsch klang. „Sorry für den Ton, ich hatte heute einen extrem anstrengenden Tag.“

„Schon gut, ich komme gleich zum Punkt. Sie müssen mir versprechen …“

„Ich verrate es keinem Menschen von der Presse, ist doch klar. An unserer Absprache hat sich nichts verändert.“

„Okay, ich nehme Sie beim Wort. Ronald Meinhart war bei der Vergewaltigung von Marie dabei.“

„Was?“

„Ja. Er hat zugesehen und sich scheinbar daran aufgegeilt. Marie hat ihn erst nicht registriert, er stand hinter einem der Büroregale. Nachdem sein Bruder fertig mit ihr war, hat er gelacht und beide sind zusammen verschwunden.“

„Ach, du meine Güte, die Arme! Warum hat sie das verschwiegen? … Halt, stopp, blöde Frage. Sie war verständlicherweise total panisch.“

„Ja. Ihre Vorstellung war, dass sie damit durchkommt, wenn sie den Mann Ihrer Mandantin beschuldigt. Ist natürlich schwachsinnig. War ihr Versuch, Frau Meinhart zu helfen und zugleich deren Schwager zu schonen. Vor dem hat sie panische Angst.“

„Ich mag mir gar nicht ausmalen, wie sie die ganze Zeit gelitten hat.“

„Ja. Komplette Scheiße. Hoffentlich wird sie wieder gesund, ich meine, dass sie ihr Leben einigermaßen normal führen kann.“

„Das wünsche ich ihr auch. Der Schritt, sich in die Klinik zu begeben, war auf jeden Fall richtig.“

Tine versuchte, die Gedanken zu ordnen. „Wird Marie aussagen?“

„Sie hat morgen früh einen Termin bei der Polizei. Ihr ist klar, dass damit alles an die Öffentlichkeit gezerrt wird. Das wird noch einmal eine große Belastung für sie sein, aber sie ist auch erleichtert, dass die Geschichte endlich herausgekommen ist. Ich hoffe, dass sie das Schwein drankriegen."

„Wenn die beiden Typen ihn beschuldigen, wird er wegen Bedrohung und Körperverletzung angeklagt. Ihm die Sache mit Marie zu beweisen, wird schwieriger. Er wird alles abstreiten."

„Die Indizien …"

„Man wird sehen", fiel Tine ihm ins Wort. „Vielen Dank, dass Sie mich informiert haben. Ich werde Herrn Wolff über die Neuigkeiten in Kenntnis setzen. Das hat zwar nur indirekt mit dem Meinhart-Prozess zu tun, trotzdem."

„Sie haben ja eine außerordentlich vertraute Beziehung zum Staatsanwalt", bemerkte Herr Lorenz, „das beschleunigt vermutlich die Angelegenheit."

„Jedenfalls schadet es nicht", antwortete Tine mit spitzer Stimme. „Wann wird Ihr nächster Artikel erscheinen?"

„Morgen ist der Aufmacher die Aufklärung des Angriffs auf den Staatsanwalt. Wenn Marie ausgesagt hat, schreibe ich über die Meinhart-Brüder. Können Sie mir nicht den Kontakt zu Herrn Wolff vermitteln? Ein Statement von ihm wäre klasse."

„Darum müssen Sie sich immer noch selbst kümmern."

„Warum überrascht mich das nicht? Undank ist der Welten Lohn. Ich erwarte eine Nachricht, wenn es eine neue Wendung in Ihrem Verfahren gibt. Wünsche angenehme Träume."

„Tschüss."

Tine sah auf die Uhr. Es war halb zehn. Sollte sie Alexander anrufen? Nein, der brauchte Ruhe und konnte um diese Uhrzeit nichts unternehmen. Sei ehrlich, du lechzt danach, seine Stimme zu hören. Du musst wissen, ob es ihm gutgeht. Und du brauchst jemand zum Reden, zum Sortieren der Gedanken, zur Unterstützung. Gib es zu, du willst nicht mehr alles allein bewältigen.

Tine langte nach dem Weinglas und leerte es. Du bist nicht einsam, meine Liebe. Du hast Freundinnen und einen neuen Mann in deinem Leben. Eine Garantie, dass es so bleibt, gibt dir niemand. Es ist ein Anfang.

Am nächsten Morgen wurde Tine vom Gezwitscher der Vögel wach. Sie lauschte bei offenem Fenster dem Gesang. Energie durchströmte sie. Dusche, Kaffee und einen Marmeladentoast, ab ins Polizeipräsidium. Ihr Smartphone lag auf dem Nachttisch. Eine SMS von Alexander war eingegangen. „Guten Morgen, Liebes. Ich habe Neuigkeiten. Rufen Sie mich bitte an." Die Mitteilung war um halb sieben geschrieben worden, vor etwa zehn Minuten. Hastig drückte sie auf die Nummer und horchte mit klopfendem Herzen dem Klingelton.

„Auch schon munter, Liebes?"

„Ja, guten Morgen. Was macht der Kopf?"

„Dem geht es wieder besser, danke der Nachfrage. Hatten Sie eine angenehme Nachtruhe?"

„Ja."

Sie schwiegen und Tine wusste nicht so recht, was sie sagen sollte.

„Ich …"

„Haben Sie …"

Pause.

Tine setzte erneut an. „Sie haben von der Festnahme der Männer gehört. Handelt es sich um die, die Sie angegriffen haben?"

„Beide haben die Tat gestanden. Auch Ihre Bedrohung und die der von Ihnen genannten Zeugin. Ich weiß gerade den Namen nicht …"

„Marie Edelmann. Das ging aber flott, Glückwunsch. Eine Baustelle weniger. Da kann ich mir den Termin im Präsidium ja sparen."

„Genau. Plaudern Sie lieber mit mir."

„Verraten Sie mir ein paar Einzelheiten? In wessen Auftrag waren die Männer unterwegs?"

Am anderen Ende ertönte ein leises Seufzen. Tine musste unwillkürlich lächeln.

„Ich dachte mehr an intimes Liebesgeflüster. Nun gut, ich werde mich daran gewöhnen, dass Sie eine taffe Verteidigerin sind. Versprochen. Ronald Meinhart hat die einschlägig vorbestraften Herren engagiert. Mir ist nicht klar, was ihn dazu motiviert hat, meine Wenigkeit anzugreifen. Ich bin doch auf der richtigen Seite." Alexander lachte herzhaft auf.

„Marie Edelmann wird heute eine Aussage bei der Polizei erstatten. Sie wird bestätigen, dass Ronald Meinhart Zeuge ihrer Vergewaltigung war. Er hat zugesehen, wie sein Bruder sie missbraucht hat. Offenbar ist das seine Art von Befriedigung."

„Ach, du lieber Himmel."

„Ja. Ronald Meinhart wollte verhindern, dass Marie aussagt. Er hat sie massiv bedroht. Warum Sie in den Fokus geraten sind, vermag ich nicht zu sagen. Macht irgendwie keinen Sinn. Schließlich ist Marie meine Zeugin und nicht Ihre. Vielleicht hat er was gegen Staatsanwälte. Das soll ja vorkommen."

„Verbrecher begehen Fehler, glücklicherweise."

„Werden Sie morgen wieder auftreten?"

„Natürlich. So schnell lasse ich mich nicht unterkriegen. Es ist nach wie vor mein Wunsch, das Verfahren so zügig wie möglich zu beenden. Daran hat sich nichts geändert."

„Okay. Da sind wir in der Sache ausnahmsweise einer Meinung. Müssen wir die Zeuginnen hören oder besteht die Chance, dass wir uns anders einigen?"

„Sie wollen mit mir einen Deal abschließen?"

„Ich möchte Marie eine Zeugenaussage vor Gericht ersparen. Sie hat genug gelitten und wird für lange Zeit psychologische Unterstützung benötigen. Abgesehen davon wird es ein Verfahren gegen Ronald Meinhart geben, wo sie beteiligt sein wird."

„Da ist etwas dran", räumte Alexander ein. „Ein Freispruch kommt unter keinen Umständen in Betracht. Die Frau hat dreimal auf ihren Mann geschossen."

Da war er wieder, der Staatsanwalt. Tine stellte fest, dass ihr seine Reaktion nichts ausmachte. Im Gegenteil, damit vermochte sie umzugehen. Vertrautes Terrain.

„Ich bin überzeugt, dass ein Freispruch das einzig richtige Ergebnis ist. Tatsächlich hat die Mandantin aber ein Interesse daran, schnellstmöglich entlassen zu werden. Sie will keiner weiteren Instanz mehr ausgeliefert sein. Ich könnte mir daher beispielsweise eine niedrige Freiheitsstrafe, zur Bewährung ausgesetzt, vorstellen."

„Aha. Unter zwei Jahren geht da gar nichts."

„Nun ja, gut, dass wir uns ausgesprochen haben."

„Sind Sie beleidigt?"

„Überhaupt nicht. Ich habe Ihren Äußerungen entnommen, dass Sie sich einer Bewährungsstrafe nicht verschließen. Korrekt?"

„Zutreffend wiedergegeben."

„Alles klar. Ich überlege mir das bis morgen. Letztlich wird das Gericht entscheiden."

„Wir sollten vor Beginn der Verhandlung ein informelles Gespräch mit dem Vorsitzenden führen."

„Ich werde eine halbe Stunde vorher da sein. Muss nun aufhören, die Arbeit wartet."

„Das ist bei mir ähnlich."

„Sie fahren aber nicht ins Büro! Eigentlich ist es morgen auch zu früh, mit einer Gehirnerschütterung ist nicht zu spaßen."

„Zu Befehl. Ich verlasse heute meine Wohnung nicht. Telefonieren erlauben Sie mir aber, nicht wahr? Zähle schon die Minuten, bis ich Sie im Gericht sehe, Liebes. Obwohl Sie und ich auf unterschiedlichen Seiten stehen. Lassen Sie es sich bis dahin gutgehen."

„Ich versuche es. Genaugenommen sind wir übrigens gar keine Kontrahenten. Schließlich ist die Staatsanwaltschaft angeblich die neutralste Behörde der Welt."

„Touché, ich gebe mich geschlagen."

„Du siehst aus wie eine Katze, die in den Sahnetopf gefallen ist." Charlotte versorgte Tine unaufgefordert mit einem Becher Kaffee, begleitet von einem Riegel Joghurtschokolade. Sie saßen sich an Charlottes Schreibtisch im Sekretariat gegenüber.

„Aha", kommentierte sie die Bemerkung und wickelte

die Süßigkeit aus. „Lecker und kühl. Genau das Richtige bei der Wärme."

„Du möchtest nicht darüber sprechen."

„Doch, doch, ich dachte nur, Sahne sei für Katzen schädlich." Charlotte verzog das Gesicht. Tine fing an zu lachen. „Hervorragend kombiniert, ich fühle mich großartig. Erstaunlich, dass man mir das ansieht."

„Du strahlst von innen heraus."

„Gut."

„Hat das was mit dem Staatsanwalt in der Meinhart-Sache zu tun?"

„Ich bin verliebt." Tine nahm einen Schluck Kaffee und blinzelte ihrer Mitarbeiterin über den Rand des Bechers zu.

„Wie wunderbar. Du hast das verdient. Ich hoffe, er ist es wert."

„Das ist er."

„Na dann, herzlichen Glückwunsch."

„Habe ich was verpasst?" Josefine erschien in der Tür, unter dem Arm die Postmappe. „Haben Sie heute Geburtstag?"

„Nein, nein", beeilte sich Tine zu antworten und warf Charlotte einen beschwörenden Blick zu. „Die Polizei hat die richtigen Männer geschnappt, sie haben die Bedrohung und die Körperverletzung gestanden. Ich kenne das Motiv des Anstifters."

„Wirklich?" Josefine schmiss den Ordner auf den Eingangspoststapel. „Nur eine Berufung, ansonsten nichts Wichtiges im Gerichtsfach."

„Marie hat sich Herrn Lorenz anvertraut. Ronald Meinhart war bei der Vergewaltigung dabei, er hat zugesehen."

„So ein Schwein. Dafür gehört er in den Knast."

„Die arme Frau." Charlotte schlug die Hände vor ihr Gesicht.

„Ja. Ich will probieren, dass sie um die Aussage in unserem Prozess herumkommt. Vielleicht gelingt es uns, sich auf einen Deal zu verständigen."

„Du meinst eine Einigung über das Strafmaß?" Charlotte stand auf und wandte sich zu Tür. „Ich brauche etwas Süßes. Bin sofort wieder da."

„Oh, das kommt nur einmal im Jahr vor. Normalerweise verschmäht sie derartige Versuchungen." Tine biss in den Schokoriegel und genoss die kühle Mischung aus Erdbeergeschmack, Schokolade und Joghurt.

„Frau Meinhart hat die ihr zu Last gelegte Tat nicht gestanden. Wie soll das funktionieren?" Josefine schwang sich auf ihren Schreibtisch. Sie trug eine helle Leinenhose, darüber ein weiß-rot gestreiftes weitgeschnittenes Hemd. Ihre Haare hatte sie mit einem rot gepunkteten Haarband als Dutt zusammengebunden.

„Sie bringen definitiv Farbe in unser Büro", sagte Tine und grinste sie an. „Das ist ernst gemeint und kein Ablenkungsmanöver."

„Danke", antwortete Josefine und legte den Kopf schief. „Das hätte ich nicht durchgehen lassen."

„Eine Runde gekühlte Schokolade?" Charlotte hatte die Packung geöffnet und hielt sie ihnen hin.

„Für mich nicht, ein Riegel reicht." Tine klopfte sich mit der Hand auf den Bauch.

„Ich nehme ein Stück, danke."

„Zurück zu dem Deal: Die Mandantin hat den Tatverlauf geschildert und zugegeben, dass sie ihren Mann erschossen hat. Die Rechtsfrage ist, ob sie in Notwehr gehandelt hat. Wir sind der Auffassung, die Staatsanwaltschaft nicht. So weit, so gut. Warum soll man nicht dealen, sich über das Strafmaß verständigen?“ Tine sah Josefine aufmerksam an.

„Weil Frau Meinhart einen Freispruch verdient hat.“

„Die Frage ist, ob sie den bekommt. Oder ob sie zu einer Gefängnisstrafe ohne Bewährung verurteilt wird und wir gezwungen sind, in Revision zu gehen. Alternativ wird sie freigesprochen und die Staatsanwaltschaft bemüht die nächste Instanz. Sie wird Monate, was sag ich, Jahre keine Ruhe finden. Das ist nicht das, was sie will.“

„Ist es nicht der Job, das Beste für die Mandantin herauszuholen?“ Josefine hatte die Stirn in Falten gelegt.

„Ganz genau. Das unterscheidet sich aber oft von dem, was wir annehmen. Ich habe mit Frau Meinhart ausführlich über das Pro und Contra gesprochen. Sie will so schnell wie möglich aus dem Gefängnis, eine Therapie anfangen und mit der Sache abschließen. Ihre Tochter braucht sie und sie braucht die Tochter. Tatsächlich kann sie mit einer Freiheitsstrafe auf Bewährung leben. Ihr Schuldgefühl, was sie natürlich in sich trägt, wird so abgemildert.“

„Das leuchtet mir ein“, sagte Charlotte, die dem Disput gelauscht hatte.

„Es ist nicht fair.“ Josefine hüpfte vom Tisch hinunter, ein paar Strähnen hatten sich aus dem Haarknoten gelöst. Ungeduldig schob sie die hinter die Ohren. „Ich meine, wir haben einen glasklaren Fall von Notwehr und sollen eine Freiheitsstrafe zur Bewährung akzeptieren? Vermutlich zwei Jahre, darüber gibt es ja keine mehr.“

„Ich freue mich über das ‚wir'. Ich denke, es wird darauf hinauslaufen, ja."

„Na großartig." Missmutig sah Josefine in die Runde. „Bin ich die Einzige, die mit dem Ergebnis nicht zurechtkommt? Das ist megaungerecht."

„Recht und Gerechtigkeit haben wenig miteinander zu tun, das wissen Sie."

„Seit wann spielst du mit diesem Gedanken, Christine?" Charlotte zerknüllte das Schokoladenpapier, zielte auf den Papierkorb und verfehlte ihn knapp. Josefine bückte sich und warf es hinein.

„Von Anfang an. Ich habe die Option in einem der ersten Gespräche mit Frau Meinhart ausgiebig erörtert. Die Chance, dass sich die Staatsanwaltschaft auf einen Deal einlassen würde, war gering. Seitdem wir, beziehungsweise Sie", Tine lächelte Josefine an, „so viele Zeuginnen aufgetan haben, stieg sie."

„Vielleicht liegt es am außergewöhnlich guten Kontakt zum zuständigen Staatsanwalt", sagte Josefine schnippisch. Sekundenlang sprach niemand. „Sorry, das ist mir so rausgerutscht."

Tine seufzte. Das war die Reaktion, die sie befürchtet hatte. Allerdings eher von unbeteiligten Dritten als von der eigenen Mitarbeiterin. Josefines Gesichtsfarbe verfärbte sich rötlich.

„Ich, äh ... wollte Sie nicht beleidigen", stotterte Josefine.

„Mein Privatleben geht Sie überhaupt nichts an, aber ..." Tine unterbrach sich, weil Josefine heftig nickte. „Wunderbar, dann sind wir uns darüber ja einig. Immerhin." Sie lächelte leise, um den Worten die Schärfe zu nehmen. „Sie haben hoffentlich nicht eine Sekunde lang angenommen, dass ich unsere Mandantin zugunsten einer Beziehung mit dem Staatsanwalt opfern würde, oder?"

„Natürlich nicht", antwortete Josefine und verschränkte die Hände ineinander.

„Ausgezeichnet, nichts anderes habe ich erwartet. Sonst wären Sie nicht die richtige Person für unser Büro." Aus dem Augenwinkel sah Tine, dass Charlotte zum Sprechen ansetzte. Sie stoppte sie mit einer Handbewegung.

„Wir arbeiten hier auf engstem Raum. Es lässt sich sowieso nicht auf Dauer verheimlichen: Ja, ich habe mich in Herrn Wolff verliebt und, nein, er würde niemals seine Objektivität verlieren. Genauso wenig wie ich. Reicht das?"

„Ja", flüsterte Josefine kleinlaut.

„Hervorragend. Das hätten wir geklärt. Im Übrigen schätze ich Ihre Meinung, auch als Counterpart zu meiner. Sie dürfen mir widersprechen." Tine stand auf und klopfte Josefine auf die Schulter. „Der Vorsatz für heute: die Telefonliste der letzten Tage abarbeiten und nachmittags noch ein kurzes Gespräch mit Frau Meinhart. Am frühen Abend habe ich eine Stunde Golfunterricht. Schließlich gibt es noch andere Dinge als Jura. Nicht wahr, Charlotte?"

Ihre Mitarbeiterin streckte beide Daumen in die Höhe. Vermutlich würde sie Josefine gleich moralisch aufbauen. Sofern das überhaupt nötig war.

„Duzt ihr euch?" Charlotte räumte die Kaffeebecher zusammen.

„Wie, bitte, kommst du auf diese Frage?"

„Du hast vor wenigen Minuten von ‚Herrn Wolff'

gesprochen. Heißt er nicht Alexander mit Vornamen?" Charlotte war neben Josefine getreten, beide sahen sie mit einer Mischung aus Spannung und Amüsement an.

„Ja, Alexander ist richtig und, nein, wir duzen uns nicht." Tine warf die Tür hinter sich zu, bemüht, nicht vorzeitig zu kichern. Keine blöde Strategie zur Teambildung.

26

Tine musterte sich ein letztes Mal im Spiegel. Das anthrazitfarbene Kostüm von Jil Sander spannte nicht mehr, die ungewohnte Bewegung in den vergangenen Wochen hatte sich ausgezahlt. Vielleicht war das nur Einbildung, der Zeiger der Badezimmerwaage hatte sich nicht deutlich nach links verschoben. Egal. Wichtig war heute, dass Frau Meinhart entlassen wurde. Der Prozess sollte zu einem befriedigenden Ende kommen. Nur darauf kam es an. Und du siehst Alexander, säuselte ihr ein kleines Teufelchen im Ohr zu.

Sie erreichte um zwanzig nach acht das Gericht. Alexander hatte ihr eine SMS geschickt und mitgeteilt, dass man sich mit Herrn Karsten und den beiden Beisitzern um halb neun in dessen Büro treffen würde. Tine hastete über den Gerichtsflur, entschlossen, keinem Reporter in die Hände zu fallen. Vermutlich war die Gefahr gering: Wenn überhaupt schon jemand da war, saß er in der Gerichtskantine und trank Kaffee.

Sie klopfte an die Tür zum Richterzimmer und trat nach Aufforderung ein. Alexander war bereits anwesend. Er und die Richter trugen dunkle Anzüge, die Jacken hatten sie über die Stuhllehnen gehängt. Bei ihrem

Eintreten erhoben sich alle vier. Sie begrüßten sich reihum.

Alexander sah sie für einen Augenblick liebevoll an, bevor er sich abwandte. Tine fiel auf, dass er um die Nase herum blass aussah, der Verband fehlte.

„Bitte nehmen Sie Platz“, sagte Herr Karsten und zeigte auf den leeren Stuhl vor seinem Schreibtisch. „Herr Wolff hat uns bereits ins Bild gesetzt.“

„Aha. Dürfte ich erfahren, was er Ihnen gesagt hat?“ Tine konzentrierte sich auf den Richter und ignorierte den neben ihr sitzenden Alexander.

„Selbstverständlich. Herr Wolff deutete an, dass man zu einer Verständigung hinsichtlich des Strafmaßes kommen könnte, sofern man von einem minder schweren Fall des Totschlags in der Sache ausgehen würde.“

„Prinzipiell richtig, wobei ich betonen will, dass ich nach wie vor davon überzeugt bin, dass meine Mandantin aus einer Notwehrsituation heraus gehandelt hat.“

„Dass Sie der Ansicht sind, bezweifelt niemand hier. Die Staatsanwaltschaft ist gegenteiliger Auffassung“, warf Alexander trocken ein.

„Nachdem nun jeder seinen Standpunkt geäußert hat, sollten wir die Details erörtern. Ohne der Erörterung mit der Kammer vorgreifen zu wollen, denke ich, dass eine derartige Verfahrensweise in Betracht kommt und von unserer Seite ein entsprechender Vorschlag in das Verfahren eingebracht werden kann. Welches Strafmaß steht zur Diskussion?“

„Ein Jahr auf Bewährung“, sagte Tine mit fester Stimme in Richtung des Vorsitzenden.

„Zwei Jahre“, antwortete Alexander. „Darunter wird es keinen Deal mit mir geben.“

„Aha. Da wir hier nicht auf dem Basar sind, schlage ich nicht eineinhalb vor. Frau Meinhart sitzt", er blätterte in der Gerichtsakte, „seit sechs Monaten in Untersuchungshaft. Wenn wir zu einem Ergebnis kommen, könnte sie heute entlassen werden."

„Dagegen habe ich keine Einwände", sagte Alexander.

Herr Karsten sah nacheinander Tine und Alexander an. „Ich fasse zusammen: Zwei Jahre auf Bewährung. Frau Meinhart kommt sofort frei, die Untersuchungshaft wird angerechnet. Ich erörtere das mit den Kollegen und würde das Ergebnis sogleich verkünden." Er sah auf seine Armbanduhr. „Viertel vor neun. Vermutlich werden wir ein paar Minuten später anfangen. Informieren Sie bitte die weiteren Verfahrensbeteiligten."

Alexander hielt ihr die Tür auf, sie schob sich an ihm vorbei und roch das vertraute Aftershave.

„Sie sehen bleich aus und gehören ins Bett", sagte sie zu ihm. Beide schlenderten in Richtung des Verhandlungssaals.

„Ich gestehe, dass mich ein hartnäckiger Kopfschmerz quält."

„Möchten Sie eine Kopfschmerztablette?" Tine blieb stehen und fing an, in ihrer Handtasche zu wühlen. Alexander stoppte sie mit einer kurzen Handbewegung.

„Danke schön, ich habe vorhin etwas genommen, wirkt bestimmt gleich. Abgesehen davon bin ich mir sicher, dass die Verhandlung nicht Ewigkeiten dauern wird. Das Gericht wird sich unserem Vorschlag nicht verschließen können."

„Ja."

„Ihre Mandantin wird entlassen, das Verfahren ist

beendet. Gute Neuigkeiten für uns, nicht wahr?“ Alexander sah sie liebevoll an.

Tine versicherte sich durch einen Rundumblick, dass niemand in der Nähe war, bevor sie antwortete. „Ich kann mit dem Ergebnis leben, Frau Meinhart auch. Worüber ich mir Sorgen mache, ist …“ Sie unterbrach sich selbst, weil ihr die Worte fehlten.

Alexander rückte an sie heran. „Sie befürchten, Ihre Umgebung könnte Anstoß daran nehmen, wenn Sie sich mit einem Staatsanwalt einlassen. Ist es das, Liebes?“

„Na ja, Furcht ist nicht der passende Ausdruck.“ Tine straffte die Schultern und sah Alexander in die Augen. „Ich will Gerede vermeiden. Meine Referendarin …“

„Ah, die streitbare junge Frau“, redete er dazwischen. „Sie wird eine ausgezeichnete Strafverteidigerin.“ Alexander legte die Stirn in Falten und musterte Tine angestrengt. „Das hier wird aller Wahrscheinlichkeit nach unser letzter gemeinsamer Fall sein, wenn es eine Zukunft für uns geben soll. Unabhängig davon respektiere ich Ihren Wunsch nach Abstand. Sofern es nicht endlos dauert.“ Er strich mit seiner Hand über ihren Arm und eilte mit langen Schritten den Flur entlang. Tine sah ihm verblüfft hinterher, ein leises Bedauern in der Brust.

Frau Meinhart saß auf ihrem Platz und begrüßte Tine mit einem gequälten Lächeln. Tine setzte sich neben sie. „Ich hatte vor wenigen Minuten eine Unterredung mit dem Vorsitzenden und dem Staatsanwalt. Es sieht so aus, als hätten wir uns geeinigt. Sind Sie sich sicher, dass eine Bewährungsstrafe für Sie in Ordnung ist?“

„Ja.“ Frau Meinhart zappelte auf dem Stuhl hin und her. Ein feines Lächeln stahl sich in ihr Gesicht. „Für meine Tochter ist es so wichtig, dass sie ein richtiges Zuhause bekommt."

„Okay. Wenn Sie zustimmen, ist das Verfahren beendet."

Der Gerichtssaal füllte sich langsam. Tine entdeckte Josefine in der zweiten Reihe und winkte ihr zu. Aus dem Augenwinkel nahm sie wahr, dass Alexander mit seiner Referendarin tuschelte. Die Pressebank war nur spärlich besetzt, anders als am Anfang des Verfahrens. Es rechnete keiner mit einem schnellen Abschluss. Die Sommerhitze draußen und das nahende Wochenende spielten auch eine Rolle. Tine erlaubte sich, für einen Augenblick an die morgige Verabredung mit Julia und Cecilia zu denken. Das würde ein kurzweiliger Nachmittag werden.

Endlich erhob sich die Protokollführerin und steckte den Kopf durch die Tür des Beratungszimmers. Kurz darauf stolzierte sie zurück zu ihrem Stuhl und zog sich die Robe an. Das war das Signal, dass es gleich losgehen würde. Tine tastete ebenfalls nach der Robe, Alexander hatte seine bereits angelegt.

Die Kammer erschien. Tine forschte in den Gesichtern. Das war ein privates Spiel von ihr. Vor einer Urteilsverkündung versuchte sie, jedem der Richter in die Augen zu sehen. Beide Schöffinnen erwiderten den Blick, die Krankenschwester lächelte ihr zu. Sie setzte sich und hauchte der Mandantin ins Ohr: „Es sieht günstig aus, wir beenden das heute hier."

27

Tine bugsierte ihre nagelneue Golftasche auf den Rücksitz. Die Schläger hatte sie mit Ian ausgesucht, ein Set für Anfänger. Im Kofferraum lag der eingeklappte Golfwagen, den ihr der Porschehändler aufgeschwatzt hatte. Ein Werbegeschenk, weil sie sich vorgestern ein Elektroauto bei ihm bestellt hatte. Wenigstens musste sie sich so nicht mehr den Sticheleien von Josefine und Alexander aussetzen. Die eine nutzte den öffentlichen Nahverkehr oder das Fahrrad, der andere liebte seinen Smart. Zugegeben, mit ihrem Porsche vermochte sie da nicht zu punkten. Sie freute sich auf das Gesicht der beiden, wenn sie mit dem umweltfreundlichen Wagen vorfahren würde. Veränderungen hatte es in den letzten Monaten genug in ihrem Leben gegeben. Der Verzicht auf ein schnelles Auto gehörte nicht dazu.

Sie schloss ihr Smartphone an das Netz und wählte Musik von Westernhagen aus. Der Tag war perfekt, um auf dem Golfplatz eine Runde zu drehen. Schäfchenwolken zogen über den blauen Himmel, draußen herrschten angenehme fünfundzwanzig Grad. Josefine und Charlotte hatten sie aus dem Büro gedrängt. Sie verstanden sich von Tag zu Tag mehr, besonders, wenn es um Arbeitsentlastung zu ihren Gunsten ging. Tine gewöhnte sich langsam daran. Es gab tatsächlich ein

Leben mit weniger Berufsstress. Da sie nicht in den Sommerurlaub gefahren war, würde sie zumindest die täglichen Arbeitszeiten beschränken. So weit der Plan.

Seit der Platzreifeprüfung hatte sie ein- bis zweimal in der Woche Unterricht bei Ian genommen. Auf der Driving Range klappten ihre Golfschläge inzwischen deutlich besser. Spannend war, ob sie diese Form auf einer Platzrunde, also sozusagen im Ernstfall, abrufen konnte. Ihr Vorsatz war, sich nicht so unter Druck zu setzen. Ein erster Schritt. Ob er umzusetzen war, blieb abzuwarten. Ihre Freundinnen hatten vorerst ausgesetzt. Julia war mit Matthias zu einem Trip ans Meer aufgebrochen, Cecilia richtete die neue Wohnung mit Michael ein. Spötteleien konterte sie mit einem glückseligen Lächeln. Tine würde sie in den nächsten Tagen anrufen, um sich mit ihr auf einen Drink zu treffen. Wenn Mona ebenfalls Lust hatte, stand einem Mädelsabend nichts im Wege.

Heute war sie mit Alexander im Golfclub verabredet. Das erste richtige Date seit dem gemeinsamen Abendessen bei Giulia. Nach dem Abschluss des Meinhart-Verfahrens hatten sie jeden Abend miteinander telefoniert. Keine persönlichen Begegnungen. Der vernünftige Teil in ihr billigte den Abstand und doch …

In den Gesprächen tasteten sie sich vorsichtig aneinander heran, sie dauerten oft bis tief in die Nacht. Alexander erzählte ihr Einzelheiten aus seinem Leben, von dem Versuch, wieder zurückzufinden nach Ulrikes Tod. Er war wie sie ein Workaholic, wusste aber, dass er so nicht weitermachen wollte. Arbeit war nicht alles. Tine offenbarte ihre Einsamkeit, ihre Fixierung auf die

Anwaltstätigkeit. Sie fieberte den abendlichen Telefonaten entgegen. Beide sprachen über die Belastungen im Job, die jüngeren Kollegen und deren Arbeitseinstellung. Work-Life-Balance war bei den Berufsanfängern heutzutage normal. Zu ihren Zeiten hatte darüber keiner nachgedacht. Tine fand den Gegensatz zwischen Leben und Arbeit nach wie vor absurd. Der Beruf gehörte zu ihr und ihrem Dasein. Ohne Strafverteidigung würde sie sich amputiert vorgekommen.

Über ihre Beziehung schwiegen sie sich aus. Alexander nannte sie nach wie vor ab und zu ‚Liebes', mehr passierte nicht. Tine lag teilweise bis zum Morgengrauen wach und überlegte, ob und wie sie den ersten Schritt wagen konnte. Vor ein paar Tagen hatte sich Julia nach Alexander und ihrem Liebesleben erkundigt. Tine erklärte ihr mit wenigen Worten die Situation. Ihre Freundin war verblüfft, vermochte den freiwillig gewählten Abstand nicht nachzuvollziehen. Verabrede dich mit ihm. Mehr als Neinsagen kann er nicht. Carpe diem.

Jetzt hatte er sich endlich mit einem Vorschlag zu einem persönlichen Treffen gemeldet. *Lass uns über den Golfplatz gehen. Ich habe die Clubsekretärin bestochen, damit sie keinen anderen Spieler hinzufügt. Nur du und ich.* Eine Premiere, nicht nur in dieser Hinsicht. Sie sang lauthals ‚Weil ich dich liebe' mit, um gegen die Nervosität anzukämpfen. Gleichzeitig drückte sie auf das Gaspedal.

Frau Meinhart hatte ihr eine Karte von der Nordsee geschickt. Sie war mit der Tochter auf Juist, um sich von den Strapazen der letzten Monate zu erholen. Sie wollte aus Hamburg wegziehen, um in Bayern ein neues Leben anzufangen. Tine verstand die Flucht, obwohl für sie Süddeutschland niemals in Frage gekommen wäre. Sie war ein Nordlicht. Ohne Meer in greifbarer Nähe wollte sie nicht sein.

Der Parkplatz war halb voll. Aus Gewohnheit fuhr sie bis vorn durch. Zwischen zwei SUVs entdeckte sie den roten Smart. Alexander, bekleidet mit heller kurzer Hose und blauem Poloshirt, stand vor dem Wagen und baute seinen Golftrolley zusammen. Tine parkte den Porsche ein und blieb im Auto sitzen, die Finger am Lenkrad. Ihr Herzschlag beschleunigte sich und sie spürte, wie sich ein Knoten im Magen bildete. Für einen Moment ballte sie die Hände zu Fäusten zusammen.

„Möchten Sie nicht aussteigen, Liebes?" Alexander wartete auf der Beifahrerseite und strahlte sie an.

Tine öffnete die Tür und versuchte, sich halbwegs sportlich aus dem Wagen zu erheben. Es war Zeit für ein bequemeres Transportmittel. Sie kam sich wie ein Teenager vor, es fehlte nur, dass sie vor Aufregung in Tränen ausbrach.

„Hallo Herr Staatsanwalt", sagte sie und ging um das Auto herum auf ihn zu.

„Frau Anwältin", begrüßte er Tine und sah sie liebevoll an. „Darf ich Sie küssen?"

Der Knoten löste sich auf. Es war alles in Ordnung. „Ja, bitte", antwortete sie und ließ sich in seine ausgebreiteten Arme fallen. Sie roch das bekannte Rasierwasser und fühlte sich augenblicklich geborgen. Gewollt. Er schmeckte nach Kaffee und Alexander. Sie schmiegte sich enger an ihn, mochte ihn nicht mehr loslassen. Ein lautes Räuspern trieb sie auseinander.

„Manche Menschen haben scheinbar kein Schamgefühl“, wetterte eine ältere Dame, die ihren Golftrolley dicht an ihnen vorbeischob.

Alexander lachte lauthals auf und zwinkerte Tine zu. „Sorg dich nicht, Liebes, die Frau ist nur neidisch.“

Tine fiel in sein Lachen ein. „Ich verstehe sie. Vermutlich ist sie frustriert, weil sie allein lebt. Oder ihr Mann ein Trottel ist.“ Gern hätte sie Alexander wieder geküsst. Stattdessen öffnete sie den Kofferraum und holte den Golfwagen hervor. „Ich hoffe, du bist technisch begabt und kannst das Teil zusammenbauen. Es ist brandneu und ich bin nicht so geschickt.“

„Na klar, eine meiner leichtesten Übungen.“ Alexander musterte den Wagen. Er bewegte sich nicht von der Stelle.

„Ist was?“, fragte Tine irritiert.

„Du hast mich gerade glücklich gemacht. Ich bin entzückt, dass wir zum ‚du‘ übergegangen sind. Darf ich dich küssen?“

„Staatsanwälte küsst man nicht“, sagte Tine und lachte. „Ich werde bei dir eine Ausnahme machen.“ Sie trat auf ihn zu und versank in seinen Augen, bevor sich ihre Lippen fanden. Ein vertrautes Gefühl regte sich in ihrem Unterleib. Eine lang verdrängte Sehnsucht erwachte. Die Sonne brannte auf ihr Gesicht und erfüllte sie mit zusätzlicher Wärme.

Alexander löste sich mit einem bedauernden Seufzen von ihr. „Wenn ich nicht aufhöre, kann ich für nichts garantieren. Ich zerre dich ansonsten in die hinterste Ecke im Caddyraum und …“

„Hallo zusammen.“ Ian, einen Golfschläger unter dem Arm, stand vor ihnen und grinste sie an. „Wart ihr schon auf dem Platz oder geht ihr noch?“

Alexander lachte. „Du bist nicht der Einzige, der bei diesem tollen Wetter arbeiten muss. Wir starten um halb fünf."

„Dann solltet ihr euch beeilen. Es ist gleich so weit."

Tine sah auf ihre Uhr. Zwanzig nach. „Ups, ja. Ich habe gar nicht gemerkt, wie spät es ist."

„Das kann passieren", sagte Ian und hob seine Augenbrauen. „Ich wünsche euch ein schönes Spiel. Und nicht das Golfen zwischendurch vergessen." Er musterte sie. „Ist für dich das erste Mal auf dem großen Platz, nicht wahr?"

Tine hatte das Golfbag aus dem Auto geholt und neben den Einzelteilen des Trolleys aufgestellt. „Ja, ich bin gespannt, nach wie vielen Löchern ich erschöpft zusammenbreche." Sie saß auf dem Fahrersitz und tausche die Sandalen gegen ihre Golfschuhe aus.

„Keine Panik. Du bist ja nicht allein. Zur Not wirst du gerettet." Ian tippte sich an die Kappe. „Macht's gut, ihr beiden, ich habe endlich Feierabend. Meine Frau wartet, wir wollen heute Abend grillen."

„Tschüss." Tine schloss die Tür und überprüfte, ob sie alles eingepackt hatte. Wasser, Sonnenbrille, Bälle und Tees. Du gehst nicht auf eine Expedition.

„Wir müssen nicht in Hektik ausbrechen. Nach uns kommt niemand, erst wieder zwanzig Minuten später. Man merkt, dass Sommerferien sind." Alexander beugte sich und baute innerhalb von Sekunden den Golfwagen zusammen.

„Das musst du mir in Ruhe zeigen", sagte sie, während Alexander das Golfbag auf dem Wagen festschnallte.

Er gab ihr einen schnellen Kuss auf die Wange. „Ich

bin zuversichtlich, dass du eine Schnellernerin bist. Lass uns gehen, bevor ich es mir anders überlege." Er schob seinen Trolley in Richtung Platz und Tine folgte ihm.

Danke

Dieses Buch ist nicht ohne die Hilfe anderer entstanden. Mit meiner wunderbaren Lektorin Eva Maria Nielsen habe ich so manche Klippe umschifft (ja, ich gebe meinen Nebendarstellern künftig keine Namen mehr, die alle mit demselben Anfangsbuchstaben anfangen) und ohne meine Korrektorin und Buchgeburtshelferin Ira Wundram wäre ich sowieso verloren. Hatte ich schon einmal erwähnt, dass ich in meiner Abiturklausur im Leistungskurs Deutsch von der Note „sehr gut" auf „gut" herabgestuft wurde, weil zu viele Kommafehler in meinen Ergüssen vorhanden waren? Mit der neuen deutschen Rechtschreibung wurde es übrigens nicht besser. Danke dir, Ira, für deine großartige Hilfe. Du warst es auch, die mich ermuntert hat, die pinkfarbene Ente auf das Cover zu bringen. Sie sitzt vor mir und sonnt sich in ihrem Ruhm.

Bei diesem Roman habe ich das erste Mal mit Vorablesern und -leserinnen gearbeitet. Meine letzte Strafverteidigung liegt Jahre zurück und ich brauchte – obwohl ich mit diesem Thema groß geworden bin – praktische Hilfe. Wie gut, dass mich meine Kinderfreundin Dorothee Zanger, eine begnadete Strafverteidigerin in Hamburg, unterstützt hat. Meine Mitarbeiterin und Leseratte Alexandra Galinski hat den Text kritisch gelesen und mich unter anderem auf einige Lieblingswörter aufmerksam gemacht, von denen ich bisher nicht wusste, dass ich sie überhaupt benutze. Klaus Wittling, ein wirklich guter Golfspieler, der – im Gegensatz zu mir – auch noch regelfest ist, hat mir versichert, dass alles, golftechnisch betrachtet, in Ordnung ist. Vielen Dank an euch alle.

Last, but not least mein Ehemann, der es erträgt, dass ich mich zu Hause manchmal stundenlang nicht vom PC wegbewege, obwohl ich schon viel Zeit im Büro verbringe. Er hat auch die pinkfarbene Ente in meinem Leben akzeptiert. Du bist der Beste.

Was wäre die Autorin ohne Sie? Ja, Sie meine ich. Wenn Sie bis jetzt durchgehalten haben, ist es allerhöchste Zeit, mich auch bei Ihnen für Ihre Lesezeit zu bedanken. Vielleicht treffen wir uns ja mal auf dem Golfplatz.

Katharina Mosel
Köln, 2020

Ein paar Golfbegriffe

Abschlag
Die kurz gemähte Fläche am Anfang eines Lochs, von der man anfängt zu spielen.

Ballmarker
Man markiert damit die Position eines Golfballs, bevor man ihn vom Grün aufhebt. Es gibt diverse designte Objekte, man kann aber auch eine Münze nehmen. Warum kann der Ball nicht auf dem Grün liegenbleiben? Er muss aufgehoben werden, wenn ein Mitspieler es verlangt, z. B. weil er im Weg liegt und den anderen behindert. Man darf ihn aufheben, um ihn saubermachen oder ihm gut zuzusprechen (damit er den Weg ins Loch auch wirklich findet). Natürlich muss er nachher wieder an dieselbe Stelle zurückgelegt werden, daher der Marker.

Bunker
Eine meistens mit Sand gefüllte Mulde oder Senke. Hat schon so manchen Golfspieler zur Verzweiflung gebracht.

Chippen
Ein kurzer Schlag in Richtung Fahne mit gerader Flugbahn und geringer Ballflughöhe.

Driving Range
Die Übungswiese für den Golfer. Meistens gibt es eine Abschlagshütte, Abschlagsplätze im Freien und einen Ballautomaten für die Rangebälle. Über den Nutzen des Übens auf der Range können erfahrene Golfer Stunden philosophieren. Die eine schwören auf regelmäßiges Training, die anderen meiden es, weil es ihnen nichts bringt. Nach dem Motto: Klappt es auf der Driving Range, heißt das nicht, dass es auch auf dem Platz funktioniert.

Fairway
Das Areal zwischen dem Abschlag und dem Grün.

Golf
Sinn des Spiels ist es, mit so wenig Schlägen wie möglich vom Abschlag ins Loch zu kommen. Das Golferherz ist erfreut, wenn die Bälle fliegen. Für die Wertung ist es egal, auch kullernde Bälle zählen.

Golfbag
Man kann auch Golftasche sagen. Macht aber niemand. Dient dem Transport der diversen Golfutensilien.

Golfball
Das Spielgerät. Für diejenigen, die es genauer wissen möchten: Ein Golfball muss einen Durchmesser von 42,67 Millimetern haben und darf höchstens 45,93 Gramm wiegen. Golfbälle können einen über einen langen Zeitraum begleiten, wenn man sie nicht ins Wasser schießt oder sie im Rough verloren gehen.

Golfschläger

Braucht man, um den Ball vom Abschlag ins Loch zu befördern. In einem typischen Golfbag befinden sich sogenannte Eisen, Hölzer, Hybride, Wedges und ein Putter. Eine Wissenschaft für sich. Im Zweifel hat man immer gerade den falschen Schläger benutzt. Oder, um es anders zu sagen: Klappt es mit dem Schlag nicht mehr, versucht man es mit neu gekauften Schlägern. Hilft wirklich. Zumindest für eine kurze Zeit. Mehr als 14 Schläger darf man bei einem Golfturnier nicht mitnehmen. Als Anfänger kommt man mit deutlich weniger zurecht.

Grün

Die Fläche, auf der sich das Loch befindet: kurz geschnittenes Gras. Hier spielen sich die wahren Dramen im Golferleben ab. Es nützt nichts, mit drei fabelhaften Schlägen auf das Grün zu gelangen, wenn man danach noch drei Putts braucht, um einzulochen. Der eine oder andere Golfer legt sich schon mal auf den Rasen, um den bestmöglichen Weg für den Ball in Richtung Loch zu erkennen.

Loch

Das Loch ist auf jeder Golfbahn das Ziel. Von Weitem erkennt man es an der Fahne, die in ihm steckt. Der Durchmesser des Lochs beträgt 10,8 Zentimeter. Hört sich groß an, kann aber in der Praxis oft zu klein sein. Ein Golfplatz hat in der Regel 9 oder 18 Löcher. Das 19. Loch ist das Clubrestaurant.

Pitch
Ein Schlag, mit dem das Grün mit einer hohen Flugbahn und steilem Einfallswinkel angespielt wird. Sieht klasse aus, wenn der Ball von oben auf das Grün trifft und dort möglichst schnell zum Stoppen kommt.

Pitchgabel
Braucht man, um die Dellen auf dem Grün auszubessern, die dadurch entstehen, dass ein Golfball in hohem Bogen auf dem Grün aufprallt. Das mit dem hohen Bogen gelingt dem Anfänger eher selten. Ohne Pitchgabel sollte man nie auf den Golfplatz gehen.

Platzreifeprüfung
Das Bestehen der Platzreifeprüfung bedeutet nicht, dass man das Spiel beherrscht. Man kennt dann aber die wichtigsten Regeln und weiß, wie man sich auf dem Platz bewegen soll, ohne sich und andere zu gefährden. Es gibt einen Theorie- und einen Praxisteil. Braucht man in der Regel, um auf einem Golfplatz zu spielen. Jeder Golfplatzbetreiber regelt die Einzelheiten im Rahmen seines Hausrechts für den eigenen Platz.

Putten
Beim Putt (gesprochen „patt") soll der Ball nur rollen. Natürlich ins Loch. Es kommt hier auf die Präzision an. Letztlich entscheidet das Putten über Sieg oder Niederlage.

Pro
Abkürzung für Golf Professional, vulgo Berufsgolfer. Es gibt die Teaching Pros, das sind die Golflehrer. Würde aber niemand sagen, weil „Pro" irgendwie cooler klingt. Daneben gibt es noch die Playing Pros, das sind die Turnierspieler, die ihren Lebensunterhalt mit dem Spiel verdienen.

Rangeball
Das sind die Golfbälle, mit denen man auf der Übungswiese (Driving Range) spielt. Und nur da. Nutzt man sie auf dem Golfplatz, wird man gleich erschossen. Nahezu jedenfalls.

Rough
Auf Deutsch: das Raue. Areal zwischen den Golfbahnen. Eigentlich sollte man da nicht hineinspielen. Uneigentlich landet der eine oder andere Ball trotzdem ab und zu dort. Je nach Beschaffenheit findet man ihn da nicht wieder.

Tee
Hier ist nicht das Getränk gemeint (wird wie „tii" ausgesprochen), sondern ein kleiner Stift aus Holz oder Kunststoff, auf den der Ball gelegt wird. Der Ball liegt dann höher und ist einfacher zu treffen. Darf man nur auf dem Abschlag benutzen.

Trolley
Man braucht einen Trolley, also ein Gerät zum Schieben, um das Golfbag zu transportieren, in dem die Golfschläger, Bälle, Regenschirm und all der andere nützliche Kleinkram (Getränke, kleine Snacks, Gummibärchen) verstaut sind. Immerhin kann eine Golfrunde einige Stunden dauern. Sehr sportliche Menschen brauchen keinen Trolley, sie tragen ihr Golfbag. Können dann nicht so viele Dinge mitnehmen. Wenn man nicht mehr so gut zu Fuß oder das Gelände sehr hügelig ist, kann man auch ein Golfcart benutzen. Sonst natürlich auch. Das sind diese lautlosen Elektrowägelchen. Es macht Spaß, damit zu fahren.

Katharina Mosel: Paragrafen und Prosecco – Justitia und das wahre Leben

Ein humorvoller Roman aus dem Leben zweier Anwältinnen
Erzählt wird die Geschichte von Ida und Karla, die zufällig aufeinandertreffen und beschließen eine Anwaltskanzlei zu gründen. Unterstützt werden die beiden von Susi, die ihr Examen wegen Prüfungsangst nicht bestanden hat und ohne die beiden Freundinnen bis ans Ende ihrer Tage kellnern müsste. Schon bald kommen die ersten Aufträge, die so bunt sind wie das wahre Leben. Die jungen Frauen erkennen schnell, dass die Lösung nicht immer im Gesetz steht, sondern Einfühlungsvermögen und Herz erfordert.
Während sich Ida mit der unerwarteten Eifersucht ihres Gatten herumschlagen muss, rutscht Susi von einer amourösen Katastrophe in die nächste. Nur Karla will mit Männern nichts zu tun haben. Das sieht der charmante Kollege aus der Nachbarkanzlei, der ihr mit Rat und Tat zur Seite steht, völlig anders …

2016, 292 Seiten
eBook: 4,99 EUR
ISBN 978-3-7345-3565-9
Taschenbuch: 14,50 EUR
ISBN 978-3-7345-2925-2
Hardcover: 24,80 EUR
ISBN 978-3-7345-2926-9

Erhältlich überall, wo es gute Bücher gibt: online und im lokalen Buchhandel.

Katharina Mosel: Vier Mal Frau

Eine heitere Geschichte über Veränderung

Nach ihrer gescheiterten Ehe wollte sich Mona erst einmal verkriechen und ihre Wunden lecken. Doch der Plan geht nicht auf: Ihre beiden besten Freundinnen, Julia und Cecilia, überreden sie, sich selbstständig zu machen. Während Mona in ihrer neuen Tätigkeit ausgerechnet mit Vanessa, der jungen Geliebten des Exmanns, konfrontiert wird, schlägt sich Julia mit der Frage herum, ob frau wirklich ihr bisheriges Leben mit wechselnden Männerbekanntschaften der Liebe wegen umkrempeln soll. Cecilia hat die Nase voll vom Alleinsein und lässt sich auf eine Online-Partneragentur ein. Doch kann man auf diese Art und Weise wirklich einen Mann fürs Leben finden?

2017, 336 Seiten
eBook: 4,99 EUR
ISBN 978-3-7394-1775-2
Taschenbuch: 13,00 EUR
ISBN 978-3-7439-7657-3
Hardcover: 22,00 EUR
ISBN 978-3-7439-7658-0

Erhältlich überall, wo es gute Bücher gibt: online und im lokalen Buchhandel.

Katharina Mosel: Paragrafen und Prosecco – Justitia und andere Katastrophen

Das Paragrafen-und-Prosecco-Team ist wieder da

Susi ist ihr Single Dasein leid, aber kein Mann mit Villa an der Alster beißt an. Liegt es an ihren ausgefallenen Männerwünschen oder kann wirklich nur eine Diät helfen?

Karla kümmert sich um eine unbeabsichtigte Heirat, die sofort aufgelöst werden soll. Welche Rolle spielt dabei die neue Kollegin aus der Nachbarkanzlei, mit der Ida von Anfang an auf Kriegsfuß steht? Ist die wirklich hinter Idas Mann her oder sollte sich Ida lieber um ihre geheimnisvolle Mandantin kümmern, die um jeden Preis unerkannt bleiben will?

Susi, Karla und Ida: Drei Frauen, die unterschiedlicher nicht sein können, und doch immer an einem Strang ziehen, wenn kreative Lösungen für menschliche Katastrophen gefragt sind.

Katharina Mosel erzählt neue Geschichten aus der Kanzlei an der Alster – die charmanteste, lustigste und verrückteste Anwaltsgeschichte des deutschen Buchmarkts.

Katharina Mosel: Konfetti im Winter – Ein Sylt-Roman

„Du musst Konfetti in dein Leben bringen, es bunt und lebenswert gestalten."

Nach dem Tod ihres Mannes flieht die fünfzigjährige Zoey nach Sylt. Alles scheint ohne Sinn. Doch dann trifft sie am Strand auf die Künstlerin Marlene, die mit ihrem Hund mitten im Nordsee-Idyll wohnt. Marlene macht sie mit dem Witwer Moritz bekannt und führt sie nicht nur damit in Versuchung …
Wird Zoey in ihr Leben zurückfinden? Oder doch ein ganz anderes entdecken?

Ein liebevoller und mutmachender Frauenroman – ein Plädoyer für das Leben!

2019, 312 Seiten
eBook: 4,99 EUR
ISBN: 978-3-7394-8658-1
Taschenbuch: 11,00 EUR
ISBN: 978-3-9644-3458-6

Erhältlich überall, wo es gute Bücher gibt: online und im lokalen Buchhandel.

Katharina Mosel: Prosecco auf dem Gerichtsflur – Geschichten aus der Anwaltskanzlei

Muss man als erfolgreiche Anwältin einen Porsche fahren? Was passiert, wenn Anwältin und Mandant nicht zusammenpassen? Und welche Rolle spielen die lieben Kollegen in der täglichen Arbeit?
Darf eine Scheidungsanwältin romantisch sein und gibt es ein Leben nach der Scheidung?

Die Kölner Rechtsanwältin Katharina Mosel plaudert in dreißig Geschichten aus dem Anwältinnenleben – eine Auswahl von Beiträgen aus ihrem regelmäßig erscheinenden Newsletter.

2020, ca. 63 Seiten
eBook: 1,99 EUR
ISBN: 978-3-7502-3408-6

Erhältlich überall, wo es gute eBooks gibt.